Speed, Lies, Recognition

Band 4 – Female Lovestories by Casey Stone

Liebesroman von Casey Stone

AF215515

Warnung:
Dieser Roman enthält erotische Szenen zwischen Frauen. Sollten Sie sich daran stören, lesen Sie ab hier bitte nicht weiter.

© Casey Stone
Juli 2017

Bibliografische Information der Deutschen Nationalbibliothek: Die Deutsche Nationalbibliothek verzeichnet diese Publikation in der Deutschen Nationalbibliografie; detaillierte bibliografische Daten sind im Internet über http://dnb.dnb.de abrufbar.

Impressum:
Casey-Stone.com
Dorfstraße 5
84106 Volkenschwand

Lektorat: Buchstabensalat & Wortzauber
Korrekturleserin: Saskia, Conny, Maria & Astrid
Covergestaltung: Nadine Kapp, Booklover Verlag

Herstellung und Verlag: BoD – Books on Demand, Norderstedt
ISBN: 9783744870276

Kurzbeschreibung:

Ex-Rennfahrerin Dina Ridge liebt die Geschwindigkeit, jedoch wird ihr Privatleben ausschließlich von rasanter Langeweile bestimmt. Frustriert und hoffnungslos spielt sie sogar mit Selbstmordgedanken. Dabei wünscht sie sich nichts sehnlicher, als ihre Leidenschaft leben zu können.

Ihr bester Freund Nick hat Mühe, sie bei Laune zu halten und wiederaufzubauen, bis Dinas Glück auf einer Party wieder Fahrt aufnimmt – dank einer auf den ersten Blick unscheinbaren Frau, die alles gehörig durcheinanderwirbelt. Doch was hat die mysteriöse Unbekannte zu verbergen und ist Dinas Kampf um Anerkennung zum Scheitern verurteilt?

Rasante Action, witzige Sprüche, emotionale Wendungen und heiße Szenen zu einem Randthema unserer Gesellschaft. Speed, Lies, Recognition ...

Widmung

Für alle Menschen mit Handicap, deren größter Wunsch die Anerkennung ist ...

Prolog

»Nur noch die letzte Kurve, dann schreibt Ridge Geschichte, Ladies and Gentlemen. Jimmy Byrnes ist dran, er will den Sieg, doch dafür muss er hart kämpfen und so langsam geht ihm die Straße aus. Ein Herzschlagfinale bei der 99. Austragung des Indianapolis 500 Rennen. Gleich ist es vorbei und es sieht danach aus, als könnte Dina Ridge aus Lake Arrowhead - Kalifornien - die erste Frau werden, die dieses legendäre Rennen gewinnt.

Das letzte Mal geht es über die Start- und Zielgerade; Byrnes klebt der heißen Rennfahrerin am Heck, aber was ist das ...? Oh mein Gott! Byrnes touchiert den Wagen von Ridge, sie kommt bei mehr als 200 Meilen ins Schleudern, verliert die Kontrolle ... ein spektakuläres Fotofinish, sehr verehrte Zuschauer, schauen Sie sich das an!

Es ist unglaublich, die dreißigjährige Dina Ridge dreht sich vor ihrem ärgsten Rivalen, Jimmy Byrnes, über die Ziellinie! Sie kann den Wagen nicht mehr abfangen und schlägt heftig in die Streckenbe-grenzung ein. Der Albtraum eines jeden Rennfahrers, der Horrorcrash. Gott steh ihr bei, das sieht böse aus ...«

Dina Ridge | Lake Arrowhead –
Kalifornien

Was für eine beschissene Nacht, ich hätte noch mehr trinken sollen, um endlich wieder durchschlafen zu können. Beim Blick in den Rückspiegel sehe ich nur mein zerzaustes blondes Haar, doch das ist mir im Moment egal. Ich habe Hunger und keinen Bock zu kochen; und genau aus diesem Grund fahre ich jetzt zu Slater's 50/50, dem besten Burger-Restaurant, das ich kenne.

Mit quietschenden Reifen verlasse ich die Einfahrt meines Anwesens und düse durch San Bernardino County, bis runter zum Highway. Kurz vor der Auffahrt halte ich an meiner Lieblingstankstelle beim alten Tony an. Ein netter älterer Herr, der immer gut gelaunt ist und sich rührend um seine Kunden kümmert. Er hat mich bereits kommen sehen und steht schon an der Zapfsäule bereit.

»Guten Morgen, Liebes«, begrüßt er mich mit einem herzerweichenden Lächeln durch das geöffnete Fenster der Beifahrerseite.

»Morgen Tony. Geht es dir gut?«

»Mir geht es sehr gut, wenn so hübsche junge Frauen wie du, mich am frühen Morgen beehren. Wie immer?«

»Ja, das wäre toll.«

»Bleib sitzen, ich kümmere mich um alles«, sagt er und schon steckt der Tankstutzen in meinem Wagen. Tony putzt mit Freude die Scheiben und genießt den Anblick meines Sportwagens. Wenn seine Frau das mitbekommt, schimpft sie wieder mit ihm, weil sie glaubt, er würde mir schöne Augen machen. Und als hätte sie meine Gedanken gehört, kommt sie aus dem kleinen Tankstellenshop, den die beiden hier betreiben.

»Flirtest du schon wieder, Tony?«, schallt es ins Wageninnere.

»Ja, ja«, antwortet ihr Mann genervt.

»Guten Morgen, Dina. Wie geht es dir heute?«, fragt sie. Im gleichen Zug reicht sie mir einen Kaffee durchs Fenster.

»Morgen Vicki. Schlecht geschlafen, aber das ist ja nichts Neues. Danke dir für den Kaffee!«

»Gerne, mein Kind. Lass ihn dir schmecken und sorge bitte dafür, dass Tony deinen Wagen nicht zu lange hätschelt, er fängt schon wieder an zu sabbern«, meint sie mit einem zarten Lächeln. Ich muss kichern, weil sie anscheinend weiß, dass ihr Gatte nicht wegen mir so gut gelaunt ist.

»Keine Sorge, Vicki, ich habe es eilig und bin gleich wieder weg.« Sie mustert mich mit skeptischen Blick, traut sich offensichtlich nicht zu fragen, wo ich in Jogginghose und Hoodie so dringend hin muss.

»Mach dir einen schönen Tag und pass auf dich auf«, sagt sie stattdessen, winkt mir zu und kehrt in ihren kleinen Laden zurück.

»Fertig, Dina«, meldet sich Tony nach einer Extrarunde um meine Corvette.

»Was bekommst du?« Er schaut rüber zur Zapfsäule und nennt mir den Preis für den Sprit.

»Stimmt so und sag Vicki nochmals danke für den Kaffee. Bei euch trinke ich ihn am liebsten.«

»Mache ich. Tust du mir noch einen Gefallen?« Ich weiß, was jetzt kommt und nicke, denn dazu braucht es keine weiteren Worte. Nachdem ich mich verabschiedet habe, drücke ich auf den Spaßmodusknopf am Armaturenbrett und gebe so viel Gas, dass die Reifen qualmen. Tonys breites Grinsen kann ich noch im Rückspiegel sehen. Er freut sich jedes Mal, wenn ich wieder mit meiner Rakete bei ihm vorbeischaue.

Mein Magen knurrt und jetzt wird es höchste Zeit. Nur Kaffee reicht mir nicht, ich brauche was zwischen die Zähne. Also ab auf den Highway und ordentlich Gas gegeben. Sonntagmorgens ist noch nichts los und vielleicht knacke ich meinen eigenen Rekord bis zum Slater's.

Auf dem ersten Stück schaffe ich es bis auf 180 Meilen pro Stunde. Dabei wird mein Wagen gerade erst richtig warm. Langsam fahren ist was für Schnarchnasen. Ich brauche Speed, sonst langweile ich mich schnell. Sobald ich am Drive-in-Schalter bin, werde ich mir eine riesige Portion Burger bestellen und es mir gut gehen lassen.

Kurz bevor ich mein Ziel erreiche und langsamer mache, taucht in meinem Rückspiegel ein Streifenwagen mit eingeschaltetem Blaulicht auf. Fuck, darauf habe ich jetzt überhaupt keine Lust! Das verzögert die Nahrungsaufnahme und sowas lässt mich echt pissig werden. Sie wollten mir letzten Monat schon den Führerschein wegnehmen, allerdings konnte mich mein Anwalt aus der Scheiße rausholen und es gab bloß eine Verwarnung. Sicherlich ist das wieder nur ein Kerl, der noch nie eine Corvette Stingray gesehen hat und seine Marke missbraucht, um in den Sabbergenuss zu kommen. Mit diesem Gedanken halte ich auf dem Seitenstreifen, lasse die Scheibe hinunter und lege die Hände auf das Lenkrad. Wie ich erwartet habe, steht Augenblicke später dieser Cop neben mir.

»Guten Morgen, Ms. Sie wissen, warum ich Sie anhalte?«, möchte er von mir wissen und klingt dabei sehr höflich. Ich schaue über meine Sonnenbrille hinweg zu ihm hinaus und schüttele den Kopf.

»Keine Ahnung. Vielleicht weil Sie sich meinen Wagen anschauen wollen?« Er lächelt und schüttelt wiederum den Kopf. Auf der Beifahrerseite klopft jemand an meine Scheibe. Da steht ein zweiter Cop und blickt zu mir in den Wagen.

»Würden Sie freundlicherweise für meine Kollegin die Scheibe herunterlassen?« Ist das sein Ernst? Haben die neue Vorschriften oder so? Ich habe keinen Bock auf Stress, will nur noch zu Slater's und meinen Magen füllen, also drücke ich den Knopf für das Fenster, damit die Polizistin sich besser umsehen kann.

»Gut so?«

»Vielen Dank, Ms. Weshalb wir Sie angehalten haben; Sie waren etwas zu schnell unterwegs. Ich möchte gerne ihren Führerschein und die Fahrzeugpapiere sehen«, bittet er mich wieder höflich. Mit dem sollte ich es mir nicht verscherzen, der scheint gut gelaunt zu sein. Unter den wachsamen Augen von Ms. Cop hole ich meine Papiere heraus und reiche sie durch das Fenster nach draußen.

»Hände schön wieder aufs Lenkrad«, erklingt es von der Seite. Die ist, anders als ihr Kollege, nicht gut drauf.

»In Ordnung, Ms. Ridge. Die Papiere passen, aber ich müsste Sie bitten, uns zum Department zu folgen.«

»Ähm, wieso? Das waren doch sicher nur ein paar Meilen zu schnell. Ich zahle das Ticket jetzt gleich und dann ist das erledigt.«

»Sie waren 40 Meilen zu schnell, Schätzchen«, faucht es zu mir in den Wagen.

»Entspann dich, Barbara, ich regele das mit Ms. Ridge«, sagt der Officer zu seiner Kollegin. Ich fühle mich wie in einem dieser Filme, wo sie guter Cop – böser Cop spielen.

»Ich kann Sie so leider nicht einfach fahren lassen. Ihre Papiere bekommen Sie im Department zurück. Bitte folgen Sie uns einfach«, lautet die freundliche, aber klare Ansage des Polizisten, der sich neben meinen Wagen gehockt hat. In seinem Gesicht kann ich ein leichtes Lächeln sehen und auch wenn ich echt genervt bin, sollte ich tun, was er sagt, dann ist es hoffentlich schnell vorbei. Mein Magen legt laut grummelnd sein Veto ein, muss jetzt aber noch warten.

»Okay«, antworte ich knapp.

»Haben Sie jemanden, der Sie abholen kann, Ms. Ridge?«

»Wieso, wozu ist das nötig?« Boah, was soll das jetzt? Sehe ich so aus, als bräuchte ich mit 31 noch einen Babysitter?

»Nicht nötig, Officer, ich kann selbst nach Hause fahren.«

»Lassen Sie uns das im Department klären«, meint er. Ich verstehe nicht ganz, was das jetzt soll, aber okay. Ich halte mich brav an die Anweisung, auch wenn mir danach wäre, einfach Gas zu geben und die Kurve zu kratzen. Der Highway ist kaum befahren, die würden mich mit ihren untermotorisierten Streifenwagen niemals kriegen, wäre da nicht das Thema mit meinen Papieren.

Ich beobachte im Rückspiegel, wie die beiden Cops in ihren Wagen einsteigen. Nachdem sie an mir vorbeigefahren sind, warte ich noch ein paar Sekunden und gebe Gas. Machen wir es wie die Sonntagsfahrer und tuckern im Schneckentempo über die Straße – hinter den Cops her. Ich frage mich, wieso ich heute überhaupt das Bett beziehungsweise die Couch verlassen habe.

Zwei Stunden später hänge ich in irgendeinem Büro herum und warte auf meinen besten Freund Nick. Ich wollte ihn nicht anrufen, aber die Cops haben meinen Wagen beschlagnahmt. Die Begründung dafür lautete so viel wie diverse Mängel. Keine Ahnung, was denen nicht passt, aber an diesem Wagen ist alles korrekt.

Nick ist ein echt feiner Kerl und ich bin ihm sehr dankbar, dass er kommt und mich abholt. Hoffentlich hält er mir keine Predigt, warum ich mich am Wochenende mit den Cops herumschlage. Officer Sharp, wie er sich vorgestellt hat, war weiterhin sehr nett, was man von seiner Kollegin nicht behaupten kann. Die mag mich aus unerfindlichen Gründen nicht. Als Nick von ihr ins Büro gebracht wird, verdreht der zuerst seine Augen.

»Dina, was hast du jetzt schon wieder angestellt?«, fragt er vorwurfsvoll.

»Was heißt hier *schon wieder*? Ich wollte zu Slater's, weil ich Hunger hatte, mehr nicht«, versuche ich mich zu verteidigen.

»Und so wie ich dich kenne, warst du mit dem Bleifuß unterwegs, richtig?« Dazu sage ich nichts, denn dann würde ich mich nur selbst belasten – mal davon abgesehen, dass diese Redewendung bei mir nicht zutrifft. Sie bitten ihn neben mir Platz zu nehmen. Officer Sharp bedankt sich bei seiner Kollegin, die daraufhin das Büro verlässt. Ist mir auch ganz recht, sie macht mich nur nervös.

»Was wird ihr zur Last gelegt?«, kommt Nick direkt zur Sache. Er kann das, schließlich hat er Jura studiert und in rechtlichen Themen berät er mich immer hervorragend. Von denen gab es in letzter Zeit genügend. Vielleicht fragte er auch deshalb, was ich schon wieder angestellt habe.

»Nun, Mr. ... wie ist ihr Name?«

»Nick Lambert, Officer Sharp.«

»In Ordnung, Mr. Lambert. Ms. Ridge ist ein klein wenig zu schnell gefahren.« Nick schaut mich an und grinst.

»Du warst mit der Rakete unterwegs?«

»Ja, der nächste Slater's ist in Rancho Cucamonga, das weißt du doch.« Schnaufend stützt er sich an seinem Stuhl ab, um mich eindringlich anzusehen.

»Du fährst 50 Meilen, nur für einen Burger?«

»Und, was ist dein Problem? Der Wagen muss auch mal bewegt werden.«

»Dina ...«, er kann sich sein Lachen nicht mehr verkneifen. »Du hättest einfach nur anrufen müssen, dann wäre ich zu dir gekommen und mit dir gefahren.«

»Darf ich jetzt etwa nicht mehr allein unterwegs sein? Und wieso sollte ich dich morgens um acht Uhr aus dem Bett klingeln?«

»Ich unterbreche Sie nur ungern«, mischt sich der Officer ein. »Die Geschwindigkeitsübertretung ist nicht das Problem. Ms. Ridge ist schwerstbehindert und hat an ihrem Fahrzeug keinerlei Kennzeichnung. Außerdem war sie ohne Rollstuhl unterwegs.« *Dankeschön, Officer Arsch*, denke ich mir. Genau diese Scheiße nervt mich so unendlich. Allein bei dem Wort *schwerstbehindert* schwillt mir der Kamm! Ich kann die ganze Kacke nicht mehr hören. Sie müssen dies, Sie müssen jenes. Leckt mich doch alle am Arsch!

»Ich kann nicht laufen, das ist richtig, aber ich kann Autofahren, oder haben Sie die Schaltwippen an meinem Lenkrad für Gas und Bremse nicht gesehen?«

»Die habe ich schon bemerkt, Ms. Ridge, trotzdem müssen Sie eine Kennzeichnung am Wagen haben. Sollten Sie in einen Unfall verwickelt werden, kann das folgenschwere Konsequenzen für Sie haben«, belehrt mich der Cop.

»Ich weiß, wie das ist, und brauche dazu keine Aufklärung«, knurre ich angefressen. Nick streicht mir zeitgleich über die Schulter, um mich so zu beruhigen.

»Wissen Sie, wie beschissen dieses blaue Fuck-Zeichen an der Windschutzscheibe oder auf dem Nummernschild eines Sportwagens aussieht?«

»Beruhigen Sie sich, Ms. Ridge. Ich kann Sie sehr gut verstehen ...«

»Nein, können Sie nicht. Ich möchte wie jeder andere behandelt werden. Was ist daran zu viel verlangt?«, falle ich ihm ins Wort. Er ist definitiv kein guter Cop mehr, also nicht in meinen Augen. Erst war er cool, aber jetzt fuckt er mich ab.

»Dina, komm runter!«, meldet Nick sich zu Wort. »Warum fährst du ohne deinen Rollstuhl einfach so los? Wo ist der überhaupt?«

»Der steht in der Garage und hat nicht in den Wagen gepasst. Am Drive-in muss ich nicht aussteigen, wozu brauche ich also das Ding dann? Übrigens danke, dass du mir hier in den Rücken fällst, FREUND!« Natürlich hätte er ins Auto gepasst, aber wen interessiert's?

»Hey, jetzt maul mich nicht an. Ich bin hier, um dir zu helfen. Entschuldigen Sie, Officer Sharp, Sie tut sich damit noch schwer«, rechtfertigt er meinen Ausbruch.

»Schon okay, Mr. Lambert. Der Strafzettel beläuft sich auf 500 Dollar und den Wagen müssen wir hierbehalten, bis er entsprechend gekennzeichnet ist. Kommt Ms. Ridge dieser Aufforderung nicht nach, droht ein weiteres Bußgeld.« Jaja, die mit ihrem scheiß Knöllchenwahnsinn.

»Dann stellen Sie mir gleich eines aus, ich zahle gerne die nächsten fünf Jahre im Voraus«, werfe ich genervt ein.

»Dina, jetzt halt endlich deine vorlaute Klappe, ich regele das«, weist mich mein bester Freund zurecht. Er verhandelt mit Officer Sharp meine Kapitulation, die folgendermaßen aussieht: Nick fährt die Corvette jetzt zurück und ich werde das Ding nicht mehr bewegen, bis dieses dämliche Zeichen an der Scheibe klebt. Was mir dabei Sorge macht ist, dass Nick zwar einen Führerschein hat, aber fast nie Auto fährt. Er hat selbst keines und kommt nach eigener Aussage mit den öffentlichen Verkehrsmitteln überall hin. Wenn ich von Lake Arrowhead mit dem Bus zu ihm nach Downtown L.A. fahren würde, wäre ich vermutlich zwei Tage unterwegs. Da fahre ich doch lieber selbst.

»Einverstanden, Mr. Lambert. Wir werden das in den kommenden Tagen unangemeldet überprüfen. Sind Sie damit einverstanden, Ms. Ridge?«

»Bitte was?«, frage ich, weil ich mittendrin gedanklich abgeschaltet habe.

»Mr. Lambert fährt Sie zurück nach Hause und wir besuchen Sie in den nächsten Tagen unangemeldet, um die Kennzeichnung an ihrem Fahrzeug zu überprüfen.«

»Meinetwegen! Können wir jetzt endlich los? Ich habe verdammt großen Hunger.« Officer Sharp lässt mich irgendeinen Wisch unterschreiben und sagt, er würde uns noch nach draußen begleiten. Die haben nur Angst, dass ich ihren verfickten Rollstuhl – den sie mir unter den Arsch geklemmt haben – kidnappe. Niemals würde ich diesen Klotz aus Eisen und Leder, in dem ich mir wie ein Zwerg vorkomme, gegen meinen ultraleichten Carbon-Rolli eintauschen. Anfangs hasste ich die Spezialanfertigung der Firma Sun-Med, bis ich zum ersten Mal nach dem Crash meinen Sportflitzer fahren wollte. Dadurch dass mein Beinersatz keine neun Kilogramm wiegt und auf das Nötigste beschränkt ist, kann ich ihn mit Leichtigkeit hinter meinem vorgezogenen Sitz verstauen. Wäre ich zehn Zentimeter größer, hätte ich meinen Wagen nie wieder fahren können, oder zumindest nur auf kurzen Strecken, deren Start– und Zielpunkt die heimische Garage wäre.

Nachdem ich mein Ticket für eine popelige Raserei beglichen habe, rolle ich nach draußen.

»Ich mach das«, bedeutet Nick mir.

»Finger weg, untersteh dich!«, warne ich ihn und lehne seine Hilfe, mich zu schieben, rigoros ab. Wenn ich doch so verdammt bedauernswert bin, lasst mich einfach in Ruhe, ich kutschiere mich dann lieber selbst durch die Gegend. Officer Sharp übergibt ihm meinen Wagenschlüssel, ich öffne die Beifahrertür und krieche unter den Augen der beiden hinein. Ist doch ganz leicht, fast so, als würde einer von ihnen einsteigen. Weil Nick sich Zeit lässt, winke ich. Wenn ich nicht gleich meinen Burger kriege, bin ich für den Rest des Tages ungenießbar und das heißt bei mir schweigen, bis es dunkel wird.

Nick übergibt den Rollstuhl an den Cop und steigt endlich ein. Er grinst mich von der Seite an, was ich im Augenwinkel sehe, aber ignoriere, denn dafür bin ich zu sauer.

»Muss ich irgendetwas beachten?«, fragt er vorsichtig nach.

»Nein, du kannst die Pedale benutzen oder die Schaltwippen am Lenkrad. Rechts Gas, links Bremse, such es dir aus und mach bloß nichts kaputt«, warne ich, ohne ihn anzusehen.

»Hey, warum bist du eigentlich so scheiße drauf?« Jetzt geht die blöde Fragerei weiter, ich könnte im Strahl kotzen!

»Das fragst du noch?«, fauche ich ihn wütend an. »Officer Arsch hat mich wie eine Rentnerin behandelt, seine Tussi von Kollegin geilte sich daran auf, mir alle möglichen Verstöße vorzuhalten, und du kommst hierher, um mir dann in den Rücken zu fallen. Mein Magen knurrt seit gefühlten drei Tagen, ich habe noch nicht geduscht und die Nacht war nicht anders als die letzten 365 davor.« War die Liste der beschissenen Dinge an diesem Tag damit lang genug? Für Nick anscheinend nicht, er zieht es vor genau das zu tun, wovor ich Bammel hatte – mir eine fette Standpauke zu halten.

»Dina, es war ein Unfall, akzeptiere es ...«

»Dieser Wichser Byrnes wollte mich um den Sieg bringen und hat mir mit Absicht den Hinterreifen aufgeschlitzt«, falle ich meinem besten Freund ins Wort. Das Indy 500 – heute genau vor einem Jahr - war das beste und zeitgleich das schlechteste Rennen meiner noch so jungen Rennfahrer-Karriere.

»Du unterstellst ihm Absicht, dabei haben seine Telemetrie-Daten etwas anderes ergeben. Er hatte in deinem Windschatten zu viel Geschwindigkeitsüberschuss, ging vom Gas und versuchte einen Zusammenprall zu vermeiden. Außerdem bemüht er sich seit einem Jahr darum, sich bei dir persönlich zu entschuldigen.«

»Ist mir egal! Wenn der Penner mir gegen-übersteht, zerquetsche ich ihm seine verfickten Eier!« Nick packt mich an der Schulter, doch das will ich nicht und schüttele seine Hand ab.

»Dieser Sieg war großartig, du hast wie eine Löwin gekämpft und eines der berühmtesten Rennen der Welt gewonnen. Dina, du hast Geschichte geschrieben!«

»Und, was nützt mir das?«, frage ich verzweifelt.

»Süße, ich weiß, dass du am Boden bist und auch fünf Millionen Dollar Siegprämie nicht genug sind, damit du wieder laufen kannst. Tu mir einfach einen

Gefallen. Du warst früher so ein fröhlicher Mensch, hast dich von vielem anstecken und mitreißen lassen, doch seit dieser Sache verkriechst du dich immer mehr. Du bist nicht allein und du darfst vor allem nicht immer gleich denken, dass alle Menschen dich bemitleiden. Sie sind aufmerksam und wollen helfen«, redet er ununterbrochen auf mich ein. Das Schlimme ist, ich weiß, er hat recht. Ich bin von dieser ganzen sentimentalen Scheiße nur noch genervt. Überall, wo ich hinkomme, glotzen mich die Menschen komisch an, tuscheln hinter vorgehaltener Hand, doch das Allerschlimmste von allem ist, dass ich keine Rennen mehr fahren kann. Das war es, wofür ich geboren wurde. Schon mein Grandpa prophezeite mir an seinem Sterbebett eine Karriere als berühmte Rennfahrerin. Das bin ich heute, allerdings eine traurige Berühmtheit, eine Frau die querschnittsgelähmt ist und einsam in ihrer Millionenvilla versauert. Mein Leben ist vorbei, würde nur endlich jemand kommen und mich erlösen.

»Alle wollen nur helfen, aber wenn ich von einer Brücke springen will, ist niemand da. So viel zu diesem Thema«, schnaufe ich. Tränen bahnen sich ihren Weg über meine Wangen, ich kann einfach nicht mehr.

»Schnall dich an, wir fahren jetzt zu Slater's und dann bringe ich dich nach Hause, wo wir uns einen

Schlachtplan machen«, gibt Nick an, ohne weiter auf meine Worte einzugehen. Wie lange soll das dauern? Er hat praktisch keine Erfahrung mit diesem Wagen. Ich will ihn aus Prinzip nicht hier stehen lassen, irgendwann müsste ich ihn so oder so abholen. Da wäre ich dann auf die dämlichen öffentlichen Verkehrsmittel oder auf jemanden, der mich hierherfährt, angewiesen. Mühsam wische ich mir die Tränen aus den Augen, greife nach den Renngurten und schnalle mich an. Als ich etwas sagen will, blockt Nick ab. Er meint, er müsse aufpassen und ich solle ihm vertrauen.

»Du bist echt der Wahnsinn! Wo hast du so fahren gelernt?« Nick ist die drei Blocks zum Burger Restaurant über zehn Meilen Umweg gefahren, nur um mir zu beweisen, dass er mit meinem Baby umgehen kann. Sein Fahrstil ist eindeutig besser geworden. Wenn ich an früher denke, als wir oft zusammen unterwegs waren, wollte ich ihn nie fahren lassen, weil er jeden Wagen schon nach wenigen Sekunden abwürgte. Selbst bei Autos mit Automatikgetriebe hat er es hinbekommen, was eigentlich unmöglich ist.

»Während du damit beschäftigt bist, alles nur negativ zu sehen, habe ich mir deine kritischen Worte zu Herzen genommen und mich darum gekümmert, ein besserer Fahrer zu werden.«

»Das ist dir gelungen, ich bin beeindruckt.« Er hat es geschafft, mich zum Lachen zu bringen, was in letzter Zeit nicht vielen Leuten gelungen ist. Während wir darauf warten, dass wir am Drive-in-Schalter bestellen können, erzählt er mir, was er in den letzten Monaten alles unternommen hat. Das Ergebnis kann sich sehen lassen.

»Wann kaufst du dir deinen ersten eigenen Wagen?«, frage ich neugierig.

»Das hat noch Zeit, ich bin sehr wählerisch, das weißt du«, antwortet er. Nick arbeitet in einer großen Promotion-Agentur und verdient gutes Geld. Er kann sich mit Sicherheit einen netten Wagen leisten. Sollte er mich fragen, würde ich ihm das Kapital dafür auch sofort leihen, immerhin ist er mein bester Freund, und das seit der Junior High School.

Wir sind an der Reihe und bestellen uns die Megaportion. Der junge Kerl, der uns bedient, bekommt beim Anblick meines Sportwagens den Mund nicht mehr zu. Vielleicht hätte ich heute doch mit meinem SUV fahren sollen, dann wäre mir unter Umständen der ganze Stress erspart geblieben. In den letzten Wochen und Monaten habe ich ihn hin und wieder gefahren, um meinen Kühlschrank voll zu machen. So konnte ich mich immer ein bis zwei Wochen in der Villa verschanzen. Wenn Nick dabei war und wusste, dass es mir schlecht ging, erzählte er mir auf unseren Fahrten die Geschichte des Automobiles. Jedes Mal ein Stück mehr.

»Hey, wo bist du?«, reißt er mich aus den Gedanken.

»Ich musste an unsere Einkaufstouren denken«, erwidere ich.

»Oh ja, die waren der Hammer! Halt das, sonst kann ich nicht fahren.« Er drückt mir zwei prallgefüllte braune Tüten in die Hände.

»Darf ich noch ein Stück über den Highway fahren?«

»Klar, aber wo willst du hin?«

»An einen Ort, wo wir in Ruhe essen können und uns niemand nervt, beobachtet oder über uns redet. Einverstanden?«

»Okay, ich bin gespannt.« Er bemüht sich wirklich. Vielleicht bin ich vorhin im Department etwas zu hart mit ihm umgegangen.

Unterwegs erzählt er mir wieder etwas von Autos. Ich verstehe zwar eine ganze Menge davon, aber Nick ist bei diesem Thema unschlagbar. Nach meinem Unfall hatte er die Hersteller meiner Fahrzeuge kontaktiert und sich um deren Umbau gekümmert. Er wollte mir Mut machen und zeigen, dass ich so bin, wie jeder andere auch. Die Ausnahme ist mein Motorrad, hier gab es keine Möglichkeit einer anderen Konfiguration, damit ich nur mit den Händen fahren kann. Ist auch egal, vier

Räder sind mir schon immer lieber gewesen als zwei.

»Sorry, aber das riecht so gut, ich muss wenigstens schon die Fritten essen«, unterbreche ich Nicks ausschweifende Erklärungen. Er lässt sich von mir nicht stören und erzählt einfach weiter. Wo wir hinfahren, ist mir im Moment auch egal. Nach dem scheiß Start in den Tag, fühle ich mich im Moment gut. Die Dusche hätte ich trotzdem gern, aber selbst hier hat mein Freund den passenden Kommentar – man kann nicht alles haben.

Kaum 30 Minuten später erreichen wir Mount Baldy. Eine kleine Ortschaft in den Bergen. Hier hat Nick in seiner Studienzeit an der örtlichen Junior High School gearbeitet. Ich war damals ein paar Mal mit hier gewesen und kann mich an lustige Abende mit sehr viel Alkohol erinnern. Einmal haben wir sogar auf dem Rasen des kleinen Stadions übernachtet. Eigentlich wollten wir nur Sternschnuppen beobachten, haben dann aber so tief in die Flasche geschaut, dass keiner von uns mehr fahrtüchtig war.

»Was machen wir hier?«, frage ich neugierig. Er lächelt mich an und stellt den Motor ab.

»In Erinnerung an gute alte Zeiten schwelgen und uns den Bauch vollschlagen.« Nachdem er ausgestiegen ist, öffnet er meine Tür und greift nach mir.

»Was soll das werden?«

»Wir setzen uns so wie früher auf die Tribüne; und ich trage dich dort hin, keine Diskussion! Halt die Tüten gut fest.« Ich kreische spaßhaft los, so lange, bis ich sicher in seinen Armen liege. Nick ist kräftig, er trainiert beinahe täglich und mich Fliegengewicht schafft er mit Leichtigkeit.

Bis zu unserem Platz sind es nur ein paar Meter. Ganz behutsam setzt er mich ab, nimmt neben mir Platz und schnappt sich eine Tüte.

»Die sind zwar schon kalt, aber scheiß drauf, Slater's Burger sind so oder so einfach die besten. Lass es dir schmecken, Dina.«

»Danke«, antworte ich knapp. Weil die Fritten schon fast alle aufgegessen sind, nehme ich mir einen Burger, wickele ihn aus und beiße herzhaft hinein.

»Scheiße sind die geil«, nuschele ich mit halb vollem Mund.

»Du sagst es«, erwidert Nick kaum verständlich. Wir müssen herzhaft lachen, so einen Quatsch machen auch nur wir.

»Wie war das mit den 50 Meilen für einen Burger fahren?«

»Jetzt sind es 80 Meilen, und wen interessiert's?«

»Du hast absolut recht. Danke, dass du mich dort rausgeholt hast und sorry für das Anmaulen in Gegenwart von Officer Arsch«, entschuldige ich mich.

»Hey, der war echt sexy, den hätte ich nicht von meiner Bettkante gestoßen«, äußert sich Nick grinsend. Hatte ich erwähnt, dass mein bester Freund schwul ist? Ich glaube, das ist genau der Grund, weshalb er so cool ist. Er sieht die Welt mit anderen Augen, ist immer da und ein sehr pflegeleichter Typ.

»Soll ich mich noch einmal bei ihm melden und seine private Telefonnummer erfragen?«, frage ich ihn neckend.

»Also Fesselspiele sind ja ganz nett, nur ich glaube nicht, dass Officer Sharp auf Popo Spielchen steht. Der wirkte irgendwie ziemlich hetero.«

»Kommt auf den Versuch an, Nick. Überleg es dir einfach und dann schauen wir mal, okay?«

»Ich werde darüber nachdenken, Süße!« Hastig schlinge ich den Rest meines ersten Burgers hinunter und schnappe mir direkt den nächsten.

»Was ist mit dir?«, will er wissen.

»Was soll mit mir sein?«, hake ich nach.

»Wir haben in den vergangenen Wochen und Monaten nicht besonders viel Zeit gehabt. Gibt es eine neue Liebschaft oder zumindest Anwärterinnen in deinem Leben?« Dieses Thema interessiert ihn natürlich brennend. Früher gab es den *bester-Freund-Test* für die Männer in meinem Leben, bis ich mehr Gefallen an Frauen fand und Nick diese dann unter die Lupe nahm. Mein Interesse an weiblichen Sexualpartnern wuchs seit meinem 20. Lebensjahr stetig. Den letzten Mann in meinem Bett hatte ich zu meinem 23. Geburtstag. Jede neue Frau, die ich kennenlernte und mit der mehr als Kaffee trinken und reden funktionierte, nahm Nick genauestens unter die Lupe, um sie auf Herz und Nieren zu prüfen. Bis heute hatte er an jeder etwas auszusetzen und wie sich herausstellte, lag er mit seinen Urteilen richtig.

»Wenn ich überhaupt noch Bock auf Sex habe, muss ich es mir selbst machen. Beantwortet das deine Frage?«

»Ach komm schon, du bist eine super attraktive Frau, Dina. Erzähl mir nicht, dass sich keine heiße Biene für dich interessiert.« Soll ich ihm die Wahrheit sagen oder einfach schweigen? Den Kopf hat er mir heute schon gewaschen, schlimmer kann es also nicht mehr werden.

»Lesben im Rollstuhl haben im Moment schlechte Quoten«, antworte ich und da ist es wieder, dieses Gefühl überflüssig und fehl am Platz zu sein. Ich hatte seit einem Jahr keinen Sex mehr. Nun ja, mit mir selbst, aber das zählt nicht. Das letzte Mal war in der Mittagspause vor dem Indy 500. Der Tag, an dem mich meine Beine im Stich ließen. Sheila hieß die Brünette, die mich damals in meinem Wohnwagen im Fahrerlager vernaschte. Sie war heiß, gierig – nahezu nymphoman veranlagt und nach dem Rennen beziehungsweise nach meinem Unfall, habe ich sie nie wiedergesehen. Auch hier hatte Nick recht, als er sagte, auf Sheila wäre kein Verlass, ich wäre für sie nur eine nette Abwechslung. Im Medical Center hoffte ich bei jedem Klopfen an der Tür, sie würde einfach in mein Zimmer kommen, doch ich wartete vergebens.

»Blödsinn und absoluter Bullshit!«, wirft Nick in ernstem Tonfall ein. Sein starrer Blick verunsichert mich, er wird mir jeden Augenblick wieder eine Predigt halten.

»Ich habe eine Idee«, sagt er stattdessen. »Du kommst einfach zu wenig raus! Nächstes Wochenende gehen wir zusammen auf Tour, so wie früher immer. In Riverside gibt es diesen Sevilla Nachtclub, die veranstalten eine Regenbogenparty. Alle Homos dieser Welt sind willkommen.«

»Ich dachte du kannst dieses Wort nicht leiden?«

»Kann ich auch nicht, doch hier geht es darum, dich wieder in die Spur zu kriegen, dich aus deinem Loch herauszuholen und das Leben zu genießen. Wir fahren dort hin und amüsieren uns. Deal?« Ich weiß nicht so recht. Um mir Zeit zu verschaffen, beiße ich erneut herzhaft in meinen Burger. Nick beobachtet mich dabei, was es nicht leichter macht. Sollte ich ablehnen, wird er mir die nächsten Tage regelmäßig in den Ohren liegen. Einerseits habe ich keinerlei Interesse daran, irgendwelche Leute kennenzulernen, geschweige denn überhaupt unter Menschen zu gehen. Andererseits sagte er vorhin schon korrekterweise, dass wir in der Vergangenheit wenig Zeit miteinander verbracht haben.

»Nun sag schon und hör auf dich vor der Entscheidung zu drücken«, drängelt er mich. Schnaufend lege ich meinen halben Burger weg und sehe ihn an.

»Krüppel haben da sicher keinen Zugang«, lautet mein Veto. Nick schüttelt den Kopf.

»Trink einen Schluck und dann versuch es noch einmal«, fordert er mich auf.

»Was soll das? Hast du schon mal einen Rollstuhlfahrer in einem Club gesehen?« Ich wette nicht. Auch wenn er lacht, kann ich es mir nicht vorstellen.

»Ich kenne sogar einen, nicht mit Namen, aber in Santa Monica ist im 41 Beach Club regelmäßig ein Typ unterwegs, der macht alle Frauen verrückt. Schade, dass du nicht mehr auf Männer stehst, der würde dir sicher gut gefallen.«

»Du verarscht mich doch«, schnaufe ich.

»Du solltest mich gut genug kennen, Dina. Mein Angebot steht. Du musst dringend raus, dich entspannen, etwas anderes sehen und einfach mal wieder Spaß haben. Lass uns feiern, das Leben genießen und ein paar Shots kippen.«

»Und wer soll dann fahren?«, frage ich.

»Wir nehmen uns ein Taxi und ich zahle.«

»Ich weiß nicht so recht«, äußere ich mich erneut. Nick kann sehr penetrant sein und damit meine ich die liebenswerte Art. Schließlich stimme ich zu und werde darüber nachdenken. Noch ist eine knappe Woche Zeit und bis dahin kann eine Menge passieren.

»Warum machst du das, Nick?«

»Ich weiß nicht, was du meinst. Lass uns aufessen, sonst wird der Rest auch noch kalt«, wimmelt er mich ab, obwohl die Burger schon seit einer Stunde kalt sind.

»Danke«, flüstere ich ihm zu. Dann essen wir und schweigen. Außer Schmatzen ist nichts mehr zu hören, doch das stört hier niemanden, denn wir sind allein.

Bis obenhin vollgefressen lehne ich mich zurück, streichele über meinen Bauch und schaue auf meine Beine hinunter. Ich will sie bewegen können, aber ich spüre nichts. Es ist frustrierend, so dass ich vor lauter Wut heulen könnte, hier und jetzt.

»Slater's war heute die beste Idee«, lobt Nick. Dabei schaut er mir direkt in die Augen. Ich bin mir sicher, er kann meinen Schmerz sehen.

»Lass uns das wieder häufiger machen«, bitte ich ihn.

»Werden wir tun, verlass dich darauf.« Er greift nach der braunen Tüte, in die wir unsere Abfälle gesteckt haben, um sie am Fuß der Tribüne in eine Tonne zu werfen. Anschließend steht er vor mir und grinst.

»Satteln wir die Hühner, Süße, ich habe heute Abend noch eine Verabredung«, informiert er mich mit Blick auf die Uhr.

»Du machst mich neugierig. Erzählst du mir unterwegs davon?«

»Wenn du aufhörst dich selbst zu bemitleiden, vielleicht.«

»Hey, was sollte dieser Spruch jetzt?« Er kniet sich vor mich, legt die Hände auf meine Beine und schaut zu mir auf.

»Dina, dir ist etwas Schlimmes widerfahren. Dieser Unfall hat dein Leben verändert, aber nicht dich als Menschen. Ich sehe bei jedem unserer Treffen, wie schlecht es dir geht. Und es tut mir weh, dich so leiden zu sehen. Für mich bist du noch genauso wie vor diesem Tag und ich hoffe, du wirst es eines Tages verstehen und vielleicht sogar akzeptieren.« Seine Worte treffen mich so sehr, dass ich die Tränen nicht mehr zurückhalten kann. In den letzten Monaten habe ich so viel geweint, wie nie zuvor in meinem gesamten Leben. Oft tat ich es, wenn ich allein war. Vor Nick brauche ich mich nicht zu schämen, er kennt mich lang genug und hat mich sehr oft aufgefangen, wenn es mir schlecht ging. Nur bei diesem Problem kann er mir nicht helfen. Ohne zu zögern nimmt er mich in seine Arme und knuddelt mich liebevoll.

»Wieso musst ausgerechnet du schwul sein?«, schluchze ich an seiner Schulter.

»Ich habe es mir nicht ausgesucht«, antwortet er. Sanft gleitet seine Hand durch mein Haar. Dieser Mann ist ein Traum für jede Hetero-Frau.

»Bring mich nach Hause, ich will endlich duschen und dich nicht länger aufhalten.«

»Okay, Süße. Versprichst du mir etwas?«

»Kommt darauf an.«

»Du bist der wichtigste Mensch in meinem Leben. Ich bewundere, wie taff du bist und vermisse die Dina, die ich kenne. Sprich mit ihr, bring sie mir zurück und pass bitte auf sie auf, okay?«

»Ich werde mein Bestes geben, kann dir aber nichts versprechen«, erwidere ich mit einem Lächeln. Er hat es wieder geschafft. Egal wie schlimm die Situation auch ist, Nick bringt mich immer zum Lachen und dafür mag ich ihn so sehr.

»Danke!«

»Wofür bedankst du dich jetzt schon wieder?«, fragt er.

»Nimm es einfach so hin und lass uns fahren.« Er hebt mich hoch, bis ich über einer breiten Schultern liege. So bringt er mich zu meinem Wagen.

»Toller Service«, flachse ich, nachdem er mich angeschnallt hat.

In Twin Peaks, dem letzten Ort vor Lake Arrowhead, stoppt er den Wagen an einer Tankstelle, bittet mich sitzen zu bleiben und geht in den Shop. Keine Ahnung, was er beabsichtigt, aber gleich werde ich es wissen. Unterwegs hat er mir von seinem Date mit dem schnuckeligen Typen erzählt, den er so toll findet. Nick hat mit fremden Menschen keinerlei Berührungsängste, die ich aber schon immer habe, nicht erst seit meinem Unfall.

Wenige Minuten später ist er wieder da, hat jedoch anscheinend nichts gekauft. Neugierig wie ich bin, möchte ich natürlich wissen, was er dort drinnen gemacht hat. Nick kann wirklich geheimnisvoll sein, so dass ich nicht erfahre, was der Grund für seinen spontanen Besuch in dem Laden war. Schweigend geht es weiter, bis zu meinem Anwesen. Ich greife in das einzige Fach an der Mittelkonsole, wo sich die Fernbedienung für das Tor befindet, welches mich vor neugierigen Blicken und ungebetenen Gästen schützt.

»Gut gemacht, Respekt«, lobe ich meinen Fahrer, der ohne Korrektur in die schmale Lücke zwischen SUV und Rollstuhl in meiner Garage eingeparkt hat.

»Kein Problem. Ich mag deinen Flitzer.« Der kleine Ausflug hat mir gefallen, Nick gab sich alle Mühe mir ein paar Stunden zu versüßen, was ihm mehr als gelungen ist. Mühsam krabbele ich aus dem Wagen und hieve mich in meinen Rollstuhl.

»Kann ich dir noch einen Kaffee anbieten?«, möchte ich von meinem besten Freund wissen. Er stimmt zu und gibt an, gleich nachzukommen. Zügig rolle ich durch den kleinen Verbindungsflur ins Haus hinein. In der Küche schalte ich die Kaffeemaschine ein und lasse für Nick einen Kaffee durchlaufen. Ich selbst bin noch so satt, dass ich nichts mehr in mich hineinbekomme, nicht mal Flüssigkeit.

»Wo soll ich deinen Schlüssel hinlegen?«, höre ich ihn fragen.

»Einfach auf die Anrichte, danke dir. Wie kommst du eigentlich nach Hause?«

»Mit dem Bus, gleich müsste der nächste nach San Bernadino fahren.«

»Wann kaufst du dir endlich ein Auto, Nick? Du bist heute klasse gefahren und dieses öffentliche Herumgegurke raubt dir wertvolle Lebenszeit.«

»Sagt genau die Richtige«, meint er. »Tut mir leid, war nicht so gemeint.«

»Schon okay, sag, was du denkst. Du hast mir wieder einmal aus der Patsche geholfen, deshalb kümmere ich mich jetzt um deinen fahrbaren Untersatz und du wirst mich nicht davon abhalten. Mit dem Bus bist du nämlich morgen früh noch nicht zuhause.« Ich stelle ihm seinen Kaffee auf den Tisch, schnappe mir mein Handy und rolle hinaus in den Flur. Mit dem Taxi sollte er zügig in L.A. sein. Das bin ich ihm nach der Aktion von heute Morgen schuldig.

Als der Chauffeur bestellt ist, kommt Nick zu mir und sieht sich um.

»Und, warst du erfolgreich?«, erkundigt er sich.

»In einer halben Stunde ist jemand hier, der dich heimbringt.«

»Das wäre nicht nötig gewesen und das weißt du, Dina.«

»Wir wollten darüber nicht diskutieren, falls du dich daran erinnerst.«

»Okay, dann lass uns über etwas anderes sprechen. Du schläfst immer noch im Gästezimmer?«, fragt er und zeigt mit dem Finger auf die offene Tür hinter mir.

»Ja, ist der kürzeste Weg. Rollstühle und Treppen sind eine ziemlich beschissene Kombi«, antworte ich. Nick verdreht die Augen und will dann wissen, warum ich so ein großes Haus habe, wenn ich sowieso nur den unteren Bereich nutze. Die Antwort ist ganz einfach, ich habe gerne Platz.

»Hast du über die Sache mit dem Treppenlift nachgedacht?«

»Nein, Nick, lass es einfach«, schnaufe ich genervt. »Wenn ich da hoch will, dann schaffe ich das schon irgendwie. Dafür brauche ich nicht so ein dämliches Rentnerteil.« Die Fragerei lässt meine Laune kippen. Natürlich würde dieses scheiß Hilfsmittel auch gehen, nur komme ich mir dabei ziemlich blöd vor. Mein Gästezimmer ist nicht besonders groß, aber mir reicht es. Außerdem hat meine Haushälterin dann weniger zu tun.

»Warum machst du dir das Leben selbst so schwer?«, quengelt Nick weiter.

»Keine Ahnung, ich komme doch gut zurecht.«

»Kommt allerdings anders rüber, Süße. Du weißt, dass ich jederzeit für dich da bin.«

»Ja, und das ist unheimlich lieb von dir. Tust du mir einen Gefallen?«

»Jeden, das weißt du.«

»Okay, dann lass uns die letzten Minuten nicht über meinen Zustand oder ähnliches reden. Wenn du gleich weg bist und ich deprimiert in die Dusche krieche, könnte das schlimm enden.«

»Du könntest ausrutschen und dir das Genick brechen?«

»Sehr witzig, Mr. Klugscheißer!«

»Du lachst, ich habe mein Ziel jedenfalls erreicht. Komm her und lass dich drücken.« Er stellt seine Kaffeetasse ab, kniet vor mir nieder und legt seine Arme um mich.

»Danke für die Rettung und den Ausflug«, schniefe ich.

»Es war mir eine Ehre, Dina. Denk bitte gut über das nächste Wochenende nach. Glaub mir, du willst diesen Spaß nicht verpassen. Falls es hilfreich ist oder deine Entscheidung beeinflusst; wenn du mitkommst, verspreche ich dir, etwas Nettes für dich zu finden. Eine Brünette Maus – auf die du so sehr stehst -, die dich mal wieder richtig durch-vögelt, dass dir Hören und Sehen vergeht. Okay?«

»Du und deine Angebote! Ich werde darüber nachdenken. Werfen wir noch ein paar Körbe, bis dein Taxi da ist?«

»Unbedingt, ich dachte schon, du fragst nie!«
Lachend bringt er mich nach draußen. Außer von
Nick habe ich mich von niemandem bisher schieben
lassen – nicht einmal von meiner Mum -, weil ich
dafür zu stolz bin. Ich will dieses Getue und das
säuselnde Gelaber anderer Menschen nicht sehen
oder hören. Meine Beine streiken, deshalb bin ich
nicht gleich krank. Und diese ständige Mitleidstour
hängt mir zum Hals raus.

Über dem Tor meiner Garage hängt ein
Basketballkorb, in den wir jetzt ein paar Bälle
versenken werden. Ich weiß, dass ich besser bin als
mein Freund, der sich in nichts zurücknimmt, nur
weil ich anders bin.

»Die Revanche will ich nächstes Wochenende«,
fordert Nick, nachdem er mit sieben zu zehn
verloren hat. Eine Niederlage, die er locker
verkraftet, da bin ich mir sicher. Am Tor hupt es,
sein Taxi ist da. Ich begleite ihn noch, um mich zu
verabschieden und den Fahrer zu bezahlen.

Nachdem er weg ist, rolle ich zurück ins Haus,
direkt ins Badezimmer. Beim Blick in den großen
Spiegel an der Wand bemerke ich, wie furchtbar ich
heute aussehe. Meine Haare sind immer noch
zerzaust und die dunklen Augenringe scheinen wie
eingebrannt zu sein. Früher bin ich nie so los, aber
da konnte ich auch noch laufen.

Immer noch genervt von der Gesamtsituation, lasse ich Wasser in meine überdimensionale Badewanne. Auf dem Boden sitzend streife ich mir meine Kleidung vom Körper und ziehe mich am Wannenrand hoch. Ich verliere den Halt und klatsche hinein, woraufhin das Wasser nur so spritzt. Verdammter Mist! Ich sollte einfach untertauchen, einmal tief Luft holen und dann hätte ich die ganze Scheiße endlich hinter mir. Würde mich außer Mum und Nick jemand vermissen? Viele Freunde habe ich nicht, weil alle immer nur auf das Geld aus waren. Wenn es eine Möglichkeit gäbe, würde ich meine gesamte Kohle für funktionierende Beine hergeben und lieber auf der Straße leben, als hier elendig zu versauern.

Während ich mir die Haare wasche, muss ich an Nicks Worte denken. Für ihn bin ich immer noch die Gleiche, wie vor meinem schweren Unfall. Er behandelt mich heute noch genauso wie damals. Natürlich nimmt er in bestimmten Situationen Rücksicht oder hilft mir. Der Sportplatz ist das beste Beispiel dafür. Sonst habe ich bei ihm nie das Gefühl, anders zu sein. Und mehr will ich auch gar nicht. Wenn ich einkaufen fahre, benutze ich keine Behindertenparkplätze. Dabei werde ich oft seltsam angeschaut, ist mir aber egal. Die entsprechenden Plätze sind meistens sowieso durch faule und fette Menschen belegt, die sich einen Dreck um andere scheren und nur auf ihr eigenes Wohl bedacht sind.

Es fällt mir schwer, mich mit alldem abzufinden. Und daran ist nur dieser Wichser Byrnes schuld. Von wegen persönlich entschuldigen. Vermutlich werde ich nie wieder in meinem Rennwagen sitzen, was mich gewaltig frustriert. Wutentbrannt schlage ich gegen den Rand der Badewanne und tue mir damit selbst weh. Fuck! Am liebsten würde ich zu meinem alten Team fahren und Jimmy *Hackfresse* Byrnes eine verpassen, damit er auf seinem Arsch landet. Nachdem feststand, dass ich nicht mehr fahren kann, bekam er sofort einen Vertrag bei G-Force Racing. Man könnte meinen, dahinter würde Absicht stecken, also hinter der Sache auf der Start- und Zielgeraden. Scheiße! So komme ich nicht weiter!

Vergiss den dummen Vogel und rege dich nicht sinnlos auf, ermahne ich mich selbst. Ich werde meinen ehemaligen Boss Joe anrufen und mit ihm sprechen; ich will ein paar Antworten. Natürlich waren nach dem Crash Mitglieder des Teams da und haben sich um mich gekümmert, damals war mir das jedoch alles zu viel. Anstatt mich aufzuklären, vertröstete man mich nur mit der Aussage, die Telemetrie-Daten – die ich natürlich nie zu Gesicht bekommen habe – wären völlig in Ordnung gewesen. Tja, ich glaube allerdings nur das, was ich sehe.

Ich greife nach meinem Handy, suche entspannte Musik heraus und lasse mich davon berieseln. Sanfte

Klavierklänge halfen mir vor meinen Rennstarts runterzukommen und mich auf das Wesentliche zu konzentrieren. Nach wenigen Minuten kann ich mich auch wirklich entspannen und greife nach dem Duschgel. Langsam gleite ich über meine Brüste, hinunter zum Bauch und dann zwischen meine Beine. Warum bin ich schon wieder so geil? Gott, ich will endlich wieder Sex haben. Immer nur selbst befummeln ist langweilig. Mir wird bewusst, dass ich nur die Möglichkeit des Selbstfickens habe, es sei denn, ich gehe mit Nick auf diese Party. Und dann ist immer noch fraglich, welche Frau mit einem Krüppel wie mir ins Bett steigt. Die wüsste vermutlich gar nicht, wie sie mit mir umgehen soll. Kopfschüttelnd verwerfe ich meine Gedanken, streichele mich selbst und gebe nach ein paar Minuten auf. So gern ich es auch möchte, heute werde ich das nicht mehr hinkriegen. Desillusioniert und unzufrieden mit mir selbst krabbele ich aus der Wanne, schlüpfe in meinen Bademantel und rolle rüber in die Küche, wo ich mir etwas zu trinken organisiere. Meine Motivation reicht noch bis zur Couch, um den Fernseher einzuschalten, mich hinzulegen und durch hunderte von Sendern zu zappen. Auf ESPN läuft die Zusammenfassung des 100. Indy 500 Rennens, das vor wenigen Stunden stattfand. Tränen kullern über meine Wangen, ich vermisse es, zu fahren.

Schweißgebadet wache ich auf und höre jemanden meinen Namen rufen.

»Dina, mein Kind, geht es dir gut?«

»Mum?«

»Ja, Kleines, ich bin es.« Ich schaue auf und entdecke Mum, die mich mit besorgtem Gesichtsausdruck ansieht. Als sie ihre Hand auf meine Stirn legt, weiß ich sofort, dass sie es wirklich ist. Mum hat einen Schlüssel, damit sie jederzeit ins Haus kann.

»Wieso hast du nicht angerufen und Bescheid gesagt, bevor du vorbeikommst?«, frage ich irritiert. Für gewöhnlich meldet sie sich nämlich immer bei mir.

»Kind, ich habe gestern Abend angerufen, doch du bist nicht an dein Telefon gegangen. So kenne ich dich nicht und weil ich mir Sorgen gemacht habe, bin ich losgefahren, um nach dir zu sehen.«

»Aber Mum, von Phoenix bis hierher sind es fast 350 Meilen. Wieso bist du nicht geflogen?«

»Weil ich so schnell keinen Flug bekommen habe. Jetzt bin ich hier, also ist es doch auch völlig egal, womit ich hergekommen bin. Wieso schläfst du auf der Couch?«

»Ich war gestern mit Nick unterwegs und konnte nicht einschlafen, deshalb habe ich den Fernseher eingeschaltet und muss dann weggedöst sein.« Die Nacht war wieder einmal beschissen. Um Mitternacht hatte ich Hunger, plünderte den Kühlschrank und stellte dabei fest, dringend einkaufen zu müssen. Als ich satt war, schenkte ich mir ein Glas Wein ein und verkroch mich wieder auf die Couch. Danach war ich im Stundenrhythmus wach, was mich total nervt.

»Dina, du siehst nicht gut aus, ich mache mir große Sorgen um dich.«

»Oh Mum, du hast mich geweckt. Ich sehe morgens immer etwas zerknautscht aus«, erwidere ich. Wenn ich ihr von meinen Schlafstörungen erzähle, wird sie mich so lange nerven, bis ich mit ihr zum Arzt fahre. Den Fehler habe ich anfangs gemacht. Mum ist wirklich lieb und kümmert sich um alles, nur komme ich mir dann immer wie ein kleines Kind vor, das ich nicht mehr bin.

»Kann ich dir bei irgendetwas helfen?«

»Lass mich bitte erst richtig wach werden, dann sehen wir weiter.«

»In Ordnung, ich mache uns in der Zwischenzeit Frühstück«, beschließt Mum und verschwindet in der Küche. Gott, ich bin durchgeschwitzt und völlig gerädert. Nur eine Nacht durchschlafen wäre ein Segen. Ich schließe meine Augen und will noch einen Moment dösen, als die Tür schon wieder aufgeht.

»Guten Morgen, Ms. Ridge«, begrüßt mich meine Haushälterin mit einem glücklichen Gesichtsausdruck.

»Morgen, Rachel.« Verdammt, jetzt muss ich aufstehen.

»Ähm, Ms. Ridge, ich habe eine Bitte an Sie«, fährt Rachel gleich fort. Ich nicke ihr zu und raffe mich mühsam auf.

»Meine Tochter Lea wird mir helfen und ich möchte ihr dazu die Grundlagen zeigen. Ist es für Sie in Ordnung, wenn sie heute dabei ist?« Rachel ist selbständig und verdient mit dem Putzen von Häusern ihren Lebensunterhalt. Von ihrer Tochter habe ich schon einmal kurz gehört, wusste allerdings nicht, dass sie schon arbeitet.

»Hallo Rachel, es ist schön dich wiederzusehen«, unterbricht Mum unser Gespräch. Sofort ist sie Feuer und Flamme. Sie mag meine Haushälterin. Eine Freundin von ihr hatte uns diese stets zuverlässige Fee vor ein paar Jahren empfohlen. Das überschwängliche Begrüßungsritual erspare ich mir, auch wenn ich Rachel sehr gern habe. Ich krabbele in meinen Rollstuhl, suche die Küche auf und hole mir einen Kaffee. Anschließend geht es gleich weiter ins Badezimmer.

In der Dusche starre ich - wie so oft – auf meine leblosen Beine und frage mich, warum Gott mich so bestraft. Was habe ich in meinem Leben falsch gemacht? Ich kann nichts spüren, sie nicht bewegen und das ist einfach nur ätzend! Als ich den Tränen nah bin, geht überraschend die Tür auf. Eine Sekunde später schaut mich eine junge Frau mit offenem Mund an. Sie hat lange braune Haare, dunkle Augen und trägt eine Schürze. In ihren Händen hält sie einen Eimer.

»Oh, tut mir leid, ich wusste nicht, dass Sie hier sind, Ms. Ridge«, stottert sie los. Das muss Rachels Tochter sein. Sie ist bildschön und wirkt sehr jung.

»Ich hoffe, ich habe dich nicht erschreckt«, erwidere ich. Rachel hat mich schon nackt gesehen, wenn ich meine Sachen vergessen habe und sie mir diese brachte. Wir kennen uns lang genug und ich habe damit kein Problem, weshalb mir Leas überraschter Blick nichts ausmacht.

»Ich komme einfach später wieder«, sagt sie leise. Ihr ist die Situation offensichtlich peinlich, denn sie geht schnell hinaus und schließt die Tür. *Süßes junges Ding, die hätte gerne noch bleiben können*, denke ich.

»Wir sollten Einkaufen fahren, du hast fast nichts mehr im Kühlschrank«, moniert Mum, als ich in die Küche zurückkehre.

»Ich weiß! Wenn wir gefrühstückt haben, fahre ich gleich nach San Bernadino zu Ralph's und mache den SUV voll.«

»Du fährst immer noch so weit zum Einkaufen? Wieso machst du das nicht hier?«

»Mum! Unser Laden hat nur die notwendigsten Dinge, da muss ich alle drei Tage losfahren, und dazu habe ich keine Lust.« Die Diskussion hat mir jetzt auch noch gefehlt. Ich liebe Mum; sie ist eine wundervolle Frau, nur manchmal kann sie sehr anstrengend sein und das endet dann jedes Mal in ewig langen Diskussionen.

»Warum musstest du auch in eine so gottverlassene Gegend ziehen?«, fragt sie. Ich zucke mit den Schultern, weil sie den Grund kennt, ich habe es oft genug erwähnt. Lake Arrowhead ist klein, wunderschön, ich habe Wasser vor der Tür – was ich absolut liebe – und hier geht mir keiner auf die Nerven. Vor meinem Unfall habe ich in East Los Angeles gelebt, allerdings war es mir dort zu laut, zu dreckig und zu hektisch.

Während wir Croissants mit Marmelade und Honig genießen, beschließt Mum einfach, mich zum Einkaufen zu begleiten. Ich werde das Gefühl nicht los, dass mit ihr irgendetwas nicht stimmt. Als ich sie danach frage, bekomme ich keine Antwort. Wir werden in unserem Gespräch kurz von meiner Haushälterin, die uns ihre Tochter verstellen möchte, unterbrochen.

»Ihr geht es nicht gut«, flüstert Mum, nachdem die beiden gegangen sind.

»Wie kommst du darauf?«

»Sie hat mir vorhin erzählt, dass ihr Ex-Mann das Geld für die Hypothek ihres Hauses verspielt hat. Wenn sie bis zum Monatsende nicht die Rate zusammenbekommt, ist sie drei Monate im Rückstand. Die Bank wird es ihr wegnehmen und zwangsversteigern.« Mum ist noch keine zwei

Stunden hier und weiß Sachen, von denen ich keine Ahnung hatte.

»Das ist traurig, gerade weil sie so fleißig und zuverlässig ist«, erwidere ich.

»Lea muss mithelfen, damit sie überhaupt über die Runden kommen. Sag mir, mein Schatz, bist du mit Rachel immer noch so zufrieden?«

»Natürlich, Mum! Du weißt, wie gründlich sie ist, und vor allem, dass sie nie krank wird. Außerdem ist sie immer sehr nett und hilfsbereit, ich mag sie.«

»Ich möchte ihr gerne helfen, was meinst du dazu?« Das wollte ich auch gerade sagen. Ich nicke Mum zu, die vorschlägt, Rachel die drei Raten für ihr Haus zu leihen, zinsfrei. Das hätte ich auch von allein getan, wenn ich vorher von den Problemen gewusst hätte.

»Ich rede mal mit ihr«, biete ich an und will mich schon auf den Weg machen. Mum hält mich jedoch zurück, da sie es alleine mit meiner Haushälterin klären möchte. Immerhin hat diese sich ihr anvertraut und ich weiß offiziell nichts davon. Nebenan klingelt mein Handy, so dass ich Mum ihre *Mission Rachel* überlasse und ins Wohnzimmer rolle.

»Ridge.«

»Hallo, meine Liebe, wie geht es dir?«, erklingt diese vertraute Stimme in meinem Ohr.

»Henry Jenkins! Schön, dass du anrufst. Sprechen wir nicht über mich, du bist viel wichtiger.« Unser ehemaliger Renningenieur hatte kurz nach meinem

Crash einen Herzinfarkt, bei dem er fast draufgegangen wäre. Zum Glück waren damals Leute anwesend, die ihm sofort zur Hilfe kamen; so hat man es mir zumindest erzählt. Seitdem habe ich ihn erst ein paar Mal wiedergesehen.

»Mir geht es wieder gut. Mich interessiert vielmehr, wie es meinem kleinen Mädchen geht.« Ich verdrehe die Augen und muss lachen. So hat er mich immer genannt, weil er fast zwei Köpfe größer ist als ich und er wie ein Dad für mich war.

»Warte kurz, ich fahre nach draußen, dann können wir ungestört reden«, sage ich. Mit dem Handy auf dem Schoß rolle ich durchs Wohnzimmer auf die Terrasse und runter zum Bootssteg. Henry will alles wissen. Wie es mir in der Zwischenzeit ergangen ist, ob ich das Racing vermisse und wie mein Privatleben aussieht. Damals war er meine Vertrauensperson und hat mich - neben Nick - bei wichtigen Entscheidungen beraten.

»Wie du vielleicht schon weißt, sind wir am kommenden Wochenende in Long Beach. Deshalb wollte ich dich fragen, ob wir uns dort wiedersehen können?«

»Oh Henry, du weißt, dass ich dich gerne treffen würde. Aber sollte mir eine ganz bestimmte Person über den Weg laufen, sperren sie mich vermutlich auf Lebzeiten von allen Rennstrecken dieser Welt, und das schon als Besucherin«, erwidere ich. Trotzdem würde ich sofort hinfahren, weil mir der

Motorsport fehlt, allein die Geräuschkulisse sorgt bei mir für eine Gänsehaut.

»Dann wirst du dich einfach benehmen, Dina. Ich kümmere mich darum, dass dir dieser Kerl nicht unter die Augen kommt. Wie klingt das?«

»Ich weiß nicht ... Vielleicht wirst du mich nachher nicht mehr los«, scherze ich. Henry steigt darauf voll ein und albert etwas mit mir herum. Letztendlich lädt er mich zum Kaffee ein, der guten alten Zeiten wegen. Als ich von ihm wissen will, wann wir uns treffen, schlägt er Samstagmorgen um acht Uhr vor. Bis nach Long Beach sind es zwei Stunden Fahrt. Ist der Highway frei und nehme ich meine Rakete, könnte es sogar deutlich schneller gehen. Dazu muss ich erst einmal dieses bescheuerte blaue Zeichen kaufen und an die Scheibe kleben. Ich berichte Henry davon, der sich am anderen Ende der Leitung schlapp lacht und rät mir, das nächste Mal die Kurve zu kratzen, da ich die Cops sowieso binnen weniger Meilen abhängen würde. Sicher will er nicht über die Nachrichten wieder etwas von mir hören, weswegen ich seinen Rat als Spaß abtue. Er ist ein lustiger alter Kauz, den ich sehr gern habe.

»Okay, Kleines, dann freue ich mich darauf, dich in ein paar Tagen wiederzusehen«, verabschiedet er sich. Ich lege auf und höre Mum hinter mir.

»Wer war das?«, fragt sie neugierig, wie sie ist.

»Henry und er lässt dir liebe Grüße ausrichten.«

»Der alte Charmeur«, kichert Mum amüsiert vor sich hin. Sie erzählt mir, Rachel wäre beinahe in Ohnmacht gefallen, als sie von unserem Hilfsangebot hörte. Ich sollte ihr auf keinen Fall sagen, dass ich Henry an der Rennstrecke besuche, denn dann wird Mum auf jeden Fall umkippen. Nach dem Crash wollte sie Jimmy Byrnes verklagen, was ich nur mit Mühe und Not verhindern konnte. Es hätte an meiner Situation nichts geändert und Geld habe ich genug. Zumal die Renn-Stewards das ganze Thema als regulären Rennunfall eingestuft haben. Ich weiß, Mum sieht es genauso wie ich, mit dem Unterschied, dass sie sich bei diesem Thema noch schneller aufgeregt und pissig wird als ich.

»Hey, hörst du mir überhaupt zu?«

»Ja, Mum! Rachel wäre fast in Ohnmacht gefallen. Hat sie die Hilfe angenommen?«, möchte ich wissen.

»Sie tut sich damit schwer und will darüber nachdenken.«

»Okay. Dann lass uns Einkaufen fahren«, schlage ich vor.

Im Haus kommt mir Lea entgegen und lächelt zart. Als Mum in der Küche verschwindet, bleibt Rachels Tochter vor mir stehen.

»Vielen Dank, dass Sie uns helfen wollen«, sagt sie. Dabei fallen mir ihre leicht geröteten Wangen auf.

»Sehr gerne. Ich hoffe, ihr nehmt das Angebot an. Und bitte, nenn mich Dina. Ist das okay für dich?«

»Natürlich, Dina.« Wir reichen uns die Hände. Ich schaue ihr tief in die Augen und spüre diese samtweiche Haut. *Gott, mit diesen Händen dürftest du mich überall berühren.* Sofort kribbelt es in meinem ganzen Körper. Ein lieblicher Duft kriecht in meine Nase, Lea riecht sehr gut.

»Wie alt bist du eigentlich?«, frage ich vorsichtig nach, weil mir diese Frage seit unserer ersten Begegnung im Bad auf der Zunge liegt.

»25«, antwortet sie.

»Ich finde es bemerkenswert, wie du deiner Mum in dieser schwierigen Situation hilfst. Es war sehr schön dich kennenzulernen, Lea.«

»Es bedeutet ihr alles. Und bitte entschuldige die Störung vorhin im Bad.«

»Kein Problem. Danke, dass ihr das Haus auf Vordermann bringt, ich weiß das zu schätzen. Bitte meldet euch, sobald ihr über das Hilfsangebot entschieden habt.«

»Das werden wir tun, herzlichen Dank!« Ich kann nicht fassen, dass Lea schon 25 ist! So wie sie aussieht, hätte ich sie höchstens auf 18 oder 19 geschätzt. Sie ist heiß und macht mich ein klein wenig an. Gott, ich brauche dringend Sex oder aber etwas, das mich davon ablenkt. *Rachels Tochter anzumachen ist keine gute Idee*, rede ich mir ein. Shoppen mit Mum hingegen schon, auch wenn es nur Fressalien sind. Die steht an der Haustür und wartet schon auf mich; wir sollten endlich losfahren.

Vielleicht ist Lea nachher noch da, bis dahin denke ich über die ganze Sache noch einmal nach. Sollte sie mir dann immer noch gefallen, gucken wir, was passiert.

»Seit wann hast du das Zeichen an deinem Sportwagen?«, fragt Mum, als wir in die Garage kommen. *Welches Zeichen?* Ich rolle zu ihr und schaue auf die Windschutzscheibe ... *Nick, du altes Schlitzohr!*

»Die Cops haben mich gestern angehalten und verwarnt. Nick hat sich wohl darum gekümmert und ich habe davon nichts mitbekommen«, beantworte ich Mums Frage. Jetzt ist auch klar, was er gestern in dem Tankstellenshop gemacht hat und wieso er noch in der Garage blieb, während ich schon im Haus war. Ich hasse es jetzt schon, sollte mich trotzdem bei ihm dafür bedanken.

»Er ist ein wahrer Freund. Nur schade, dass er schwul ist«, äußert sich Mum enttäuscht.

»Nick ist mir als bester Freund lieber, auch wenn er hetero wäre, Mum.« Bevor es dazu eine Diskussion gibt, die ich zu Genüge kenne, rolle ich um meinen SUV herum und krabbele auf den Fahrersitz. Mum wünscht sich einen Schwiegersohn, den sie aber nicht bekommen wird. Sie kennt meine Vorliebe für Frauen und ist davon nicht begeistert, aber das ist mein Leben.

»Lass es, ich kriege das allein hin«, zische ich, als sie Hand an meinen Rollstuhl legt.

»Wenn ich zu Gast bin, lässt du dir helfen, keine Diskussion!«, schimpft sie mit mir. Sie weiß, wie sie meinen fahrbaren Untersatz zusammenklappen kann und tut es. Danach stellt sie ihn hinter den Fahrersitz und steigt zu mir in den Wagen.

»War doch gar nicht so schwer«, sagt sie mit einem Lächeln. Wie dem auch sei, ich mag es nicht, was Mum allerdings weiß. Sie schnallt sich an und wir können endlich los.

Unterwegs drängt sie mich dazu, langsamer zu fahren. Das kann ja lustig werden! Wenn Mum gefahren wäre, hätte ich mit sehr hoher Wahrscheinlichkeit ein Nickerchen abhalten können. Wir sind in solchen Dingen grundverschieden. Sie, die Marketingspezialistin, die immer auf Sicherheit bedacht ist, und ich, die risikofreudige Rennfahrer-Tochter, die gerne aufs Ganze geht. Sie hat sich an den Haltegriff gekrallt und lässt ihn nicht mehr los.

»Was hast du heute noch vor?«, frage ich, um sie abzulenken.

»Wenn ich das hier überlebe, dann wollte ich mich um deinen Garten kümmern«, erwidert sie. Jetzt macht es bei mir *Klick!*

»Hast du schon wieder Streit mit Robert, Mum?«
Sie schaut schweigend aus dem Fenster. »Mum? Du hast gehört, was ich dich gefragt habe. Was ist los?«
Seit ich das Haus mit diesem riesigen Grundstück habe, war sie mehrfach zu Besuch und hat sich um

den Garten gekümmert. Zeitgleich gab es immer Ärger mit ihrem Lebensgefährten, dem sie jetzt wieder aus dem Weg gehen will, obwohl Robert eigentlich ganz nett ist.

»Es ist nichts«, antwortet sie leise. Wir halten in diesem Moment an einer roten Ampel, was ich natürlich ausnutze, um Mum auf den Zahn zu fühlen. Ich streiche ihr sanft über den Arm und bitte sie, mich anzusehen.

»Er ist Fischen gefahren und hat nicht einmal gefragt, ob ich mitwill«, schluchzt sie.

»Oh Mum! Du verabscheust das Fischen, und das nicht erst seit gestern. Warum sollte er dich dann mitnehmen?« Eine mittelschwere Krise bahnt sich an. So wie ich Mum kenne, wird sie die ganze Woche bei mir bleiben, weil Roberts Angelausflüge über mehrere Tage gehen und ihr sonst die Decke auf den Kopf fällt.

»Wir könnten mal etwas zusammen unternehmen«, beschwert sie sich.

»Robert geht dreimal im Jahr fischen. Was ist daran so schlimm? Lass ihm sein Hobby und sei froh, dass er nicht jedes Wochenende weg ist.« Und ich war im Glauben, ich hätte Probleme. Jetzt leuchtet mir auch ein, warum sie gestern Abend angerufen hat. Sie liebt Robert und er sie, das weiß ich, sie ist nur bei vielen Dingen zu empfindlich. Auch wenn ich nicht viel mit ihm zu tun habe, kenne ich ihn als sehr vernünftigen Menschen. Mums

Fluchtinstinkt kann ich trotzdem nachvollziehen. Mir geht es oft genauso. Ich würde bei gewissen Dingen gerne weglaufen, wenn nicht dieses verdammte Problem mit meinen Beinen wäre, die mir nicht mehr gehorchen wollen.

Die letzten Meilen bis zu Ralph's versuche ich Mum zu beruhigen, was leichter gesagt, als getan ist. Sie braucht ihre Zeit um zu begreifen, dass nichts Schlimmes passiert ist. Ich beschließe im Stillen, Robert später in einer ruhigen Minute anzurufen und nachzufragen, ob alles in Ordnung ist. Auch wenn ich vermute, dass Mum aus einer Kleinigkeit wieder eine große Sache macht.

Über eine Stunde Lebensmittel shoppen hat ein klein wenig geholfen. Mein Kofferraum ist gut gefüllt, Mum war abgelenkt und um diesen Status beizubehalten, darf sie nach Hause fahren. Es stellt sich schnell als Fehlentscheidung heraus.

»Mum, heute ist Montag, du musst nicht so fahren, als wäre Sonntag!«

»Ich sitze am Steuer und ich entscheide«, erwidert sie entschlossen. Okay, dann halte ich eben meine Klappe. Bevor mir langweilig wird und ich mich noch mehr aufrege, hole ich mein Handy heraus und schreibe Nick eine Nachricht. Ich muss dem verrückten Kerl noch danken und ihm von Henrys Anruf erzählen. Insgeheim hoffe ich ja, dass mein bester Freund mich am Samstag begleitet, dann könnte ich ihn unterwegs in L.A. sogar einsammeln.

Zuhause entdecke ich Rachels Wagen; sie sind also noch da. Mum bringt mir meinen Rollstuhl, aber ich verkneife es mir, irgendetwas zu sagen. Für heute gab es schon genug ernste Worte und Belehrungen. Ich schnappe mir den ersten Korb, den ich mir auf den Schoß stelle, und damit zur Haustür rolle, die mir überraschenderweise Lea öffnet.

»Lass mich dir helfen«, bietet sie an und greift sich den Korb. Ich habe keine Chance auch nur ein Wort zu sagen.

»Finde dich damit ab, wir sind in der Überzahl«, ist Mums Kommentar zu dieser Situation, als sie mit einem vollbepackten Karton an mir vorbeiläuft. Rachels Tochter hilft ihr, die Einkäufe ins Haus zu bringen. Um das Einräumen kümmere ich mich trotzdem lieber selbst, sonst finde ich nachher nichts mehr.

»Soll ich den Wagen noch in die Garage fahren, Dina?«

»Nein Mum, das mache ich später. Geh du in den Garten«, sage ich. Zwischen den Blumen und Pflanzen herumzuwuseln hilft ihr. Für Mum ist das wie meditieren. Ich habe dafür keine Geduld und lasse immer einen Gärtner kommen. Im Moment ist dort draußen genug zu tun und Mum sicher eine Weile beschäftigt. Schnell hole ich mein Handy aus der Tasche und rufe Robert an, um zu erfahren, was da los ist.

Kurze Zeit später stellt sich heraus, dass es viel Wind um nichts ist. Mums Freundinnen haben keine Zeit und Roberts Angeltrip mit Freunden ist seit längerem geplant. Ich soll ihr liebe Grüße ausrichten und was zu tun geben, dann würde sie sich schon wieder beruhigen. Ich sagte ja, sie ist einfach zu empfindlich. Hoffentlich werde ich nie so eine Dramaqueen.

»Störe ich?«, erklingt Leas zarte Stimme in meinen Ohren. Ich war gerade dabei, den Kühlschrank einzuräumen. Als ich die Tür schließe, sehe ich sie am Tresen stehen. Ihr Lächeln ist atemberaubend, diese Frau ist atemberaubend. Ich würde am liebsten ... *vergiss es, du verlierst deine Haushälterin, wenn sie es herausbekommt*, denke ich.

»Nein, ich habe nur den Kühlschrank eingeräumt. Möchtest du etwas trinken?«

»Sehr gerne«, antwortet sie.

»Wasser oder doch lieber einen Kaffee?«

»Mum freut sich bestimmt über einen Kaffee, mir reicht ein Glas Wasser.« Ich hole aus einem der unteren Schränke zwei Gläser heraus und fülle sie mit Wasser.

»Ich kann das auch machen«, meint Lea. Ich lehne jedoch ab, auch wenn es lieb gemeint ist. Nachdem die Kaffeemaschine läuft, halte ich ihr das Glas entgegen. Sie nimmt es mir mit einem Lächeln ab und wieder spüre ich ihre zarten Hände.

»Kommst du zurecht?«, frage ich neugierig.

»Alles super. Mir geht es so wie dir, ich bewundere meine Mum, wie sie das alles schafft. Dein Haus ist wirklich riesig. Lebst du hier ganz allein?« Moment! Eigentlich wollte ich sie doch ausfragen.

»Ja, leider«, gebe ich knapp zurück.

»Das tut mir leid, Dina. Du hast es wirklich sehr schön. Also ich würde mich in diesem Palast wohlfühlen.« Hm, wenn ich genauer darüber nachdenke, darf sie gerne öfter vorbeikommen.

»Ist nur häufig sehr langweilig. Wie groß ist denn euer Haus?«

»Du warst noch nie bei uns?«

»Nein, ich mache mich als Haushaltshilfe ganz schlecht.« Lea fängt nach meiner ironischen Bemerkung herzhaft an zu lachen.

»Der war gut, du bist echt witzig. Wenn du es genau wissen willst, deine untere Etage ist so groß wie unser ganzes Haus. Wenn du magst, komm doch gerne mal vorbei. Ich meine, Mum freut sich über euer Hilfsangebot und wird es sich nicht nehmen lassen, euch dafür zum Kaffee oder zum Essen einzuladen.« Spontan stimme ich zu, um mal wieder rauszukommen und etwas anderes zu sehen. Mein Haus ist toll und ich liebe es so viel Platz zu haben, aber im Moment sehe ich nichts, außer diese vier Wände.

»Dann soll ich euch das Geld überweisen?«

»Das wäre lieb von dir. Würdest du mir nur einen Gefallen tun und es direkt an die Bank schicken? Mein Stiefvater hat immer noch Zugriff auf unser Konto und sollte er das herausbekommen, ist es wahrscheinlich gleich wieder weg.«

»Kein Problem, dann seid ihr auf der sicheren Seite. Wenn er so schlimm ist, also dein Stiefvater, wieso schmeißt ihr ihn dann nicht einfach raus?«

»Das ist leichter gesagt, als getan.« Nach diesen Worten lässt sie von ihrem Lächeln ab.

»Tut mir leid, es geht mich nichts an, ich hätte nicht danach fragen sollen«, entschuldige ich mich.

»Schon okay, Dina. Manche Dinge brauchen ihre Zeit, aber wir kriegen das schon hin.«

Lea will mir in den nächsten Tagen die Bankdaten vorbeibringen und gibt mir so die Möglichkeit sie wiederzusehen. *Ob sie es bewusst macht?* Auf jeden Fall kann sie nach dem empfindlichen Thema schon wieder schmunzeln.

»Was machst du beruflich, wenn du deiner Mum nicht hilfst?«, taste ich mich vorsichtig heran und ziele damit auf etwas Bestimmtes ab. Sie erzählt mir, dass sie Kunst studiert und gerne malt, was ich sehr beeindruckend finde. Mir wird durch ihre Erzählung aber auch klar, wie schwer die beiden es haben. Alles allein zu finanzieren stelle ich mir nicht leicht vor. Wir hatten durch Mums Job bei einem renommierten Kosmetikunternehmen nie Geldsorgen. Sie finanzierte mir sogar den Einstieg in den Motorsport, wofür ich ihr heute noch sehr dankbar bin.

Lea macht auf mich einen sehr aufgeweckten Eindruck. Wir vertiefen unser Gespräch und ich gelange an den Punkt, an dem ich sie nach einem möglichen Freund frage.

»Zu oft in die Scheiße gegriffen«, antwortet sie darauf.

»Männer können anstrengend sein«, pflichte ich ihr bei. Sie nickt mit dem Kopf und sieht so aus, als hätte sie noch eine Frage. Doch sie scheint sich nicht zu trauen, diese zu stellen.

»Okay, Dina, dann mache ich mal weiter und störe dich nicht länger.«

»Du hast mich nicht gestört. Danke für das nette Gespräch und vergiss den Kaffee für deine Mum nicht.« Ich sehe ihr nach, wie sie hinausgeht und an der Treppe verschwindet. Ich frage mich, was passieren würde, wenn ich die Chance bekäme, sie zu küssen. Viele meiner ehemaligen Liebschaften hatten die Nase von den Männern gestrichen voll. Vielleicht irre ich mich bei Lea aber auch und sie steht nicht auf Frauen, geschweige denn, würde sie es mit einer probieren. Ich muss mich zusammen- reißen, dieses ständige Verlangen nach Sex macht mich noch wahnsinnig! Frustriert fahre ich nach draußen, rolle durch den Garten und halte auf dem Bootssteg an. Es wäre so leicht; einfach über die Kante rollen und weg bin ich. Keine Probleme, keine Sorgen mehr und vor allem würde dieser elendige Schmerz endlich vergehen.

Dina | Tage später ...

Heute ist Freitag, endlich! Die letzten Tage haben sich gezogen wie Kaugummi und mit Mum ist es nicht einfacher geworden. Ja, sie ist immer noch da, kümmert sich um alles, macht mir Frühstück und kocht mittags. Ich fühle mich wie ein kleines Kind und kann ihren Lebensgefährten gut verstehen. Seit Mum nicht mehr arbeitet, braucht sie eine andere Beschäftigung. Die hat sie in meinem Garten gefunden, der mittlerweile komplett fertig ist. Sie hat dort jeden Tag mindestens zehn Stunden meditiert. Stündlich hat sie nach mir geschaut und gefragt, ob ich etwas brauche. Wenn man so etwas nicht gewohnt ist, geht es einem schnell auf die Nerven, auch wenn sie es nur gut meint. Das letzte Mal, als sie so lange am Stück bei mir war, war kurz nach meinem Unfall. Sie begleitete mich zur Reha und kümmerte sich um all das, was mir plötzlich zu viel war. Ich habe meine Zeit gebraucht, um mich neu zu orientieren und mein Leben umzustellen. Trotzdem wurde der Frust mit jedem Tag größer.

»Ich geh schon, mein Schatz«, ruft Mum, als es an der Tür klingelt. Gedanklich befand ich mich gerade in einer anderen Welt. Ein lesbischer Liebesroman eines jungen Autors hat mich gefesselt und mich daran erinnert, wie untervögelt ich doch eigentlich bin.

»Dina, Lea ist da, sie wollte dir etwas vorbeibringen«, ruft Mum mir zu. Ich lege meine Lektüre beiseite und rolle rüber in den Flur, wo ich sie stehen sehe. Ihr Lächeln würde mir weiche Knie machen, wenn ich die verfickten, nutzlosen Dinger nur spüren könnte. In den letzten Tagen hatte ich immer wieder die Hoffnung, Rachels Tochter würde sich melden oder einfach vor meiner Tür stehen. Tja, und jetzt ist es endlich soweit, sie ist da. Mein Blick ist auf ihre Augen gerichtet, die förmlich strahlen.

»Hi, Dina! Wow, du siehst heute wirklich sehr hübsch aus«, begrüßt sie mich. Dazu beugt sie sich zu mir runter und legt kurz ihre Arme um mich. Mum beobachtet die Szene mit einem breiten Grinsen. Gut, dass sie nicht weiß, was ich denke oder fühle.

»Hey, schön dich zu sehen«, sage ich. Lea löst sich von mir, geht zurück zur Tür und holt eine Tüte.

»Die sind für dich! Hat Mum extra gebacken. Ich wollte sie dir zusammen mit den Bankdaten vorbeibringen und hoffe, nicht zu stören?«

»Nein, nein, komm rein. Möchtest du etwas trinken?«

»Sehr gerne, lieb von dir.« Mum lässt uns allein, was mir ganz recht ist.

In der Küche mache ich uns einen Kaffee und rufe nebenbei meine Bankberaterin an. Wir hatten versprochen Lea und ihrer Mum zu helfen. Wenn ich kann, dann arbeite ich die Dinge gerne gleich ab und schiebe nichts auf die lange Bank.

»Erledigt«, verkünde ich die erfolgreiche Überweisung.

»Herzlichen Dank! Mum ist immer noch sprachlos und ich finde es toll, dass ihr uns dabei unterstützt. Dürfte ich dich dafür noch einmal umarmen?« Hm, sie ist wohl auf den Geschmack gekommen? Ich nicke ihr zu und sie beugt sich erneut zu mir herunter. Ihr Duft ist der Gleiche wie Anfang der Woche, als sie das erste Mal hier war. Er macht mich an, genauso wie das Gefühl, diese junge, wunderschöne Frau zu spüren. Ich wette, mein Höschen ist nach der Umarmung, bei der ich jede Sekunde auskoste, feucht.

»Für euch gerne, Lea.«

»Das ist nicht selbstverständlich und so sehen wir es auch nicht. Und jetzt verrate mir, warum du heute so hübsch zurechtgemacht bist«, bittet sie mich. Ich schaue hinunter, greife nach dem dünnen Stoff meines langen Kleides und muss lachen.

»Mein bester Freund will mit mir ausgehen, damit ich mal wieder unter Leute komme.«

»Klingt gut! Wo geht es denn hin?«, fragt sie neugierig.

»Ins Sevilla, Riverside.«

»Den Club kenne ich, sehr gute Wahl. Die veranstalten heute diese Regenbogenparty, richtig?« Lea weiß davon?

»Ähm, ja, ich will mir das mal anschauen. Ich werde vermutlich sowieso nicht lang genug durchhalten.«

»Man muss mitnehmen, was man bekommt«, zwinkert sie mir zu. Ihrem Lächeln nach zu urteilen scheint sie mehr zu wissen, als ich denke. Ihre Mum weiß, dass ich auf Frauen stehe. Sie ist der einen oder anderen Gespielin begegnet. Ob sie ihrer Tochter davon erzählt hat?

»Möchtest du noch Make-up auflegen«, reißt Lea mich aus meinen Gedanken.

»Ja, unbedingt, so verlasse ich auf keinen Fall das Haus.«

»Glaub mir, du siehst wunderschön aus und kannst das Haus jederzeit so verlassen, wie du bist.« Okay, jetzt ist mein Höschen definitiv feucht!

»Wenn du möchtest und noch Zeit hast, dann helfe ich dir dabei«, bietet sie mir an. Sollte ich dieses Angebot annehmen? Wenn ich ja sage, muss ich danach unbedingt meine Unterwäsche wechseln.

»Dina, ist alles in Ordnung?«

»Ähm, ja, tut mir leid. Es wäre cool, wenn du das übernehmen könntest. Natürlich nur, solltest du auch Zeit haben.«

»Ich kümmere mich darum und dann liegt dir heute Abend jede Frau, der du begegnest, zu Füßen.« Diese Worte bestätigen meine Vermutung, sie weiß es!

Ich rolle ins Badezimmer und Lea folgt mir. Sie fragt zwar noch, ob ich eine bestimmte Vorstellung habe, doch die Entscheidung überlasse ich ihr. Nach einem letzten Blick in den Spiegel schließe ich meine Augen. Ich werde sie erst wieder öffnen, wenn sie fertig ist. Und ich bin sehr gespannt, was Lea zaubern wird.

»Ist dir kalt?«, fragt sie zwischendrin. Meine Antwort ist *nein* und ich kann sie lachen hören.

»Deine Gänsehaut sagt aber etwas anderes.« Sie bietet mir eine Decke an, ich müsste ihr also nur Bescheid sagen. Jedes Mal, wenn sie meine nackten Oberarme berührt, durchfährt mich ein kleiner Lustschauer. Ganz behutsam bringt sie Farbe in mein Gesicht und bittet darum, dass ich die Augen öffne.

»Gefällt es dir oder ist es zu viel?« Im Spiegel gegenüber erkenne ich mich nicht wieder. Vor lauter Erstaunen steht mein Mund offen. Lea hat es geschafft, mich sprachlos zu machen. Das Make-up sieht sehr natürlich und trotzdem verrucht aus. Der Lippenstift ist fast nicht zu erkennen, aber ich habe gespürt, wie sie ihn aufgetragen hat. Meine Wimpern sind verlängert und die Augenlider sind dezent dunkel geschminkt, so dass sie wie umschmeichelnde Schatten wirken.

»Ich kann es auch wieder runtermachen, wenn es dir nicht gefällt.«

»Nein, bloß nicht, es ist super geworden! Machst du das öfter?«

»Ich bin Künstlerin, schon vergessen?«

»Stimmt, das hatte ich in diesem Moment vergessen, tut mir leid.« Lächelnd schaut sie mich über den Spiegel an. Und weil das noch nicht genug ist, greift sie in meine Haare.

»Hast du die schon gemacht oder kann ich dir dabei auch noch behilflich sein?«

»Ich bekomme gleich ein schlechtes Gewissen«, gebe ich leise von mir. Lea schüttelt ihren Kopf und beteuert, dafür gäbe es keinen Grund. Eigentlich wollte ich die Haare offen tragen, so mag ich es am liebsten.

»Gehst du oft aus, Lea?«

»Früher hin und wieder, aber im Moment nicht. Wir müssen sparen und ich bin auch lieber kreativ, als mich zu betrinken.« Sie hat mich eben überrascht, indem sie mich binnen Minuten so perfekt geschminkt hat, wie ich es selbst noch nie hinbekommen habe. Schließlich gebe ich mich ihren Händen ein weiteres Mal hin. Ich mag es, wie sie mich berührt. Doch wenn ich erwartet habe, dass sie lange braucht, um meinen Kopf zu stylen, hatte ich mich geirrt. Sie nimmt sich aus einer meiner Schatullen eine künstliche Orchidee und steckt sie mir ins Haar.

»Schwarzes Kleid, weiße Blume, das passt perfekt. Was meinst du?«, möchte sie von mir wissen. Es hat was, das kann ich nicht abstreiten.

»Gefällt mir sehr gut. Vielen Dank, du bist wirklich eine Künstlerin«, bedanke ich mich bei ihr.

»Sehr gerne, es hat Spaß gemacht.« Ein Klingeln kündigt Nick an. Da Lea fertig ist, kann ich zur Eingangstür rollen und ihm diese öffnen.

»Oh, tut mir leid, ich habe mich wohl in der Adresse geirrt«, flachst mein bester Freund mit einem breiten Grinsen im Gesicht. »Hey, Süße, du siehst stark aus!« Er umarmt mich und entdeckt dann Rachels Tochter.

»Nick, das ist Lea, die Künstlerin, die das, was du gerade vor dir siehst, vollbracht hat.« Die beiden schütteln sich zur Begrüßung die Hand.

»Okay, ich verschwinde dann mal. Danke nochmals und habt viel Spaß auf der Party«, verabschiedet sie sich.

»Ich danke dir, für das Kunstwerk und die Muffins. Richte deiner Mum bitte liebe Grüße aus.«

»Sehr gerne, Dina. Wenn du magst, melde dich einfach mal.« Nick tritt zur Seite und lässt Lea hinaus. Wir schauen ihr beide nach, es geht einfach nicht anders.

»Also die hat ja einen knackigen Hintern und ist noch so jung. Hast du sie geküsst?«, kommt mein Freund direkt zur Sache.

»Leider nicht«, antworte ich.

»Aber sie gefällt dir, das merke ich.«

»Sogar sehr! Problem ist nur, sie ist die Tochter meiner Haushälterin.«

»Ach was, das ist doch kein Problem, Dina. Sie scheint dich zu mögen und du sollst dich bei ihr melden.«

»Das werde ich ganz sicher tun. Jetzt lass uns erst mal zur Party fahren. Du siehst übrigens sehr heiß aus«, lobe ich sein Outfit. Er trägt eine enge Jeans, ein weißes Hemd, das an der Brust nicht ganz zugeknöpft ist, und hat die Haare gestylt.

»Danke, Süße. Womit fahren wir?«

»Mit der Rakete, die du am letzten Wochenende heimlich beklebt hast«, sage ich und versuche dabei so ernst wie möglich zu schauen. Nick kennt mich jedoch zu gut und nimmt mir mein gespieltes Verhalten nicht ab. Ganz im Gegenteil, er tritt hinter mich, greift nach den Griffen meines Rollstuhls und schiebt mich hinaus, wo wir Mum begegnen.

»Ihr geht weg?«

»Ja, Mum, heute ist doch die Party, von der ich dir erzählt habe.«

»Na dann, habt beide viel Spaß und fahrt vorsichtig.«

»Das werden wir tun, Ms. Ridge. Einen wunderschönen Abend«, schmeichelt ihr Nick. Die beiden mögen sich und Mum wünscht sich insgeheim, Nick wäre nicht schwul. Aber diesen Schwiegersohn wird sie nicht bekommen. Er schiebt mich in einem Affenzahn zur Garage, wo wir neben der Corvette anhalten.

»Also jetzt haben wir ein Problem!«

»Heute gibt es keine Probleme mehr, Nick. Es ist Freitagabend«, erwidere ich.

»Du hast doch letztes Wochenende gesagt, dass dein Rollstuhl nicht in den Wagen passt. Soll ich dich auf der Party tragen oder neben wir deinen SUV?«

»Du hast mich erwischt, es war gelogen«, gebe ich leise zu. In meinem Sportwagen ist kaum Platz für irgendwelches Gepäck, aber mein ungeliebter fahrbarer Untersatz passt zusammengeklappt hinter die beiden Sitze. Um mir die Moralpredigt zu ersparen, krabbele ich auf den Fahrersitz und schnalle mich an. Nick verstaut das notwendige Übel und steigt ein.

»Dann lass uns feiern gehen und Spaß haben«, fordert er mich auf. Das muss er mir nicht zweimal sagen, auch wenn ich anfangs zögerte, seine Einladung anzunehmen. Schön wäre es, wenn Lea uns begleiten würde.

Auf dem Weg zum Sevilla muss ich an sie und daran, wie sie mit mir umgegangen ist, denken. Erst war sie extrem vorsichtig und wenig später machte es den Eindruck, als würden wir uns schon eine Weile kennen. Nick ist neugierig und quetscht mich aus. Zu viel erzähle ich nicht, weil ich glaube, mehr hinein zu interpretieren, als da in Wirklichkeit ist. Irgendwie habe ich auch Angst vor seinem Urteil. In der Vergangenheit lag er damit nämlich immer richtig.

»Verrate mir etwas anderes«, wechsele ich abrupt das Thema. »Henry hat mich morgen zum Frühstück eingeladen. Würdest du mich begleiten?« Nick sieht mich an und lacht.

»Frühstück klingt sehr gut. Wo will er sich mit dir treffen?«

»Long Beach, an der Strecke.«

»Ist schon wieder ein Rennen?«

»Ja, leider«, antworte ich knapp. Wir sprechen selten über das Thema, da es mich deprimiert, nicht mehr fahren zu können.

»Du willst also nicht ohne deinen Bodyguard gehen?« Nick versteht es, beschissene Situationen zu erkennen und mich wieder zum Lachen zu bringen.

»Ich möchte nicht allein dorthin.«

»Das weiß ich, Dina. Wenn es dir wichtig ist, dann fahre ich mit dir. Henry soll einfach dafür sorgen, dass dieser Mensch nicht unseren Weg kreuzt. Sonst kann ich nicht versprechen, mich im Zaun halten zu können.«

»Schon erledigt, er wird uns den Loser vom Hals halten, versprochen!« Mit diesem Menschen meint er Jimmy Byrnes. Der hat nicht viele Freunde, ganz besonders nicht nach dem, was passiert ist. Nick wollte ihm damals ans Leder. Auch wenn er sich heute immer diplomatisch gibt, weiß ich, dass er über diese Sache ähnlich denkt.

Wenige Minuten später erreichen wir das Sevilla. Hier sind schon eine Menge Leute unterwegs, es scheint voll zu werden.

»Vergiss es, park genau dort«, sagt Nick, als ich an dem Behindertenparkplatz vorbeifahren will. Genervt stöhne ich auf.

»Muss das sein?«

»Ja, muss es. Er steht dir zu! Und dein Gestöhne heb dir für die nächste heiße Braut auf.« Ich lasse mich normalerweise nicht zurechtweisen, ich hasse es. Nick ist die Ausnahme. Auch wenn es mir überhaupt nicht passt, setze ich zurück und stelle meinen Wagen über dem großen blauen, ungeliebten Zeichen ab.

»Und, war das jetzt so schlimm?«, fragt er. Ich sehe mich um und bemerke, dass wir von den Leuten beobachtet werden.

»Du weißt, wie sehr ich dich dafür hasse?«

»Tu, was du nicht lassen kannst! Wir haben einen Parkplatz und basta. Scheiß drauf, was die Leute denken. Wir sind hier, um Spaß zu haben; und den lassen wir uns von niemandem nehmen. Außerdem glotzen die nur so wegen deines Sportflitzers, also entspann dich bitte, Süße.« Klare Ansage von ihm, so wie sonst auch. Er steigt aus, ignoriert die ganzen Gaffer und bringt mir meinen Rollstuhl. Ich fühle mich komisch und beobachtet.

»Worauf wartest du? Hast du es dir anders überlegt?«

»Irgendwie schon. Lass uns einfach wieder fahren und irgendwo etwas essen.« Mein Veto interessiert ihn nicht. Stattdessen hält er mir seine Hand entgegen und hilft mir. Ich klettere schnell aus dem Wagen, greife mir meine Handtasche und bete, dass die Nummer nicht ganz so peinlich wird.

Mein Freund lässt mich selbst zum Eingang fahren, wo uns nach kurzer Wartezeit ein Türsteher begrüßt und 15 Dollar verlangt. Wie in solchen Clubs üblich, bekommen wir einen Stempel auf den Handrücken und dürfen hinein. Ich war vor ein paar Jahren mal in diesem Laden, der tagsüber ein Restaurant ist. Viel verändert hat sich aber auf den ersten Blick nicht. Es gibt zwei Etagen, wovon die untere von Tischen und Stühlen befreit wurde, damit das partywütige Volk Platz zum Tanzen hat. Auf die andere Ebene werde ich nicht kommen, dorthin gibt es nur eine Treppe.

»An die Bar und umsehen, was hier so los ist?«, fragt Nick. Ich stimme zu und rolle los. Vorbei an den Toiletten und einem kleinen Brunnen. Ich mag diesen Club, der im spanischen Stil eingerichtet und dekoriert ist. An einem langen Holztresen halte ich an. Die Bedienung entdeckt mich und fragt sofort, was ich trinken möchte. Um sich gleich die Kante zu geben, ist es noch etwas zu früh. Schließlich sind wir gerade erst angekommen und wollen ein paar Stunden bleiben.

»Einen Spring Break und für meinen Freund ...«
Nick fällt mir ins Wort: »Cosmopolitan.« Weil er
seine Bestellung ohne Augenkontakt zur
Barkeeperin aufgegeben hat, sehe ich mich um, nach
wem er Ausschau hält. Gegenüber, am Rand der
Tanzfläche, entdecke ich einen Typen, der ihm
schöne Augen macht.

»Du bist aber schnell«, merke ich grinsend an.

»Ich kenne ihn, wir haben uns schon ein paar Mal
hier getroffen«, klärt er mich auf.

»Und? Lief schon was?«

»Mit Jason? Nein, der ist absolut schüchtern.
Trotzdem will ich ihn irgendwann in meinem Bett
haben. Der Typ ist einfach nur heiß«, schwärmt
Nick. So wie ich das sehe, ficken die beiden sich jetzt
schon mit den Augen.

»Geh zu ihm und check die Lage.«

»Das kann ich nicht tun, Dina.«

»Wieso, weil er schüchtern ist und du den ersten
Schritt machen musst?«

»Nein, weil ich dich nicht allein lassen will.«

»Blödsinn! Du hattest doch nicht etwa vor, mich
den ganzen Abend zu babysitten. Geh rüber und
sprich mit ihm, dann habe ich dich wenigstens nicht
ständig an der Backe«, erwidere ich zwinkernd. Was
er gesagt hat ist total süß, dennoch ist es mir
unangenehm, dass ich ihn den ganzen Abend
ausbremse – ich will es nicht. Mir genügt zum
Anfang ein alkoholfreier Cocktail und etwas Musik.

Ich bin aus dem Haus raus und sehe andere Leute, was für heute Abend das Ziel war.

»Bist du sicher, Dina?«

»Absolut! Wir wollten uns amüsieren. Fang du deshalb schon mal damit an.«

»Okay, aber ich behalte dich im Auge. Sollte ich eine geeignete Kandidatin für dich gefunden haben, werde ich sie dir vorstellen. Einverstanden?«

»Klar! Viel Spaß«, wünsche ich ihm. Nachdem er seinen Cosmopolitan hat, geht er hinüber zu diesem Jason. Auf den ersten Blick wirkt dieser überhaupt nicht schüchtern, denn es gibt einen Kuss links und rechts. Die beiden winken mir kurz zu und richten ihr Augenmerk wieder auf den anderen.

»Ms., Ihr Drink«, höre ich die Barkeeperin rufen. Sie reicht ihn mir, kassiert für unsere Getränke zwölf Dollar und kümmert sich um die nächsten Gäste. Etwas zu trinken – check. Musik läuft auf angenehmer Lautstärke – check. Was fehlt jetzt noch? Aufmerksam sehe ich mich um, beobachte einzelne Frauen und werde selbst intensiv in Augenschein genommen. Einige, die an mir vorbeigehen, grüßen. Andere ignorieren mich gänzlich. Die Männer interessieren sich nicht im Geringsten für die Frauen, was mich auch nicht weiter stört, immerhin sind wir auf einer Schwulen– und Lesbenparty. Ich bin hier, um Spaß zu haben. Doch bisher ist es eher frustrierend. Vielleicht habe ich mir auch zu viel davon versprochen oder war

Nicks Worten gegenüber zu leichtgläubig? Scheiße, ich weiß es einfach nicht. Nach ein paar Minuten am Tresen habe ich Bewegungsdrang. Weil die Fläche hier unten aber sehr überschaubar ist, halte ich vor der Treppe. Daneben strahlt mich in einem kleinen Flur dieses blaue Zeichen an. *Na toll! Behindertenklos aber keinen Aufzug*, grummele ich innerlich über die 15 Stufen, die mich davon abhalten, nach oben zu gelangen. Von dort dröhnt coole Musik zu mir runter.

»Ms., können wir Ihnen behilflich sein?«, erklingt hinter mir eine sehr tiefe, kräftige Männerstimme. Ich sehe mich um und blicke zu zwei Typen auf, die fast so breit sind wie mein Kleiderschrank. Sie tragen schwarze Shirts, auf denen in weißer Schrift *Security* geschrieben steht.

»Ähm, nein, ich wollte nur mal schauen«, antworte ich stotternd.

»Wir können Sie gerne hinaufbringen«, bietet man mir an. Eine Sekunde später höre ich Nicks Stimme.

»Dina, ist alles okay bei dir?«

»Ja, es geht mir gut.« Er wirkt zwischen den beiden Männern total klein, was in diesem Moment echt witzig aussieht. Er fragt was los sei und drängt mich dann, mir helfen zu lassen. Auf der einen Seite will ich keine Hilfe, auf der anderen erhoffe ich mir dort oben etwas Spaß. Schließlich stimme ich zu, woraufhin ich gefragt werde, ob man mich zum

Tragen anfassen darf. Einen Augenblick später liege ich auf breiten und muskulösen Armen, die mich nach oben bringen. Hinter uns sehe ich, wie die zweite Security meinen Rollstuhl trägt. Okay, das ist definitiv peinlich, was ich an dem einen oder anderen Blick der Gäste um uns herum erkennen kann.

»War doch ganz leicht. Wenn Sie wieder hinunter möchten, sagen Sie unseren Kollegen Bescheid, wir kümmern uns sehr gern darum«, lässt man mich wissen. Nick richtet mein Kleid, streicht mir ein paar Strähnen aus dem Gesicht und gibt mir meinen Cocktail in die Hand.

»Also von den Jungs hätte ich mich auch tragen lassen«, bemerkt er amüsiert.

»Schön, dass ich zu deiner allgemeinen Erheiterung beitragen konnte.« Er stellt mir Jason kurz vor, der mich mit netten Worten begrüßt und mir ein Lächeln schenkt.

»Lasst euch nicht stören, ich sehe mich mal um«, sage ich. Mein Glas ist fast leer, so dass ich zweimal kräftig am Strohhalm ziehe und es einer Bedienung übergebe, die gerade an uns vorbeiläuft. Jetzt kann es losgehen.

Vor mir ist ein großer roter Vorhang. Nick und Jason halten ihn auf. Mit den Händen am Rollstuhl mache mich auf den Weg und meine Überwindung wird belohnt. Vor mir ist ein riesiger Raum, vielleicht drei oder viermal so groß, wie der unten.

Die Musik ist hier etwas lauter und die Tanzfläche voller Leben. Links und rechts befinden sich kleinere Lounges, in denen sich Pärchen tummeln. Die einen trinken, die anderen reden und wieder andere sind mit wilden Knutschereien beschäftigt.

»Haben Sie einen Wunsch«, spricht mich eine Kellnerin von der Seite an. Auf dieses Ambiente war ich nicht vorbereitet, denn früher gab es hier nur einen kleinen Raum, in dem ein paar Tische und Stühle standen.

»Sex on the Beach«, lautet meine Bestellung. Jetzt bin ich angekommen und fühle mich besser. Die Frau zeigt nach links, wo sich ein kleiner Tresen befindet. Ich folge ihr und bekomme wenig später meinen Cocktail. Auch hier muss man direkt bezahlen. Zum Glück habe ich immer wenigstens 100 Dollar cash in der Tasche.

Neugierig beobachte ich Nick und Jason, die ein paar Meter von mir entfernt tanzen. Dass sie sich dabei schon gegenseitig am Arsch herumfummeln, wundert mich. Was war mit der Schüchternheit? *Der Alkohol*, schießt es mir in den Kopf.

In einer Lounge daneben entdecke ich eine Gruppe von Frauen, die mich beobachtet. Tuschelnd geht es zwischen ihnen hin und her, immer wieder kombiniert mit eindeutigen Blicken in meine Richtung. Machen die sich über mich lustig? Ich bin schnell genervt und will schon drehen, um zu verschwinden, als plötzlich eine von ihnen aufsteht und auf mich zukommt.

»Hi, ich bin D.«, sagt sie und reicht mir ihre Hand. Sie ist groß, brünett und hat ein sehr hübsches Gesicht.

»Hi«, antworte ich knapp. Ich traue der Sache nicht, weil ich immer noch beobachtet werde. Wahrscheinlich verarschen die mich nur.

D. | Sevilla Nightclub

»Du bist hier so allein, möchtest du etwas trinken?«, frage ich die hübsche Frau in ihrem dunklen, wunderschönen Kleid. Sie sitzt im Rollstuhl und ist trotzdem auf der Party, was ich sehr beeindruckend finde. Dennoch sieht sie traurig aus und die Mädels haben sich über sie lustig gemacht, was ich nicht nett finde.

»Ich habe noch, danke«, erwidert sie genervt.

»Tut mir leid, ich wollte dich nicht stören«, entschuldige ich mich. Sie scheint kein Interesse an einer Unterhaltung zu haben, sehr schade. Ich wünsche ihr viel Spaß und suche die Toiletten auf. Es war peinlich, mega peinlich, aber wenigstens habe ich nicht, wie die Mädels, über sie gelästert, sondern sie direkt angesprochen. Ich frage mich, warum ich für heute Abend überhaupt zugesagt habe. Es langweilt mich, alle sind nur damit beschäftigt über andere herzuziehen und unter Spaß stelle ich mir etwas anderes vor.

Als ich fertig bin und mir die Hände gewaschen habe, betrachte ich mich im Spiegel. Das Make-up sieht noch gut aus, meine Haare liegen. So komme ich sicher noch in einen anderen Club. Sollte es hier nicht bald eine richtige Party geben, suche ich mir eine andere Location.

Draußen entdecke ich meinen Bruder an der kleinen Bar stehend. Kurz bevor ich ihn erreiche, bemerke ich, dass er nicht nur wartet. Ein anderer Typ ist ihm ganz nah und daneben ist die Rollstuhlfahrerin, die offensichtlich keinen Bock hat.

»Hey, Jason. Ich werde nicht mehr lange machen. Können wir woanders hingehen?«, frage ich, nachdem ich ihm auf die Schulter getippt habe. Er dreht sich um und schaut mich mit großen Augen an.

»Was ist denn mit dir los, Destiny?«, fährt er mich entsetzt an.

»Ich habe keine Lust, mich hier länger zu langweilen, ich wollte Spaß haben, aber den kann ich hier nirgendwo finden.« Der Kerl neben ihm lacht.

»Komm runter und entspann dich, Schwesterlein. Darf ich vorstellen, das ist Nick, ein guter Freund und Dina ist Nicks beste Freundin. Leute, das ist meine kleine Schwester Destiny oder auch kurz, D.« Dieser Nick schüttelt mir die Hand, während von Dina nur ein zarter Wink kommt. Ich sagte ja, sie hat keinen Bock, genauso wenig wie ich.

»Da ist eine Lounge frei geworden«, brüllt mein Bruder wie ein Irrer los. Ehe ich mich versehe, packt er mich am Arm und zerrt mich zu dieser Sitzgruppe. Wenig später kommen Nick und Dina dazu.

»Setzt euch, diese Plätze bekommt man nicht jeden Abend.« Jason und Nick setzen sich auf eine Seite und bitten mich auf die Bank gegenüber. Dina bleibt an der Stirnseite, obwohl Nick ihr auf die gut gepolsterte Sitzgelegenheit helfen wollte.

»Hi, ich bin Dina«, sagt sie mit einem sanften Lächeln. »Tut mir leid, dass ich vorhin so unfreundlich gewesen bin.«

»Schon okay, auch wenn ich es schade fand, als du nicht mit mir reden wolltest«, gebe ich zu. Sie sieht wunderschön aus, ist hübsch geschminkt und hat etwas an sich, das meinen Blick wie einen Magnet anzieht.

»Na ja, ihr habt mich die ganze Zeit angestarrt und gelacht, so etwas fühlt sich beschissen an, um ehrlich zu sein.«

»Tut mir leid! Ich habe es gemerkt. Deshalb bin ich ja auch zu dir gekommen«, erkläre ich mich. Wir kommen ins Gespräch, wobei mir auffällt, was sie meint. Meine Freundinnen, also Karen, Jody und Chelsea, beobachten uns permanent.

»Was haben die für ein Problem?«, fragt Dina.

»Keine Ahnung, vielleicht haben sie noch nie eine behinderte Frau in einem Club gesehen.« Dinas Blick spricht plötzlich für sich, sie fand meine Ausführung nicht gut.

»Mist! Sorry, ich wollte das nicht so böse ausdrücken, wie es klang. Ich meinte natürlich, dass sie anscheinend noch nie einer Rollstuhlfahrerin auf einer Party begegnet sind«, entschuldige ich mich sofort. Sie winkt ab und meint, dass sie häufiger so angeguckt wird. Ich kann sehen, wie frustriert sie ist.

»Hey, sei mir nicht böse, ich habe mich einfach falsch ausgedrückt«, sage ich und bin bemüht, meine gewählten Worte zu korrigieren.

»Ist doch alles okay, du hast vollkommen recht. Und weißt du was? Ich wollte nicht hierherkommen, Nick hat mich dazu überredet.«

»Männer!«, zische ich spaßhaft. Dina fängt an zu lachen, weil sie verstanden hat, was ich damit sagen möchte. Wir richten unseren Blick kurz auf die andere Seite, wo Jason und Nick Arm in Arm sitzen und sich küssen.

»Wenigstens die haben ihren Spaß«, kommentiere ich die sich vor uns abspielende Szene. Dina pflichtet mir bei.

»Noch Lust auf einen Drink?«, erkundige ich mich bei ihr.

»Nur noch alkoholfrei, damit ich nachher fahren kann.« Was hat sie gerade gesagt? *Fahren?*

»Nehmen die dir deinen Führerschein weg, wenn sie dich alkoholisiert erwischen?« Blöd wie ich bin, zeige ich natürlich auf ihren Rollstuhl, wofür ich einen skeptischen Blick ernte. Doch Sekunden später fängt sie schallend an zu lachen.

»Du bist echt witzig, Destiny, finde ich gut!«

»Oh Mann, ich mache heute alles falsch. Verzeih mir, ich wollte eigentlich fragen, ob du Auto fährst.« Sie bejaht immer noch lächelnd meine Frage.

»Sorry, aber das verstehe ich nicht. Erzählst du mir, wie das funktioniert?« Ihr Schicksal macht mich neugierig. Ich möchte ihr gerne noch viel mehr Fragen stellen, doch komme ich mir dabei ziemlich blöd vor.

»Lass uns die Drinks bestellen und dann erzähle ich dir davon. Einverstanden?«

»Okay. Bleib sitzen, ich kümmere mich darum. Fuck! Wie du siehst, ich bin nicht blond«, versuche ich zu scherzen, als ich meinen Fehler bemerke und zeige auf meinen Kopf.

»Deine Haare sind toll, ehrlich. Entspann dich, Destiny, es ist alles in Ordnung«, antwortet sie grinsend. Na gut, dann gehe ich schnell an die Bar und organisiere unsere Getränke. Auf dem Weg treffe ich Karen, die mir etwas zu sagen versucht, das ich allerdings nicht verstehe, da sie ziemlich angetrunken ist und dadurch stark lallt.

»Wir sehen uns später, Karen«, wimmele ich sie kurzerhand ab. Dina redet endlich mit mir und ich möchte gerne wissen, was ihr zugestoßen ist.

Mit unseren Cocktails in den Händen, bahne ich mir einen Weg zurück zur Lounge.

Dina

Die Musik wird in diesem Augenblick leiser, ein Kuschelsong erklingt. Jason und Nick törnt es offensichtlich an, denn deren wilde Knutscherei nimmt kein Ende mehr. Seufzend sitze ich daneben und wünsche mir, ich hätte jemanden, mit dem ich genau das jetzt tun könnte. Einen Moment später entdecke ich Destiny, die auf mich zukommt. Sie trägt ein weißes Etuikleid und High Heels, auf denen sie so selbstsicher läuft, als hätte sie es in die Wiege gelegt bekommen. Und diese Frau hat lange Beine, worauf ich neidisch bin. Ich schätze, dass sie vielleicht 1,80 m groß ist. Da kann ich mit meinen 1,60 m nicht mithalten, zumal ich sowieso an dieses Ding unter meinem Arsch gefesselt bin.

»Der ist für dich«, sagt sie. Als sie mir den Cocktail reicht, bemerke ich einen sehr fruchtigen Duft. Ist das mein Getränk oder ihr Parfum? Ich stelle das Glas ab und bitte Destiny näherzukommen. Sie schaut mich überrascht an, tut dann jedoch, worum ich sie gebeten habe.

»Alles okay?«, fragt sie.

»Ja, ich wollte nur wissen, woher dieser frische Duft kommt und jetzt weiß ich es. Du riechst so lecker!« Auf meine Bemerkung hin, fängt sie an zu kichern.

»Danke, Dina. Die Jungs sind immer noch beschäftigt, erzählst du mir, wie es dazu kam?« Ihr Blick deutet kurz auf meinen Rollstuhl. Eigentlich will ich es ihr nicht erzählen, da ich fürchte, anders von ihr behandelt zu werden. Bisher hat sie auf mich keine Rücksicht genommen und sich trotzdem wiederholt für ihre direkte Wortwahl entschuldigt.

»Bei diesem Thema bekomme ich schlechte Laune. Lass uns über etwas anderes reden«, bitte ich sie deshalb. Sie nickt und lächelt mich an. Wenn ich weiche Knie bekommen könnte, wäre es wohl jetzt so weit – wieder einmal.

»Wieso bist du hier, Destiny?«

»Du meinst in diesem Club?«

»Ja«, erwidere ich. Sie nippt an ihrem Glas und schaut sich um. Ist sie nervös?

»Ich begleite eine Freundin, die nicht allein gehen wollte.« Mein Blick schweift hinüber zu der Gruppe Frauen, die mich vorhin noch anstarrte. Wenig überrascht stelle ich fest, dass sich an diesem Status nichts geändert hat.

»Sorry, wenn ich so direkt frage, aber du wirkst ganz anders, als die dort drüben. Warum hängst du mit denen herum?« Ihre Antwort ist ein Schulterzucken. Sie scheint nicht zu wissen, wer ich bin. Durch meine Zeit im Motorsport kennen mich sehr viele Menschen. Destiny ist allerdings nicht in Euphorie verfallen – wie es sonst üblich ist. Umso besser, der ganze Wirbel um mich und meinen Unfall ging mir lang genug auf die Nerven.

»Du wolltest mir erzählen, wie das mit dem Fahren funktioniert«, lässt sie meine Frage unbeantwortet. Beim Blick in ihre Augen spüre ich ein leichtes Kribbeln in der Magengegend. Steht sie auf Frauen und würde sie mich küssen?

»Dina?«

»Ähm, ja, entschuldige, die Musik. Was wolltest du wissen?«

»Später«, flüstert sie mir zu. Behutsam legt sie eine Hand auf meine Wange und macht genau das, was ich eben noch dachte - sie küsst mich. Ihre weichen und warmen Lippen schmecken süß nach Ananas und Honig. Ich schließe meine Augen, erwidere ihren Kuss und halte mich an ihr fest. Zärtlichkeiten wie diese hatte ich seit einem Jahr nicht mehr. Das Kribbeln in mir verstärkt sich.

»Wow«, haucht sie mir in den Mund. »Darf ich noch mal?«

»Du hast eben auch nicht gefragt, warum also jetzt?« Wir küssen uns ein weiteres Mal. Unsere Zungen tanzen und sie streichelt zeitgleich meine Hände. Es fühlt sich so gut an. Hätte ich das gewusst, wäre ich viel früher mit Nick auf eine Party gegangen. Mein Höschen ist nach unserer kleinen Intimität feucht und ich will noch mehr.

»Dass ich das noch erleben darf«, unterbricht Nick uns. »Dina hängt sich richtig rein!«

»Du sagtest doch, ich solle meinen Spaß haben.«

»Natürlich, Süße! Und glaub mir, es gefällt mir, was ich sehe. Lasst euch nicht stören.« Er schnappt sich Jason und will mit ihm gehen, vermutlich zur Tanzfläche. Destiny löst sich von mir, springt auf und hält ihren Bruder am Arm fest. Sie flüstert ihm etwas ins Ohr, woraufhin er lächelnd nickt. Mein bester Freund hockt sich zwischenzeitlich neben mich. »Ich mag Jason und ich weiß, dass seine Schwester ein guter Mensch ist. Nimm sie mit und vögelt euch das Hirn raus, das brauchst du dringend«, wispert er mir ins Ohr.

»Echt jetzt? Es gibt eine Frau, an der du nichts auszusetzen hast?«, frage ich spöttisch.

»Dieses Mal nicht. Hab einfach Spaß, Dina.«

»Das habe ich vor. Danke, mein Freund!«

»Wofür?«

»Dass du nicht lockergelassen hast und ich hier sein kann.« Er küsst mich auf die Wange, steht auf und verschwindet mit Jason.

»Wollen wir woanders hingehen?«, fragt Destiny. So wie sie vor mir steht, macht es mich einfach nur an.

»Klar«, antworte ich, woraufhin sie mir meine Tasche reicht und mich nach vorne zur Treppe schiebt. Das tut sie mit einer Selbstverständlichkeit, die ich bisher nicht oft erlebt habe. Wenn Mum das macht, ist es mir unangenehm und das lasse ich sie dann auch wissen. Bei Destiny stört es mich in keiner Weise.

»Willst du nicht wenigstens deinen Freundinnen Bescheid sagen, dass du verschwindest?«

»Die kommen schon klar, ich bin nicht gefahren und alt genug«, antwortet sie. Zwei Security-Jungs bieten wie vorhin besprochen ihre Hilfe an. Auch wenn es mir total peinlich ist, muss ich mir helfen lassen. Ich habe das Gefühl, heute endlich mal wieder Sex zu haben und dafür sollte ich alles tun.

»Einen schönen Abend, Ms.«, wünscht man mir, nachdem ich die Treppen hinuntergetragen worden bin. Ich bedanke mich und will losrollen, da bewegt sich mein fahrbarer Untersatz bereits.

»Wo müssen wir hin?« Auf Destinys Frage hin, zeige ich zu dem Parkplatz, wo mein Wagen, der von Jugendlichen als Fotomotiv benutzt wird, steht. Wir halten an und ich ahne bereits, dass sie vor Erstaunen mit offenem Mund dasteht.

»Alles okay?«, erkundige ich mich.

»Du machst Witze, oder?«, erklingt ihre verblüffte Stimme über mir. Hätte ich vielleicht nicht auf meinen Sportflitzer zeigen sollen?

»Ich weiß nicht, was du meinst«, gebe ich mich unschuldig. »Lass uns fahren, ich könnte etwas zu essen vertragen.« Langsam schiebt sie mich weiter.

»Da ist sie!«, schallt es uns entgegen. Die Gruppe Teenager hat mich erkannt, wir sind binnen Sekunden von ihnen umzingelt.

»Bekomme ich ein Autogramm, Ms. Ridge?«

»Wenn es schnell geht, gerne.«

»Würden Sie mich heiraten, Ms. Ridge?«

»Jungs, lasst den Quatsch, ich könnte eure Mum sein.« Fragen über Fragen prasseln auf mich ein, während Destiny mit offenem Mund neben mir steht. Ich signiere ein paar T-Shirts, bis die Club-Security uns rettet. Sie lösen den Pulk heiratswilliger Minderjähriger auf, was mir recht ist. Jetzt bloß schnell weg hier. Ich krame in meiner Handtasche nach dem Schlüssel, öffne die Tür und krieche hinein.

»Lass mich dir helfen«, sagt Destiny. Doch bevor es dazu kommt, habe ich meinen Rollstuhl bereits zusammengeklappt und verstaue ihn hinter dem Sitz.

»Steig ein.« Auf Knopfdruck öffne ich für sie die Beifahrertür.

»Du bist anscheinend eine Berühmtheit«, sind ihre ersten Worte, nachdem sie neben mir Platz genommen hat.

»Nicht wirklich.« Bevor sie weitere Fragen stellen kann, starte ich den Motor und verlasse den Parkplatz des Clubs. Raus auf die Straße, an der ersten Kreuzung abgebogen und Gas gegeben, bis es neben mir kreischt. Destiny krallt sich dabei in ihren Sportgurt.

»Bin ich dir zu schnell?«

»Nein, auf keinen Fall! Ich habe bloß noch nie so eine Beschleunigung erlebt, das ist der absolute Wahnsinn!«

»Dann sollte ich den Gashebel nicht nur streicheln«, bemerke ich grinsend. An der nächsten roten Ampel sage ich ihr, dass sie sich gut festhalten soll. Ich muss ihr nichts beweisen oder sie beeindrucken, mein Fahrstil ist grundsätzlich sehr sportlich, was sie jetzt auch zu spüren bekommt.

»Wenn es zu viel wird, sag einfach Bescheid«, informiere ich sie, dann schaltet die Ampel auf Grün. Die Reifen quietschen kurz und der Viertelmeilen-Sprint zur nächsten Ampel dauert nur Sekunden.

»Okay, du hast mich überzeugt«, kapituliert meine Beifahrerin. Schade eigentlich, der Motor ist noch nicht mal ganz warm. Bevor sie mir aber den Wagen vollkotzt, fahre ich etwas gemächlicher weiter.

»Drive-in?«, richte ich meine Frage an Destiny, als vor uns ein *Jack-in-the-Box* Reklameschild auftaucht. Sie nickt mir lächelnd zu, allerdings habe ich das Gefühl, ihr geht es nicht so gut.

Destiny

Zum Glück habe ich heute noch nichts gegessen, sonst hätte ich mich übergeben. Dinas Wagen hat so viel Power, dass es einen in die Sitze presst und man die Arme nicht mehr heben kann.

»Geht es?«, möchte sie von mir wissen.

»Ja, gib mir nur einen Moment zur Beruhigung«, bitte ich auf ihre Nachfrage. Sie fährt vorsichtig weiter und dabei beobachte ich sie. Es ist unglaublich, wie sie das alles mit ihren Händen macht. Ich hatte auch nicht damit gerechnet, dass ihr Rollstuhl in diesen Sportwagen passt. Sie ist recht klein, daher ist hinter ihrem Sitz ein wenig Platz dafür.

Wir erreichen den Drive-in-Schalter des Schnellrestaurants. Im Moment ist mir eigentlich nicht mehr nach essen, aber irgendetwas muss ich in den Magen bekommen. Ein paar Cheeseburger sollten reichen. Dina bestellt und bezahlt, obwohl ich meinen Geldbeutel schon in den Händen halte.

»Du bist eingeladen«, sagt sie. Ich mag ihr Lächeln und wie sie mich ansieht.

»Danke, das ist sehr nett von dir, Dina.«

»Wollen wir hier auf dem Parkplatz essen oder möchtest du irgendwo anders hin?«

»Stört es dich, wenn die Burger kalt werden?«, stelle ich ihr die Gegenfrage.

»Nein, kein Problem. Wo soll es denn hingehen?«
Ich kenne einen Ort, der ihr bestimmt gefallen wird.
Dina fährt los und ich navigiere sie, ohne ihr zu
sagen, wo es genau hingeht. Vielleicht funktioniert
meine Überraschung.

Bis zu dem Ort, wo ich sehr gerne bin, dauert es
eine gute halbe Stunde. Dina steuert ihren Wagen
hinein in die Berge und wir erreichen unser Ziel.

»Morris Reservoir Damm?«

»Genau! Warst du schon einmal hier?«, frage ich
neugierig. Sie schüttelt den Kopf und wird
langsamer.

»Fahr hier rein, über die gestreifte Fläche«, lotse
ich sie. Wir rollen langsam über eine schmale Straße
bis zum Staudamm. Eigentlich ist es verboten, doch
um Mitternacht wird das hoffentlich niemanden
interessieren.

»Sitzen bleiben oder ein Stück bewegen?«,
möchte ich von ihr wissen, als sie einen kleinen
Wendekreis erreicht hat. Ab hier geht es nicht mehr
weiter.

»Setzen wir uns draußen hin, die Aussicht ist ja
fantastisch.« Dina lächelt und ich weiß nicht warum,
aber sie genauso zu sehen lässt mein Herz
höherschlagen.

»Wie komme ich hier raus?« Sie drückt einen
Knopf am Armaturenbrett, dann öffnen sich die
Flügeltüren. Ich steige aus, stelle die Burgertüte ab
und laufe um den Wagen.

»Lass mich bitte helfen, du musst dich nicht abmühen«, schreite ich ein, als sie mühsam ihren Rollstuhl herausziehen will. An ihrem Blick kann ich ihr Missfallen erkennen. Trotzdem muss sie jetzt da durch. Ich mag es nicht, wenn Menschen es unnötig schwer haben. Widerwillig überlässt sie mir ihr Hilfsgerät.

»Cool, das ist ja ganz leicht«, stelle ich erstaunt fest, nachdem ich es auseinandergeklappt habe.

»Zum Glück, sonst würde ich regelmäßig die Krise kriegen«, schnauft Dina, während sie hineinkrabbelt. Ohne weiter darauf einzugehen, schnappe ich sie mir und schiebe sie an den Rand des Canyons, wo sich ein langer, breiter Felsen befindet, der wie eine Bank wirkt. Von hier aus können wir auf das Reservoir, den Staudamm und das zerklüftete Tal davor, bis hinunter zur Stadt sehen. Der prächtige Vollmond macht es in dieser Nacht möglich.

»Gib mir eine Sekunde«, sage ich, laufe zurück und hole unser Essen.

»Greif zu und lass es dir schmecken.« Die Burger sind kalt, was mich aber nicht weiter stört. Dina anscheinend auch nicht, denn sie beißt herzhaft hinein.

»Kalt sind die noch viel besser«, nuschelt sie vor sich hin. Ich muss lachen, weil ich genau das gleiche denke. Es ist eine Freude ihr beim Essen zuzusehen. Wenn jemand Nahrung zu sich nimmt, ist das nichts

Besonderes, doch bei Dina fällt mir auf, wie zufrieden sie mit etwas so Einfachem wie zwei Brötchenhälften und einem Stück Fleisch ist.

Einige Zeit später bin ich satt. Ein letztes Mal ziehe ich am Strohhalm meines Milchshakes und entsorge den Becher anschließend in der braunen Tüte.

»Das war gut«, lobe ich unseren Mitternachtssnack. Dina ist in diesem Moment auch fertig und stimmt mir zu.

»Mit der Aussicht sind es eindeutig die besten Burger, die ich je gegessen habe.«

»Und dieser netten Gesellschaft erst«, füge ich grinsend hinzu. Ich würde sie zu gern küssen, was aber nach dem fettigen Fleischklops nicht ganz so prickelnd ist. Deshalb hole ich aus meiner kleinen Handtasche eine Packung Kaugummis hervor und halte sie ihr hin. Dina nimmt dankend an.

»Woher kennst du diesen Ort?«, fragt sie mich.

»Ich wohne am Fuß der Berge und komme gerne hier rauf, wenn ich meine Ruhe möchte.«

»Du wohnst also in Covina?«

»Ja, ein sehr schöner Stadtteil. Wo wohnt denn Ms. Ridge?«

»Du hast dir meinen Nachnamen gemerkt?« Ich nicke ihr zu, schließlich wurde er ja auf dem Parkplatz vor dem Sevilla oft genug genannt.

»Lake Arrowhead.«

»Oh, wow! Ich habe davon gehört, war allerdings noch nie dort. Gefällt es dir?« Dina muss nichts sagen, es reicht, sie anzuschauen. Trotzdem erzählt sie mir von dem Ort, an dem sie lebt. Aus ihrer Schilderung heraus kann ich spüren, wie sehr sie ihr Haus liebt, aber auch, wie einsam sie sein muss, obwohl ich ihr Umfeld überhaupt nicht kenne. Neugierig, wie ich es oft bin, möchte ich natürlich wissen, warum sie so allein ist. Wie vorhin im Club, bricht sie das Gespräch ab. Es ist dieses gewisse Thema, über das sie nicht reden möchte.

»Tut mir leid, ich wollte dir nicht zu nahe treten«, entschuldige ich mich.

»Schon okay, es wäre einfach zu schade, damit die Zeit zu verschwenden.«

»Dina, ich habe genug Zeit, es ist Wochenende. Wenn du über etwas reden willst, bin ich für dich da«, lautet mein Angebot an sie.

»Aber wir kennen uns kaum.«

»Ich weiß, wie du heißt und dass du in einem großen Haus lebst. Muss ich mehr wissen?« Sie zuckt mit ihren Schultern und schaut hinunter in den Canyon.

»Es wäre so leicht. Einen Meter vorrollen und alles hätte ein Ende«, seufzt sie leise vor sich hin. Diese Worte schockieren mich. Warum sagt sie solch schlimme Dinge? Ich greife nach einem ihrer Arme und bitte sie, mich anzuschauen.

»Wie kommst du darauf, so etwas zu sagen, Dina?«

»Sorry, Destiny, aber du hast keine Ahnung«, antwortet sie mit gesenktem Kopf. Bereits im Club hatte ich ihre Lustlosigkeit und die fehlende Motivation bemerkt. Da schob ich es allerdings noch auf den Umstand, dass niemand Interesse an ihr zeigte.

»Dann sag mir, was los ist oder willst du lieber nach Hause fahren?« Sie schüttelt den Kopf und ich stelle mir die Frage, was sie so sehr bewegt, dass sie Selbstmordgedanken hegt.

»Weißt du, was auf dieser Party heute Abend am schönsten war?«, taste ich mich langsam wieder vor.

»Nein«, lautet die knappe Antwort.

»Dich zu küssen und zu spüren«, hauche ich ihr ins Ohr. Dina wendet sich mir zu und ihre Augen glänzen im sanften Licht des Mondes. Bevor sie etwas sagen kann, rutsche ich nah an sie heran, um eine Hand in ihren Nacken zu legen. Erwartungsvoll schaut sie mich an.

»Schließ bitte deine Augen.« Sie erfüllt mir meinen Wunsch sofort. Vorsichtig nähere ich mich ihren Lippen und berühre sie sanft mit den meinen. Immer wieder, immer nur ganz leicht, bis diese wunderschöne Frau vor mir erzittert. Mit meiner freien Hand packe ich sie behutsam am Hals. Während meine Zunge in ihren Mund gleitet, um mit ihrer zu spielen, bewegt sich plötzlich der Rollstuhl.

Schlagartig löse ich mich von Dina, um sie festzuhalten.

»So lange ich bei dir bin, wirst du keinen Blödsinn machen«, schimpfe ich spaßhaft mit ihr. Um meine Worte zu verstärken, zeige ich mit einem Finger auf sie.

»Das haben wir gleich«, meint sie, zieht die Bremse an und bittet mich, ihr zu helfen. Zum ersten Mal höre ich diese Worte von ihr. Ich stütze sie, damit sie sich aus dem Rollstuhl drücken und auf den Felsen ziehen kann.

»Pass auf das schöne Kleid auf.« Die Steine sind kantig und ich möchte nicht, dass sie ihr Kleid deswegen ruiniert.

»Ich mache mir eher Sorgen um dein weißes Kleid.«

»Das hat es schon hinter sich und fliegt demnächst sowieso weg«, behaupte ich, weil mir der Stofffetzen gerade vollkommen egal ist.

»Und meins habe ich doppelt«, meint Dina mit einem Zwinkern und bittet mich lächelnd zu sich. Als wir nebeneinanderliegen, streichelt sie mir über die Wangen. Mein Körper ist augenblicklich von einer Gänsehaut bedeckt. Ich mag es, wenn sie mich berührt. Ihre Haut ist weich und ganz warm.

»Im Club ist mir bereits dein anziehender Geruch aufgefallen«, flüstert sie mir zu.

»Ach, wirklich?«, kichere ich amüsiert.

»Küss mich«, fordert sie.

Nichts lieber als das! Einen Wimpernschlag später berühren sich unsere Lippen erneut. Ich habe das Gefühl, dass sie sich danach förmlich verzehrt.

Dina

Der Fels unter mir ist hart und kalt, aber über mir ist Destiny, die weich und sehr warm ist. Ihre Lippen fühlen sich himmlisch an. Gott, ich bin sowas von untervögelt. Wenn sie davon wüsste, würde sie mich vermutlich auslachen, hier liegen lassen und nach Hause laufen. Sie hätte im Club jede andere Frau haben können und doch bin ich mit ihr hier, an diesem wunderschönen Ort, den sie so sehr mag.

»Hör nicht auf, es macht mich an«, wispere ich an ihren Lippen.

»Nicht nur dich«, raunt sie. Destiny schmunzelt, schaut mir tief in die Augen und küsst mich wieder. Ihre Hand an meinem Hals bewegt sich langsam abwärts, streichelt meine Brüste und zwirbelt durch das Kleid die erregten Brustwarzen. Lustvoll stöhne ich ihr in den Mund und bete, dass sie weitermacht – es ist einfach zu gut.

Neben ihrer unglaublichen Ausstrahlung und diesem wunderschönen Körper, faszinieren mich zwei weitere Dinge an dieser Frau: Sie behandelt mich erstens, wie einen ganz normalen Menschen. Im Club hat sie teilweise sogar vergessen, dass ich nicht laufen kann und mich damit sehr beeindruckt. Und zweitens hat sie keinerlei Hemmungen, obwohl sie augenscheinlich gar nicht so viel Alkohol getrunken hat.

Immerhin gleiten ihre Finger zügellos über meinen Bauch und von dort aus immer tiefer. Diese Berührungen bringen mich aus dem Takt, weil ich so sehr hoffe, dass genau das passiert, was Nick vorhergesagt hat und sie mir das Hirn rausvögeln wird.

»Alles okay?«, fragt sie.

»Ja, bitte mach weiter.« Gott, sie wird mich für verrückt halten, weil ich sie quasi anflehe, mich zu ficken. Destiny macht einfach weiter, bis ich nichts mehr spüre. Hat sie doch aufgehört? Mit einem Mal fahre ich zusammen und dann fühle ich eine Art Erlösung. Sie hat die Hand an meiner Pussy. Yes! Sanft streichelt sie darüber und wiederholt das Ganze ein paar Mal.

»Mhm, das scheint dir zu gefallen«, haucht sie mir grinsend zu. Die Feuchtigkeit zwischen meinen Beinen hat mich verraten, was bei meinem Erregungslevel kein Wunder ist. Bereits bei unserem ersten Kuss bin ich feucht geworden. Ein Jahr selbst Hand anlegen war nicht so gut, wie dieser Moment, hier und jetzt. Umso mehr gebe ich mich ihren Berührungen hin, atme ihren himmlischen Duft tief ein und genieße das, was sie mir schenkt.

»Oh mein Gott, lass es nicht aufhören«, stöhne ich vor mich hin. Sie hat meine Klit gestreichelt, bis ich fast gekommen wäre, doch dann zog sie sich zurück. Langsam und ruhig gleitet sie in diesem Moment mit ihren Fingern in meine Pussy. Sie spielt mit mir und hat dabei großen Spaß, wie ich an ihrem Gesichtsausdruck erkennen kann. Doch wenn ich dachte, dass es das schon war, dann habe ich mich geirrt. Destiny löst sich von mir und bittet mich liegenzubleiben. Irritiert sehe ich zu, wie sie vom Felsen krabbelt, sich mit dem Oberkörper darauf lehnt und meine leblosen Beine spreizt.

»Ich hoffe, du kannst es genießen, ich stehe nämlich total darauf«, sagt sie und zwinkert mir verräterisch zu. Eine Sekunde später verschwindet ihr Kopf unter meinem Kleid. Ich kann ihre Zunge spüren, lege mich wieder hin und genieße es, wie sie mich leckt. Dieses Mal hört sie jedoch nicht auf und treibt mich so in den Wahnsinn. In diesem Augenblick gibt sie mir alles, was ich so sehr vermisst habe.

Ich kann nicht anders, als die Hände auf ihren Kopf zu legen. Es fühlt sich wie kleine Blitze an, die durch meine Pussy, bis in den Bauch hinauf schießen und für ein heftiges Kribbeln sorgen.

»Ich komme«, keuche ich leise, als mein innerer Knoten kurz vor dem Platzen ist. Destiny intensiviert ihre Anstrengungen und triezt meine Klit gleichzeitig mit ihrer Zunge.

Oh mein Gott, dieser Orgasmus scheint kein Ende zu nehmen. Mein Körper, von dem was ich spüren kann, bebt so stark, dass ich mich an Destiny festhalten muss. Sie küsst mich sanft zwischen den

Beinen, um mich langsam herunterkommen zu lassen. *Danke Nick*, denke ich beim Blick in den Sternenhimmel. Er hat recht gehabt und dafür bin ich ihm sehr dankbar.

»Hey«, haucht diese wunderschöne Frau mir zu. Sie richtet ihre Haare und legt sich wieder neben mich.

»Hi«, antworte ich schmunzelnd. Ich greife nach ihr, um sie zu küssen und mich zu bedanken.

»War es okay für dich?«

»Das fragst du noch? Es war wunderschön. Darauf musste ich ein Jahr warten«, rutscht es mir unbeabsichtigt heraus. Mist, das sollte nicht passieren! Anders, als ich jedoch erwartet habe, lächelt Destiny, läuft aber nicht davon. Sie streichelt mir über die Wange und schaut dann kurz nach unten.

»Du hattest so lange keinen Sex mehr?«

»Ähm, ja. Ist das ein Problem für dich?« Sie schüttelt den Kopf und küsst mich.

Destiny

Dinas Atmung ist noch sehr schnell. Ihr Höhepunkt war - der körperlichen Reaktion nach zu urteilen - ziemlich heftig. Und dass sie mir jetzt erzählt, sie hatte ein Jahr lang keinen Sex mehr, überrascht mich etwas.

»Du bist eine wunderschöne und attraktive Frau«, schmeichele ich ihr. »Woran lag es?« Sie dreht den Kopf weg und schnauft hörbar. Ich bitte sie mich anzusehen, weil ich verstehen möchte, was in ihr vorgeht.

»Weißt du, dass ich heute Abend das erste Mal seit meinem Unfall wieder ausgegangen bin?«

»Nein, aber ich finde es sehr schön, dass wir uns begegnet sind, kennenlernen konnten und ich hier bei dir sein darf«, gestehe ich ihr. »Was war das für ein Unfall?«, hake ich nach.

»Beruflicher Autounfall«, antwortet sie knapp.

»Das tut mir leid, Dina.«

»Du kannst nichts dafür, schon okay. Es fällt mir einfach schwer, mich daran zu gewöhnen, viele Dinge nicht mehr machen zu können.« Ich lasse sie erzählen, um sie nicht mit unbequemen Fragen in die Ecke zu drängen. Dabei halte ich ihren Kopf und streiche ihr sanft durchs Haar. Dina berichtet mir von Einschränkungen in ihrem Haus, die seltsamen Blicke der Menschen und wie übertrieben freundlich viele zu ihr sind. Sie fühlt sich als Außenseiterin, was ich irgendwie verstehen kann, denn mir geht es oft ähnlich.

»Was hast du beruflich gemacht?«, möchte ich wissen.

»Das weißt du nicht?«

»Nein, Dina, woher sollte ich das wissen?« Sie lacht und zeigt mit einer Hand auf ihren Wagen. Okay, es ist ein Sportwagen, ein ziemlich teurer Sportwagen, aber was soll der mir sagen? Sie lässt mich einen Moment zappeln, doch ich komme einfach nicht darauf.

»Motorsport«, hilft sie mir auf die Sprünge.

»Nicht mein Fachgebiet, beziehungsweise habe ich mich dafür nie interessiert«, erkläre ich.

»Dachte ich mir schon. Du hast vorhin auf dem Parkplatz, in der Situation mit den Jungs, nichts mitbekommen, richtig?«

»Deinen Namen habe ich mir gemerkt, mit dem Rest konnte ich jedoch nichts anfangen. Erzähl weiter, du machst mich neugierig.« Dina zögert, es scheint ihr wahnsinnig schwerzufallen, darüber zu reden. Wir kennen uns erst seit ein paar Stunden und ich kann es nachvollziehen, wenn sie nichts sagen möchte, doch ich habe den Eindruck, dass es ihr helfen wird, wenn sie sich öffnet. Deshalb lasse ich ihr Zeit, küsse sie und bemühe mich, ihr ein gutes Gefühl zu geben.

Minuten des Schweigens gehen dahin. Dina starrt in den Nachthimmel, bis ich eine einzelne Träne bemerke und sie vorsichtig wegwische.

»Ich wollte dir eigentlich keine Fragen mehr stellen, aber du lässt mir keine andere Wahl«, unterbreche ich die Stille zwischen uns. Dina schaut mich an und fordert mich auf, meine Frage zu stellen.

»Als ich dich geleckt habe, warst du dafür sehr empfänglich. Kannst du nur deine Beine nicht spüren?« Ich habe keine Ahnung von Querschnittslähmung, es interessiert mich einfach, weil es ihr Schicksal ist.

»Es ist kompliziert«, antwortet sie, doch das genügt mir nicht.

»Ich will es einfach verstehen, habe aber auch Verständnis, wenn du nicht darüber reden möchtest.« Daraufhin lacht sie.

»Weißt du, dass du die Erste bist, die so direkt danach fragt?«

»Nein, aber wenn die Menschen dich sonst nur komisch anschauen oder dir in den Arsch kriechen, dann sei froh über die Abwechslung«, entgegne ich ihr mit einem Lächeln.

»Du kannst sehr direkt sein, Destiny, und das mag ich an dir. Also, pass auf: Unsere Wirbelsäule und die Nervenaustrittspunkte werden aus medizinischer Sicht in Segmente eingeteilt. An der Halswirbelsäule sind es acht neurologische

Segmente, an der Brustwirbelsäule zwölf, dann fünf im Lendenbereich und am Kreuzbein vier. Hier liegt das Problem, die letzten vier sind kaputt, also sprichwörtlich im Arsch.« Ihre Erklärung hat mich erst verwirrt, doch jetzt muss ich lachen, weil sie dazu die Augen so süß verdreht. Sofort entschuldige ich mich, denn es ist ein schwieriges Thema und ich will nicht, dass sie denkt, ich würde es nicht ernst nehmen. Dina muss selbst schmunzeln.

»Du hättest Ärztin werden sollen«, flachse ich.

»Na ja, wenn du sowas hundertmal von deinem Arzt hörst, kannst du den Scheiß irgendwann auswendig, glaub mir.«

»Wie weit kannst du mich denn spüren?«, frage ich. Zeitgleich streiche ich mit meiner freien Hand über ihren Körper, hinunter zu den Beinen.

»Weiter ... noch weiter«, leitet sie mich an. Als ich ihren Hüftknochen erreiche, signalisiert sie mir, dass sie nichts mehr spürt.

»Es gibt gute Tage, da kann ich meinen Arsch spüren und schlechte Tage, da ist er taub.«

»Ich konnte mir bislang nichts darunter vorstellen. Danke für die Erklärung und die Erfahrung, die ich durch dich machen konnte«, flüstere ich ihr sanft ins Ohr. Für mich war es das erste Mal, dass ich Sex mit einer Frau hatte, die so eingeschränkt ist. Trotzdem hat es mich nicht daran gehindert, das zu tun, was ich am liebsten mache – sie mit Mund und Zunge zu befriedigen.

Gerade als wir uns innig küssen, erklingt ein Motorgeräusch und Licht ist zu sehen - jemand nähert sich uns. Schlagartig löse ich mich von Dina und blicke mich um.

»Sollten wir lieber verschwinden?«, erkundigt sie sich.

»Es wäre besser. Wir dürften nicht hier sein, tut mir leid.«

»Du musst dich nicht entschuldigen, war doch toll hier. Dafür danke ich dir.« Sie rappelt sich auf und krabbelt in ihren Rollstuhl, während ich die Straße beobachte.

In dem Moment, als ich Dina auf die Fahrerseite ihres Wagens bringe, hält neben uns ein weiß-blaues Auto an. Zwei Typen steigen aus und nähern sich uns mit Taschenlampen.

»Was machen Sie hier? Das ist ein gesperrter Bereich; der Zutritt ist Unbefugten verboten«, schallt es uns in rauem Tonfall entgegen.

»Wir entschuldigen uns dafür, hier zu sein. Es gab keinen Zaun und keine Absperrung, aber keine Sorge, wir haben nichts kaputt gemacht, sondern einfach nur die schöne Aussicht genossen«, wendet Dina freundlich ein. Das Warnschild haben wir natürlich übersehen, zumindest tun wir so, als wäre es nicht da. Aufmerksam beobachten die Herren, wie Dina ihren Rollstuhl verlässt und auf dem Fahrersitz Platz nimmt. Dann bemerke ich, was sie vorhin damit meinte, als sie sagte, die Menschen seien übertrieben nett zu ihr.

»Können wir Ihnen helfen, Ms.?«

»Wir kommen zurecht und jetzt ist sowieso keine Hilfe mehr notwendig«, sage ich. *Erst stock steif danebenstehen, zuschauen und dann arschfreundlich sein*, denke ich mir.

»Steig ein, wir fahren«, fordert mich Dina auf. Von den beiden Securities kommt nichts mehr, sie lassen uns zum Glück einfach gehen.

»Das war knapp«, sage ich mit Blick in den Rückspiegel.

»Wieso? Glaubst du, die hätten uns sonst verhaftet?«

»Sie hätten eher die Cops gerufen. Ist nicht das erste Mal, dass die mich hier oben erwischen.«

»Böses Mädchen«, meint Dina spaßhaft.

Dina

Meine Hände zittern immer noch. Destiny hat mir das gegeben, was ich unbedingt wollte, doch die Sicherheitsleute haben unseren Spaß unterbrochen. Dabei waren wir noch lange nicht fertig.

»Danke«, sage ich leise, ohne den Blick von der Straße zu nehmen.

»Wofür?«

»Dass du mich ganz normal behandelst und es mir heftig besorgt hast«, antworte ich mit einem breiten Grinsen.

»Du bist normal, Dina! Jeder, der was anderes behauptet, sollte einen Arzt aufsuchen und sich durchchecken lassen. Und es war mir ein Vergnügen, dich flachzulegen.«

»Ich möchte mich gerne noch dafür revanchieren, aber mir fällt gerade etwas Wichtiges ein.« *Fuck! Das Frühstück mit Henry.* Nervös schaue ich auf die Uhr. Mir bleiben nur wenige Stunden zum Schlafen. Morgens bin ich selten gut drauf, auch wenn ich durch meine sexy Beifahrerin einen guten Grund dafür hätte.

»Was ist los, wieso bist du so besorgt?«, reißt Destiny mich aus meinen Gedanken.

»Das klingt jetzt sicher total dämlich, aber ich habe nachher gleich einen Termin zum Frühstück mit meinem alten Renningenieur.«

»Ja und? Ist doch kein Problem, es ist schon spät.«

»Aber, Destiny«, fahre ich fort. Sie legt ihre Hand auf meine Schulter, was mir augenblicklich eine Gänsehaut beschert. Zwischen meinen Beinen zeigt sich darüber jemand sehr erfreut. Kleine Blitze schießen durch meinen Unterleib.

»Tut mir leid, ich weiß nicht, wie ich es ausdrücken soll.«

»So wie es ist, Dina, kein Problem.«

»Scheiße, wieso ist das so schwer?« Es fühlt sich so an, als würde ich sie wegschicken, dabei sitzt sie noch neben mir.

»Wo musst du denn hin?«, möchte Destiny von mir wissen. Als ich *Long Beach* sage, schmunzelt sie.

»Darf ich dir einen Vorschlag machen?« Ich nicke und bin gespannt, was jetzt kommt.

»Wenn du möchtest, komm doch einfach mit zu mir. Long Beach ist von mir aus schneller zu erreichen, als von Lake Arrowhead. Ich habe genügend Platz, du kannst dir aussuchen, wo du schläfst, und morgen früh fährst du ganz entspannt los. Was hältst du davon?« Sie hat recht. Auch wenn ihre Worte so wunderbar in meinen Ohren klingen, habe ich Bedenken, da ich seit einem Jahr nicht mehr woanders geschlafen habe.

»Ich habe keine Sachen zum Wechseln dabei«, wende ich schließlich ein. Destiny mustert mich mehrmals und fängt wieder an zu lachen.

»Ich habe neue Kleider, die ich noch nie anhatte, falls dir das hilft. Ich will mich aber nicht aufdrängen, also bitte nicht falsch verstehen.« Ich bitte sie, mir kurz Zeit zu geben, während wir nach Covina hineinfahren. Eigentlich kennen wir uns nicht, ich habe das bekommen, was ich wollte, und ich könnte einfach so verschwinden. Aber es wäre ihr gegenüber nicht fair. Sie ist nett und Nick scheint wieder einmal richtig zu liegen.

Nachdem Destiny mich durch die Straßen geführt hat, bittet sie mich vor einem kleinen Haus anzuhalten. Es sieht hübsch aus, hat eine Garage und eine kleine Einfahrt, wie ich im Licht der Straßenlaternen erkennen kann.

»Hier wohnst du?«, frage ich.

»Ja, aber das Haus gehört meiner Grandmum, die zurzeit im Krankenhaus ist.«

»Oh, das ist nicht schön. Wie geht es ihr?«

»Ihre Knochen sind kaputt, sie ist nicht mehr die Jüngste. Die Ärzte versuchen ihr zu helfen. Granni ist in guten Händen, Dina, ich mache mir jetzt eher Sorgen um dich.« Auf der Mittelkonsole zeigt mir die Uhr halb zwei an. Wenn ich jetzt losfahre und zuhause ankomme, brauche ich mich eigentlich nicht mehr hinzulegen - theoretisch.

»Ähm, ja«, murmele ich vor mich hin. Nervös drücke ich auf dem Display herum.

»Die Route wird berechnet«, ertönt es aus den Lautsprechern. Augenblicke später weiß ich es genau – knapp eine Stunde bis nach Hause. Ich fühle mich gut, aber auch müde. Destiny sitzt ganz ruhig neben mir und scheint darauf zu warten, dass ich etwas sage. Verdammt! Was soll ich tun? Auf der einen Seite würde ich gerne bei ihr bleiben, vielleicht haben wir noch etwas Spaß. Andererseits habe ich nichts dabei und sollte in einem Abend- beziehungsweise Partykleid nicht bei Henry aufkreuzen. Die Presse ist immer an der Strecke und wenn die Wind davon kriegen, dass ich da bin, werde ich sie nicht mehr los.

»Wie hat dir unser Abend gefallen?«, frage ich Destiny. Sie streicht sich mit einem Finger über die Lippen und schaut mich verrucht an. Gott, ich würde sie am liebsten hier und jetzt vernaschen.

»Erst habe ich mich ziemlich geärgert, warum ich mich habe mitschleifen lassen. Mittendrin war ich enttäuscht, dass du nichts mit mir zu tun haben wolltest und am Ende fand ich dich ganz süß. Aber jetzt bin froh, dass es so gekommen ist, wie es ist«, haucht sie mir zu. Im nächsten Augenblick löst sie den Sportgurt, lehnt sich zu mir herüber und küsst mich. Sie riecht noch immer himmlisch und ihre Lippen sind so weich, da kann ich einfach nicht widerstehen. Wie vorhin am Damm legt sie eine Hand auf meinen Hals, um mich sanft zu halten. Das macht mich wahnsinnig und meine Lust schießt wie eine Rakete empor. Sie küsst mich in Trance, löst sich dann und schaut mir tief in die Augen.

»Und jetzt verrate mir, wie dir der Abend gefallen hat«, bittet sie mich mit erotisch klingender Stimme.

»Also, seit wir den Club verlassen haben, ist er immer besser geworden«, gebe ich leise zu. Weil ich mehr von dieser Frau will, ziehe ich sie an mich und verlange nach ihren vollen Lippen. In mir zieht sich alles zusammen. Ich werde in dieser Nacht vermutlich keinen Schlaf bekommen.

»Ist es für dich wirklich okay, wenn ich bleibe?«, wispere ich ihr zu. Statt etwas zu sagen, gleitet sie mit ihrer Zunge tief in meinen Mund. Eine ihrer Hände streicht über meinen Bauch und lässt mich erzittern.

»Ich will nicht, dass du fährst, Dina. Lass uns reingehen, du wirst es nicht bereuen.« Wir lösen uns voneinander, ich öffne die Tür und zerre meinen Rollstuhl hinaus. Destiny läuft um den Wagen, um mir zu helfen.

Die Einfahrt komme ich noch allein hinauf, doch dann ist da diese Stufe.

»Ich schließe auf, gib mir eine Sekunde.« Destiny öffnet die Haustür, dreht mich dann herum und hilft mir über das Hindernis.

»Es ist leider nicht sehr groß, ich hoffe dennoch, du kommst zurecht. Fühl dich bitte wie zuhause.« *Klein, aber sehr gemütlich*, denke ich, nachdem ich mich umgesehen habe. Ich folge ihr durchs Wohnzimmer, bis zu einer Tür, die sie mir aufhält. Dahinter befindet sich ein einfaches Zimmer mit einem Queensize-Bett, einem Kleiderschrank und einem Schreibtisch.

»Möchtest du jetzt noch duschen oder lieber morgen früh?«, fragt sie. Weil ich erst gewesen war, bevor Nick mich abholte, reicht es morgen früh. Destiny öffnet ihren Kleiderschrank und sucht etwas, wobei ich sie neugierig beobachte.

»Du bist wunderschön«, lasse ich sie wissen. Schmunzelnd schaut sie mich an und erwidert mein Kompliment. Wenig später hält sie mir ein paar Sachen entgegen.

»Meine Jeans werden dir nicht passen. Trägst du Sommerkleider?«

»Sehr gerne, ich liebe luftige Kleider!« Sie ist nicht nur hübsch, sie hat auch einen guten Geschmack. Auf einem kleinen Stuhl legt sie die Sachen für später bereit.

»Dürfte ich kurz ins Bad?«

»Natürlich, die nächste Tür. Warte, ich begleite dich und lege dir ein Handtuch und eine Zahnbürste raus.« Wieder folge ich ihr und bemerke, dass ich mich an ihr nicht sattsehen kann.

»Wird es gehen?«, fragt Destiny mit Blick auf die Kloschüssel in der Ecke. Ich nicke ihr zu und bedanke mich. Es ist, wie sie schon sagte, recht klein, aber ich hatte schon schlimmere Situationen. Sie legt mir alles hin und verlässt das Badezimmer. Ich hieve mich aus meinen Rollstuhl und versuche auf die Toilette zu kommen, was leichter gesagt, als getan ist. Es gibt keinen Griff, an dem ich mich hochziehen kann, doch davon lasse ich mich nicht entmutigen. Irgendwie werde ich es schaffen.

Mein Kleid macht es mir nicht einfacher, weshalb ich es ausziehe und es dann erneut versuche. Nach gefühlten Minuten sitze ich mit einer schweißperlenbedeckten Stirn gähnend auf der Schüssel. Vielleicht war es doch keine so gute Idee hierzubleiben? Keine Ahnung woher plötzlich diese Zweifel kommen. Vermutlich weil ich das erste Mal seit meinem Unfall woanders übernachte.

Destiny | Covina

Dina ist schon einige Zeit im Bad und ich habe ein schlechtes Gewissen. Zum wiederholten Male stehe ich vor der Tür und will sie fragen, ob es ihr gut geht, doch ich zögere. In diesem Moment geht die Tür auf. Sie sitzt nur in Unterwäsche bekleidet da und lächelt mich an.

»Hey«, sage ich leise.

»Hi! Ich räume das Bad«, erwidert sie.

»Ich beeile mich. Wenn du möchtest, mach es dir schon bequem.« Wir tauschen die Plätze, damit ich mich abschminken und erfrischen kann.

Als ich in mein Zimmer zurückkehre, liegt sie bereits im Bett. Ich lege mich zu ihr und krabbele unter das dünne Laken, das sie bedeckt.

»Ich hoffe, du fühlst dich wohl«, hauche ich ihr zart ins Ohr, um sie dann auf die Wange zu küssen.

»Es ist ungewohnt, dennoch ich bin gern bei dir. Danke für diesen schönen Abend«, wispert sie. Ihre Augen sind ganz klein, sie ist müde. Ich kuschele mich an sie und streichele ihre weiche Haut.

»Schlaf gut, Dina.«

»Du auch«, antwortet sie kurz. Ich kann dabei zusehen, wie sie sich entspannt, hören, wie ihre Atmung langsamer wird und sie schließlich einschläft. Im schwachen Licht der Nachttischlampe sehe ich sie an und denke nach. Dieser Abend war so turbulent und wäre beinahe schneller zu Ende gewesen, als ich gedacht hatte. Dank meines Bruders kamen Dina und ich doch noch ins Gespräch und am Ende liegt sie in meinem Bett. Ich mag sie, wie sie redet, ihre strahlenden Augen und das glatte lange Haar.

Wäre ich, wie ich es ursprünglich vorhatte, früher aus dem Sevilla verschwunden, würde ich hier allein liegen. So habe ich einen Menschen kennengelernt, von dem ich mehr bekam, als ich mir erhoffte. Die schnelle Nummer war früher okay, heute reicht es mir nicht mehr. Zwangsläufig muss ich an meine letzten Liebschaften denken, die nicht lange hielten. Mit Dina war der Spaß vom Prinzip auch kurz, aber doch ganz anders. Sehr gefühlvoll, ich muss in ihrer Gegenwart nicht lange nachdenken.

Gähnend vor Müdigkeit schließe ich meine Augen und döse langsam weg.

Mitten in der Nacht schrecke ich auf, ein Albtraum! Die kleine Nachttischlampe neben mir ist immer noch eingeschaltet. Auf der anderen Seite des Bettes liegt Dina und schläft ganz friedlich. Am Damm war ich geschockt, wie sie von ihren Selbstmordgedanken sprach, so sehr, dass diese mich bis in meine Träume verfolgt haben. Ich sah, wie sie den Abhang hinunterstürzte und konnte nichts dagegen tun. Hilflos stand ich daneben, als sie in den Tod raste. Umso beruhigter bin ich jetzt, sie atmend neben mir zu sehen.

Weil ich nicht gleich wieder einschlafen kann, stehe ich auf und gehe leise in die Küche. Dort fülle ich ein Glas mit Orangensaft und setze mich an den Küchentisch. Vor mir stehen unsere Handtaschen. Ich greife in meine und hole mein Handy heraus. Auf dem Display entdecke ich mehrere Nachrichten.

»Hey D.! Hat die Rollstuhlfahrerin eine Panne gehabt und du musstest sie abschleppen oder warum bist du so schnell verschwunden?«, lautet eine Nachricht von Karen.

»Lass dich ordentlich durchficken, dann bist du nicht immer so mies drauf!«, schreibt sie weiter. Und sowas bekomme ich von einem Menschen zu hören, von dem ich dachte, er sei meine Freundin. Die letzte Mitteilung bringt mich zur Weißglut! Was bildet sich diese Schnepfe eigentlich ein? Genervt lege ich das Handy weg, leere mein Glas und schleiche zurück ins Zimmer. Dina schläft immer noch seelenruhig. Vorsichtig lege ich mich wieder neben sie und versuche zu schlafen, was mir aber nicht gelingen will. Der Schrecken vom Albtraum und die Wut über Karens bescheuerte Nachrichten lassen mich nicht zur Ruhe kommen. Warum sind die Menschen so? Diese Frage beschäftigt mich bis in die frühen Morgenstunden.

Dina

Ein schrilles Klingeln weckt mich auf. Ich öffne die Augen und betrachte Destiny, die noch schlummert. Die Nacht war zwar kurz, aber ich habe durchgeschlafen, was in der Vergangenheit eine Seltenheit war. Dummerweise steht der Wecker auf ihrer Seite des Bettes und ich komme nicht heran, um ihn abzustellen.

»Guten Morgen«, flüstert sie mir einen Moment später zu, dreht sich um und schaltet das nervtötende Ding aus.

»Guten Morgen«, erwidere ich und muss lachen, weil sie völlig fertig aussieht.

»Was ist los?«, möchte sie von mir wissen.

»Du scheinst heimlich die Party weitergefeiert zu haben, und das ohne mich.«

»Nicht direkt, Dina. Ich hatte einen Albtraum und konnte nicht wieder einschlafen.«

»Oh, Scheiße, das ist natürlich was anderes, tut mir leid.«

»Schon okay. Wie hast du denn geschlafen?« Ich erzähle ihr, dass ich mich nicht wirklich daran erinnern kann, wann ich das letzte Mal eine so ruhige Nacht hatte. Sie schmunzelt, wirkt dabei jedoch total müde.

»Du hast den Wecker gestellt?«, frage ich.

»Ja, heute Nacht, damit du pünktlich zu deinem Frühstück mit Henry kommst.«

»Das ist lieb von dir. Wie spät ist es?« Ich kann es leider nicht genau erkennen. Destiny schaut nach und teilt mir mit, dass es kurz nach sechs Uhr ist. Es wird Zeit mich fertig zu machen, denn bis nach Long Beach brauche ich von hier aus locker eine Stunde. Doch vorher muss ich Destiny anfassen, sie streicheln und mich bedanken. Sie tut mir gut, wovon sie aber vermutlich nichts ahnt. Als ich mich an sie kuschele, legt sie ihre Arme um mich, streicht durch mein Haar und küsst mir den Scheitel.

»Du siehst süß aus, wenn du schläfst«, flüstert sie. Ich schaue ihr in die Augen und lächle.

»Danke, dass ich bei dir sein darf.«

»Ich musste dich überreden, falls du dich daran erinnerst«, meint sie und zwinkert mir zu. Womit sie nicht unrecht hat. Es war mir heute Nacht wirklich schwergefallen, doch jetzt bin ich froh, dass ich geblieben bin.

Weil die Zeit drängt, krabbele ich an den Rand des Bettes und rüber in meinen Rollstuhl.

»Kann ich dir helfen, damit es schneller geht?«, fragt Destiny. Ich würde gerne mit ihr duschen, aber dann sollte ich Henry anrufen und ihn über eine mögliche Verspätung informieren.

»Ich versuche es erst allein und rufe dich, falls es nicht anders geht, okay?«

»Natürlich. Ich bin gerne für dich da und möchte, dass du das weißt.« Sie bemüht sich, allerdings nicht so, wie andere es machen. Bei ihr habe ich das Gefühl, sie macht es von sich aus, nicht weil sie nett sein muss. Blöde Erklärung, ersparen wir uns das.

Nachdem ich im Bad fertig bin, rolle ich hinaus. Destiny steht in der offenen Küche und hält zwei Kaffeetassen in den Händen.

»Haben wir noch zwei Minuten?«, fragt sie vorsichtig mit einem Lächeln nach. Ich nicke ihr zu, warum auch nicht. Wenn die Straßen frei sind, werde ich sowieso Gas geben.

»Du siehst sehr hübsch aus.«

»Danke, auch für die Sachen. Ich werde sie waschen und dir zurückgeben. Vorausgesetzt, du möchtest mich noch einmal treffen«, stelle ich in den Raum. Unser Abend war schön, wir haben viel gelacht, Spaß gehabt und ich möchte sie gerne wiedersehen. Destiny sagt nichts, sondern gibt mir mit ihrer Körpersprache zu verstehen, dass sie es auch will. Als ich um ihre Telefonnummer bitte, klingelt es. Sie sagt sie mir an, damit ich sie in meinem Handy abspeichern kann und geht dann zur Tür.

»Hey, Karen, was machst du denn hier?«, fragt sie.

»Wenn du nicht auf meine Nachrichten antwortest, muss ich eben vorbeikommen.« Ich kann diese aufgetakelte Tussi sehen, wie sie neugierig an Destiny vorbeischaut. Plötzlich kommt sie einfach ins Haus, direkt auf mich zu.

»Hi, ich bin Karen«, sagt sie in übertrieben freundlichem Tonfall. Im nächsten Moment reicht sie mir ihre Hand.

»Hi Karen«, antworte ich knapp, greife meine Handtasche und lege sie mir auf den Schoß. Diese Frau ist mir unsympathisch. Das war sie gestern Abend schon, als es nur darum ging, mich anzustarren und hinter vorgehaltener Hand zu tuscheln.

»Tut mir leid, ich komme zu spät zu einem Termin«, entschuldige ich mich. Destiny begleitet mich hinaus.

»Sorry, mit der habe ich überhaupt nicht gerechnet«, flüstert sie mir zu.

»Macht nichts, ich muss sowieso los. Danke noch mal für alles, Destiny.«

»Sehr gerne! Rufst du mich an?«

»Ja, werde ich tun.« Während ich auf den Fahrersitz klettere, klappt sie meinen Rollstuhl zusammen und schiebt ihn dahinter in den Wagen. Wir werden beobachtet und das passt mir überhaupt nicht. Schnell lasse ich den Motor an und rolle die Ausfahrt hinunter. Destiny hebt zum Abschied ihre Hand. Ihre Freundin steht mit vor der Brust verschränkten Armen breit grinsend in der Haustür.

Augenblicke später habe ich das Wohngebiet verlassen und biege auf den Freeway ab. Warum diese aufgetakelte Tussi ausgerechnet jetzt erscheinen musste, will mir nicht in den Kopf gehen. Genauso wenig, wie die Tatsache, dass Destiny mit so jemandem befreundet ist.

Bis nach Long Beach denke ich darüber nach, was von gestern Abend bis heute früh passiert ist. Wie wohl ich mich gefühlt habe und diese Nacht, die ich gerne immer hätte. Mittendrin klingelt mein Handy.

»Hey, Mum«, begrüße ich sie.

»Dina, ist bei dir alles in Ordnung? Du warst heute Nacht nicht zuhause.« Sie macht sich Sorgen, und das zurecht. Ich habe mich nicht mehr gemeldet, was ich sonst immer tue, wenn sie da ist und ich unterwegs bin.

»Mir geht es gut, Mum! Wir sind erst spät aus dem Club und ich habe bei einer Freundin übernachtet.«

»Okay, dann sag doch bitte einfach Bescheid, auch wenn du erwachsen bist. Ich mache mir sonst große Sorgen um dich.« Sie belehrt mich, als würde ich noch zur Junior High School gehen. Dabei fällt mir ein, ich muss unbedingt Nick anrufen, der wird sich bestimmt auch schon Sorgen machen. Kurzerhand wimmele ich Mum ab und verspreche ihr, dass wir später zusammen Kaffee trinken werden. Nachdem ich aufgelegt habe, wähle ich die Telefonnummer meines besten Freundes, der nicht rangeht. Wer weiß, was der gerade treibt. Er wollte mich zwar begleiten, wird aber sicher besseres zu tun haben. Und anders als Mum, muss ich mir in diesem Fall um meinen Freund keine Sorgen machen. Wir hören sicher später voneinander.

Henry hingegen nimmt meinen Anruf sofort an, und er freut sich von mir zu hören. Er informiert mich darüber, wo wir uns treffen. Ich kenne die Schwierigkeiten mit den Parkplätzen noch von früher und bin froh, an einem VIP Zugang für Teammitglieder hineinzukommen.

Genau dort erwartet mich mein alter Renningenieur Minuten später. Er sieht gut aus und lächelt, als er mich kommen sieht. Der Security-Typ, der neben ihm steht, begrüßt mich mit Namen. Die wissen hier schon Bescheid.

»Hey, alter Freund. Steig ein und zeig mir, wo ich mein Baby parken kann«, bitte ich Henry.

»Gleich hier vorne, den Rest des Weges chauffiere ich dich.« Er zeigt auf zwei freie Parkplätze am Rande des Fahrerpaddocks. Kaum stehe ich dort, öffnet er mir die Tür.

»Schön, dass du kommen konntest«, begrüßt er mich. Ehe ich dazu komme, greift er hinter den Fahrersitz und holt meinen Rollstuhl aus dem Wagen.

»Die Ingenieure haben ein kleines Wunder vollbracht«, sagt Henry. Damit meint er meinen fahrbaren Untersatz. Ein normaler Rolli ist für mich viel zu groß und unhandlich, mal abgesehen davon, dass er nicht in den Wagen passen würde. Kichernd beobachte ich, wie er versucht ihn auseinander zu klappen.

»Nur nicht überanstrengen«, flachse ich. Wir verstehen uns sehr gut. Zu meiner aktiven Zeit war es immer schön, mit Henry unterwegs zu sein. Neben den wichtigen Dingen, die unseren Job betrafen, brachte er mich mit seinen Witzeleien dauernd zum Lachen.

Nachdem ich sitze, hockt Henry sich zu mir und legt seine Arme um mich.

»Pünktlich wie immer, das freut mich.«

»Danke für die Einladung, Henry! Es ist schön, dich wiederzusehen.«

»Anschnallen, junge Frau, jetzt drehen wir eine Runde«, verkündet er. Ich kann das Motorhome meines ehemaligen Arbeitgebers – G-Force Motorsport – schon sehen. Genau dorthin eskortiert mich Henry. Über eine kleine Rampe bringt er mich zum Eingang, wo sich zwei Schwebetüren öffnen.

»Darf ich da allein hineinfahren?«, frage ich.

»Wieso? Wovor hast du Angst?«

»Ich komme mir einfach komisch vor! Vergiss nicht, dass ich seit dieser Sache nicht wieder hier war.«

»Und wir alle wissen, wie schwer es für dich ist, Dina. Mach dir keine Sorgen, das Team freut sich dich wiederzusehen«, macht er mir Mut. So recht glauben kann ich es nicht, mir ist mulmig zumute. Was ist, wenn sie mich nicht mehr mögen? Ich habe damals im Medical Center viel geflucht, insbesondere über diesen feigen Hund Byrnes. Er schien die durch mich entstandene Lücke im Team bestens gefüllt zu haben. Der Frust war einfach zu groß. Ich wusste, dass ich nie wieder in einen Rennwagen steigen würde und diese Tatsache wollte ich nicht wahrhaben. Bis auf Henry habe ich den Kontakt zu allen anderen abgebrochen. Man überwies mir meine Siegprämie und das war es.

»Hey, Dina! Du bist es wirklich!«, reißt mich diese altvertraute Stimme aus meinen Gedanken. Vor mir steht meine damalige Physiotherapeutin. Sie war immer sehr nett und wir haben uns gut verstanden.

»Hi, Megan«, antworte ich. In dem Moment, als sie sich vor mich hockt, könnte ich innerlich kotzen. Warum tun das die Leute ständig? Haben sie Angst, wir würden uns nicht auf Augenhöhe begegnen?

»Du siehst gut aus, Dina, und es freut mich sehr, dass du zu Besuch bist.« Ich und gut aussehen? Heute gab es weder Make-up, noch trage ich ein Kleid. Weil ich anständig erzogen wurde, bedanke ich mich für das Kompliment. Wir haben nicht besonders viel Zeit zum Reden, hinter Megan wartet schon jemand anderes.

»Hallo, Priscilla«, begrüße ich die G-Force Motorsport Pressesprecherin. Sie tritt mir gegenüber und umarmt mich – ohne dabei auf die Knie zu gehen.

»Gott, wir haben uns ewig nicht gesehen, Dina. Warum hast du dich nicht gemeldet?«

»Mir ging es nicht gut, ich brauchte Zeit für mich.«

»Das kann ich verstehen, aber wir haben dich vermisst. Du bist ein Teil dieser Familie, vergiss das bitte niemals.« Das sagt sie, die neben Megan und wenigen anderen die einzigen an meinem Krankenbett waren. Der Rest des Teams hatte wichtigere Dinge zu tun, wie zum Beispiel diesem Idioten Byrnes auf dem Weg zu seiner Meisterschaft den Boden vor den Füßen zu polieren. Ich würde ihm heute auch gerne etwas polieren – nämlich seine dämliche Visage. Immer mehr Leute versammeln sich um uns herum, um mich zu begrüßen.

»Dafür hasse ich dich«, teile ich Henry spaßhaft mit.

»Warte ab, später wirst du mich dafür lieben«, entgegnet er mit einem breiten Grinsen. Wir werden an einen Tisch gebracht, wo wir unter den wachsamen Augen vieler Menschen frühstücken. Immer wieder kommt jemand vorbei, um kurz mit mir zu reden. Zum Glück lässt sich dieser Wichser nicht sehen. Henry hatte versprochen dafür zu sorgen, dass er mir nicht unter die Augen kommt.

Nach einer Schale Müsli mit Früchten bin ich satt. Mein Appetit ist im Moment nicht besonders groß, weshalb ich mehrmals am Tag kleinere Portionen esse. Das Motorhome ist mittlerweile leerer geworden, da die meisten Leute wieder an ihren Arbeitsplatz zurückgekehrt sind.

»Dina Ridge, du traust dich hierher?«, erklingt die Stimme meines ehemaligen Boss Joe McCallahan. Wie früher, klopft er mir kurz auf die Schulter und setzt sich zu uns an den Tisch. Er lächelt mich an, was mir sagt, dass seine Frage nicht ernst gemeint war - so gut kenne ich ihn.

»Morgen, Joe. Ich warte immer noch auf ein paar Antworten«, kontere ich salopp in Anspielung auf ein – für mich – sehr wichtiges Thema.

»Du hast gewonnen«, gibt er mir zu verstehen. Dieses Thema nervt ihn, er spricht nicht gern über meinen Unfall und was danach geschah. Man könnte fast glauben, es wäre ihm peinlich. Also die Sache mit dem Ersatz für mich.

»Hältst du das wirklich für eine gute Idee«, fragt er Henry, der ihm zunickt. Was geht hier vor sich?

»Ihr seid es Dina schuldig. Mach dir keine Sorgen, ich kümmere mich darum, wie besprochen, Joe.«

»Okay, ich werde es mir anschauen. Passt mir etwas nicht, blase ich die Sache sofort ab.« Wovon reden die bitteschön?

»Kann mich mal jemand aufklären?«, frage ich.

»Gleich, hab noch einen Moment Geduld«, antwortet Henry. Joe steht auf und geht. Er war nie ein Mann der großen Worte, weder damals, noch heute.

»Lass uns gehen, Dina, ich möchte dir etwas zeigen.«

»Da bin ich aber mal gespannt.« Henry bringt mich nach draußen und schiebt mich rüber zur Rückseite der Boxengasse. Unterwegs dorthin laufen uns alte Kollegen über den Weg. Es bleibt nur Zeit für wenige Worte, denn Henry drängelt unaufhörlich.

»Ich habe keine Ahnung, was du vorhast, wir wollten nur zusammen frühstücken, alter Freund.« Er lacht amüsiert. *Der plant etwas.* Was auch immer er jetzt macht, er wird mich nicht in die Garage bringen. Doch genau darauf steuern wir zu.

»Henry!« Er weiß was passiert, wenn mir Byrnes vor die Linse läuft.

»Entspann dich, Dina, wir haben alles unter Kontrolle. Sprich mir nach, wir haben alles unter Kontrolle.«

»Brauchst du einen Papageien oder warum der ganze Spaß?«

»Ich bin mir sicher, du wirst gleich deinen Spaß haben«, sagt er ganz entspannt.

»Wir haben alles unter Kontrolle. Bist du jetzt zufrieden?«

»Ja, und jetzt lächle, sonst denken die hier noch, du hast jemanden umgebracht.«

»Was nicht ist, kann ja noch werden«, zische ich spaßhaft. Durch die Garage, vorbei an dutzenden Leuten, halten wir im vorderen Bereich, wo die Boliden aufgestellt sind. Und jetzt?

»Was wird das?«, möchte ich wissen. Henry tritt vor mich, um sich dann neben einen Rennwagen zu hocken. Der sieht genauso aus, wie das Modell, welches ich zuletzt gefahren habe. Sekunden später klebt ein Mechaniker etwas auf die Airbox, zieht ein Stück Papier ab und gibt die Sicht frei. Plötzlich steht mir den Mund offen ... 23, das ist meine Startnummer!

»W... w... wieso trägt der Wagen meine Nummer?«, frage ich stotternd.

»Weil es deiner ist«, erwidert Henry. »Ich konnte das Team davon überzeugen, ihn für dich umzubauen und würde dich bitten, ein paar Runden damit zu drehen. Der guten alten Zeiten wegen.« Um uns herum haben sich viele Leute versammelt, die alle in die Hände klatschen. Plötzlich sitzt Megan neben mir.

»War es nicht das, was du seit dieser Sache wolltest?«, flüstert sie mir zu. Ich weiß nicht, was ich sagen soll, damit habe ich nicht im Geringsten gerechnet. Vorsichtig rolle ich näher an den Wagen heran und lege meine Hand auf die Motorabdeckung. Es ist ein wahrgewordener Traum,

Rennwagen zu fahren, richtige Rennwagen, nicht irgendwelche Rallyeautos.

»Sag was«, bittet mich Megan. Ihr Blick ist genauso wie der von Henry – erwartungsvoll.

»Okay«, mehr bringe ich nicht hervor.

»Sehr schön! Dann begleitet Megan dich, hilft dir beim Umziehen und dann müssen wir noch einen Test machen. Ich gebe in der Zwischenzeit der Rennleitung das Go.« Er hat das alles von langer Hand geplant und das macht mich etwas sprachlos. Ohne Gegenwehr lasse ich mich von unserer Physiotherapeutin in einen kleinen Raum bringen, wo mein Rennoverall, Schuhe und ein Helm bereitliegen.

»Ist das alles nur ein Scherz?«, frage ich ungläubig nach.

»Sieht es für dich danach aus, Dina?«

»Ja! Wieso macht er das?«

»Das musst du ihn fragen. Und glaube mir, Joe war davon überhaupt nicht begeistert.«

»Hat er Angst, dass ich seinen Wagen schrotte?«

»Nein, er hat Sorge um dich. Noch einmal würde er so etwas nicht verkraften. Dein Unfall hat nicht nur dich weit zurückgeworfen. Ob du es glaubst oder nicht, Joe war kurz davor alles hinzu-schmeißen«, informiert mich Megan.

»Echt? Und wieso engagiert er dann diesen Torfkopf Byrnes?« Vielleicht bekomme ich ja von ihr ein paar Antworten, die mein Ex-Boss mir nicht geben will. Während ich mich mühsam aus meinen Klamotten quäle, berichtet sie mir von finanziellen Problemen, obwohl G-Force Motorsport letztes Jahr das stärkste Team im gesamten Feld war. Wie es zu diesem Loch in Joes Kasse kam, kann sie mir allerdings nicht sagen. Fakt ist nur, dass Byrnes durch den Gewinn der Meisterschaft die Mannschaft vor der Pleite bewahrt hat.

Das Umziehen dauert seine Zeit. Ich bin nervös und zittere. Einerseits will ich wieder fahren, andererseits kommt das alles zu überraschend. Megan gibt sich Mühe, mir bestmöglich zu helfen, bis ich fertig bin. Zum Abschluss legt sie mir meine Sturmhaube und den Helm auf den Schoß und bringt mich zurück zum Wagen. Henry erwartet uns dort bereits. Er trägt ein großes Headset mit diesen Mickey Maus Ohren, was mich an früher erinnert.

»Du siehst verdammt gut aus«, lobt er mich. Was jetzt kommt, kenne ich schon. Trotzdem erklärt er mir, dass ich einsteigen soll und danach innerhalb von 30 Sekunden alleine und ohne fremde Hilfe den Wagen verlassen muss.

»Warum 30 Sekunden? Es waren doch mal zwölf!«

»Frag nicht, du kennst den Grund. Im Falle eines Brandes hast du genau diese 30 Sekunden, um deinen Arsch zu retten, danach wirst du gegrillt und das will keiner von uns. Klar?«

»Verstanden!« Ich bewege mich auf den Wagen zu, stelle die Bremse am Rollstuhl fest und drücke mich raus. Das halbe Team beobachtet mich dabei, wie ich ins Cockpit krabbele und meine nutzlosen Beine entsprechend positioniere. Es ist komisch, doch der Wille zu fahren gibt mir die Kraft dazu. Megan reicht mir die Sturmhaube, die ich überstreife. Danach bekomme ich meinen Helm und die Handschuhe. Zum Schluss stecke ich das Lenkrad auf und werde angeschnallt.

»Sekunde noch«, sagt man mir. Links wird irgendetwas ausgelegt, worauf ich weicher landen soll, wenn ich herauskomme. *Gott, lass das funktionieren*, bete ich.

Henry steht mit einer Stoppuhr bereit. Ich warte auf sein Zeichen. Was mache ich hier überhaupt? Wenn es in die Hose geht, werde ich mich vor allen lächerlich machen. Aber ich will wieder fahren!

»Fertig, Dina?« Ich hebe meine Hand und zeige einen Daumen nach oben.

»Drei, zwei, eins ... los!« Jetzt muss alles schnell gehen. Mit einem Griff ist das Lenkrad entriegelt, ich ziehe es ab, lege es hastig aufs Cockpit und greife nach dem Gurt. Meine Hände zittern, obwohl mir dieser Sicherheitscheck bekannt ist. Die Zeit läuft – gegen mich.

Als ich frei bin, drücke ich mich aus dem Sitz. Scheiße, ich bin völlig außer Form!

»Du hast es gleich geschafft«, motiviert mich Henry. Ich rutsche, lasse mich fallen und fange den Sturz mit den Armen ab. Ich habe es wirklich geschafft, ich bin draußen! Mühsam robbe ich zwei oder drei Meter weiter, dann ertönt das Wort *Stopp*. Keine Ahnung, wie lange es in Summe gedauert hat, vom Gefühl her viel zu lange.

»Sehr gut«, lobt Henry. Er hält mir seine Stoppuhr entgegen und lächelt. Auf dem kleinen Display kann ich 22,5 Sekunden erkennen. Puh!

»Und jetzt?«, frage ich, als mein Visier offen ist.

»Jetzt darfst du fahren, wenn du willst.«

»Du meinst das immer noch ernst, oder?«

»Dina, ich würde nie von dir verlangen, dass du für ein Frühstück zwei Stunden unterwegs bist.«

»Für dich, mein Freund, fahre ich durch ganz Kalifornien, das müsstest du eigentlich wissen«, gebe ich lachend zurück.

»Gestärkt haben wir uns. Dann kannst du ein paar Runden drehen, ich begleite dich am Funk, wie früher.«

»Was hat die Rennleitung gesagt?«

»Die kündigen dich als besonderes Highlight für die Fans an, sobald du rausfährst. Wir haben eine Sondergenehmigung dafür, worauf wartest du noch?«

»Dass mich jemand zwickt und aus diesem Traum aufweckt.« Prompt kneift mich Megan in den Arm.

»Bin schon weg.« *Zurück zum Wagen.* Ich ziehe mich daran hoch und nehme Platz. Ein Mechaniker schnallt mich wieder an und verkabelt den Funk. Danach erklärt er mir die Steuerung, die ähnlich wie in meiner Corvette ist. Gashebel, Kupplung und Bremse am Lenkrad. Alles lässt sich mit zwei Fingern bedienen. Das Setup des Wagens ist das vom letzten Mal.

Die Einweisung ist schnell erledigt und es kann losgehen. Im Rückspiegel entdecke ich Joe, der alles ganz genau beobachtet. Erneut gebe ich per Handzeichen zu erkennen, dass ich bereit bin. Die Jungs entfernen die Heizdecken von den Reifen, lösen die Wagenheber und starten den Motor. Etwas enger als in meinem Sportflitzer, dafür aber ein satterer Sound.

»Lass es ruhig angehen. Wenn es nicht geht, brechen wir ab«, gibt Henry via Funk durch.

»Du kennst mich«, lautet meine Antwort. Nach der Freigabe durch einen Mechaniker gebe ich behutsam Gas. In der Boxengasse sehe ich mich auf einem riesigen Monitor selbst. Unter einem alten Portrait aus der letzten Saison wird mein Name eingeblendet. Als das Bild wechselt, kann ich gut gefüllte Tribünen sehen. Die Menschen stehen auf und klatschen Beifall. Ich bin wirklich hier, sitze in meinem Rennwagen und ich fahre.

»Wie fühlt es sich an, Dina?«

»Super, Henry! Danke!«

»Die Ampel am Boxenausgang ist rot. Sie schalten für dich um, wenn du eine Startübung machen möchtest.«

»Gerne!« Langsam rolle ich an den Garagen der anderen Teams vorbei, vor denen Kollegen und Teile ihrer Crew stehen. Einige applaudieren, andere wirken überrascht. Egal was die Leute denken, ich bin dankbar für diese Möglichkeit.

An der roten Ampel stoppe ich und lasse im Leerlauf den Motor aufheulen, ganz zur Freude der Streckenbesucher. Für eine Sekunde schließe ich meine Augen. Es ist so, als wäre ich erst gestern mein letztes Rennen gefahren. Mein Adrenalinpegel schießt in die Höhe, ich bin hochkonzentriert.

»Zeig es ihnen«, weckt Henry mich.

Mein Blick ist auf das rote Licht vor mir gerichtet. Meine Hände zittern noch immer, aber jetzt vor Freude. Der Straßenkurs von Long Beach liegt vor mir. Knapp zwei Meilen lang, mit zwölf Kurven. Die durchschnittliche Rundengeschwindigkeit beträgt 120 Meilen oder mehr. Letztes Jahr habe ich das Podium knapp verpasst. Heute werde ich kein Rennen fahren, aber das tun, wofür ich gemacht bin.

Ein Signal erklingt, die Ampel springt auf grün und ich gebe Gas. Die heftige Beschleunigung und die dadurch entstehenden G-Kräfte bringen mir diesen Kick, den ich so sehr liebe. Erstaunlicherweise komme ich mit der Steuerung schnell zurecht – das hatte ich mir schwieriger vorgestellt.

Auf der ersten Runde liegt mein Wagen gut. Ich cruise um den Kurs und genieße den Anblick der Fans auf den Tribünen, wie sie mir zujubeln und winken. Ich habe es vermisst: die Menschen, die Geschwindigkeit, das Gefühl. Henry hat seit der Ausfahrt nichts mehr gesagt. Mit dem Beginn des zweiten Umlaufes gebe ich mehr Gas und taste mich ans Limit heran.

»Ruhig, Dina, wir haben Zeit, mach etwas gemütlicher«, erklingt Henry in meinen Ohren. Er sieht sicher, wie viel Spaß mir das gerade macht, und ich denke nicht daran, langsamer zu machen.

»Wie waren die Zeiten im freien Training?«, funke ich zurück.

»Besser als letztes Jahr. Wieso willst du das wissen?« *Dreimal darfst du raten, Henry.*

»Wer war der Schnellste?«

»Dina, das ist egal. Du sollst ein paar Runden drehen und«, er bricht mitten im Satz ab. Für einige Kurven ist Ruhe, dann meldet sich Henry wieder.

»01:07.0226 war die schnellste Runde. Von wem kann ich dir nicht sagen.« Muss er auch nicht, ich kann es mir denken.

»Wie viel Sprit habe ich an Bord?«

»Nicht genug, Dina. Maximal für sechs weitere Runden.« Ich weiß, dass Joe im Hintergrund die Strippen zieht und mich ausbremst. Sie haben mir die Chance gegeben, wieder zu fahren und dann werde ich sie auch richtig nutzen.

»Ich fahre mich noch drei bis vier Runden ein, dann brauche ich Sprit für fünf Runden und frische Gummis«, gebe ich an die Box zurück. Eine Antwort kommt zunächst nicht. Sie sprechen garantiert über meinen Funkspruch und ich hoffe, sie entscheiden sich für die richtige Lösung. Ich will mehr und ihnen zeigen, dass ich es noch kann, so gut müssten sie mich kennen.

Nach der dritten Runde glaube ich wieder drin zu sein. Der Wagen schiebt zwar beim Anbremsen minimal über die Vorderachse, doch das Übersteuern kann ich ganz gut ausgleichen.

»Ich brauche noch zwei Klicks mehr Frontflügel«, melde ich ans Team.

»Okay«, kommt als Antwort. Zwei weitere Umläufe lassen mich schneller werden. Auf einem kleinen Display, mittig am Lenkrad, erkenne ich eine Zeit von einer Minute und neun Sekunden. Fast zwei Sekunden langsamer, als die Jungs im Training, das sind Welten. Ich brauche frische Reifen und Treibstoff. Nach insgesamt fünf Runden steuere ich die Boxengasseneinfahrt an. Henry hat nichts mehr gesagt. Sollte es dem Team nicht passen, was ich gefordert habe, bocken sie mich auf und schieben mich rückwärts in die Garage zurück. Wenn Megan recht behält, mit dem was sie über Joe sagte, war es das. Er wird mich nicht mehr fahren lassen. Nur ein kurzer Ausflug in die Vergangenheit, mehr nicht.

»Denk an das Speed Limit«, erklingt Henrys Stimme wieder in meinen Ohren.

»Schön, dass du wieder mit mir sprichst, alter Freund.« Als ich um die Kurve komme, sehe ich die Crew bereitstehen. Für den Moment klappe ich mein Visier auf; etwas frische Luft kommt mir sehr gelegen. Dann geht alles ganz schnell. Sie bocken mich auf, nehmen die Räder runter, stecken neue drauf, der Tank wird befüllt und der Frontflügel verstellt. Dann gibt der Lollipop-Mann den Weg frei.

»Du hast zwei schnelle Runden. Setzt du die Karre an die Wand, wirst du nie wieder in ein IndyCar einsteigen und ich trete dir höchstpersönlich in deinen zarten Hintern«, höre ich Joe sagen. Allein die Tatsache, dass er persönlich mit mir spricht, zeigt mir, wie ernst er es meint. In der Vergangenheit hat man ihn nur gehört, wenn es Uneinigkeit im Team gab und eine Entscheidung gefällt werden musste. Mal abgesehen davon, spüre ich meinen Hintern heute überhaupt nicht. Crashe ich, kann er mich treten so oft er will.

»Danke, Joe!«

»Du musst uns nichts beweisen, Dina, pass bitte auf dich auf«, fügt Henry noch hinzu.

»Setz dich hin, entspann dich und genieße die Show. Melde dich bitte nur, wenn etwas am Wagen nicht stimmt«, lasse ich ihn wissen. Er weiß, dass ich immer hochkonzentriert bin und mich jeglicher Funkverkehr stört. Früher gab es immer sogenannte

Wasserstandsmeldungen. Die Reifen oder die Bremsen sind zu heiß, der Treibstoff wird knapp, das Safety-Car kommt raus. Ich will und werde an die Trainingsbestzeit herankommen, davon wird mich niemand abhalten.

Den Rest der Runde nutze ich, um die Reifen auf die optimale Temperatur zu bringen. Früher habe ich über meine Beine alles Mögliche gespürt. Jede Bodenwelle, jede Unebenheit auf der Strecke. Nur mit den Händen ist es schwieriger. Doch selbst das wird mich nicht davon abhalten, es ihnen zu zeigen.

Ich steuere auf die letzte Kurve zu und nehme sie sehr eng, um frühestmöglich Gas geben zu können. Ab der Start- und Ziellinie läuft die Zeit.

Destiny

Dina ist vor Stunden gefahren und sie fehlt mir. Ich hoffe, sie hat ihren Termin mit Henry zum Frühstück nicht verpasst. Zu gern hätte ich mich noch an sie gekuschelt, doch Karen musste uns stören, was mich ärgert. Gestern Abend war sie schon so seltsam und auch wenn ich es ungern zugebe, Dina kam genau richtig. Sie war der Grund, warum ich den Club, auf den ich so gar keine Lust hatte, frühzeitig verlassen konnte. Wie sich dann herausstellte, war sie seit langem das Beste, was mir widerfahren ist. Karen wollte alles über unsere Nacht wissen, wo wir waren und was wir unternommen haben. Selbst vor der Sex-Frage hat sie nicht haltgemacht. Ihre Neugier kannte keine Grenzen, doch ich habe nichts preisgegeben, weil es sie nichts angeht.

In der Waschküche hat sich etwas Wäsche angesammelt, die ich gewaschen habe und in diesem Moment aufhänge. Nebenan in der Küche höre ich mein Handy piepen. Es ist kurz vor elf Uhr, das könnte Dina sein. In freudiger Erwartung laufe ich hinüber und muss dann feststellen, dass es nur eine Nachricht von Karen ist.

»*Schalte ESPN ein, deine Süße ist im Fernsehen*«, schreibt sie mir. Was soll das heißen? Ich gehe ins Wohnzimmer, schalte den Fernseher ein und suche den Sportsender heraus. Auf dem Bildschirm ist ein Rennwagen zu sehen und am unteren Rand wird ,*Breaking News: Dina Ridge is back'* eingeblendet. Oh mein Gott! Dina ist IndyCar-Rennfahrerin? Gespannt verfolge ich das Geschehen und lausche dem Moderator.

Ladies and Gentlemen, Sie sind live dabei, das sind keine Aufzeichnungen! Zwei Stunden vor dem Qualifying von Long Beach taucht überraschend die Frau auf, die bisher als einzige das legendäre Indy 500 gewinnen konnte – Dina Ridge. Chad Worthman, der Rennleiter dieser Rennserie hat uns und die Zuschauer vor wenigen Minuten darüber informiert, dass Ms. Ridge ein paar Demonstrationsrunden fahren wird. Es ist einfach unglaublich. Die Tribünen sind nur halb gefüllt, aber die Menschen, die schon da sind, stehen und sie applaudieren pausenlos.

Ich kann es selbst noch nicht glauben, liebe Zuschauer. Dina Ridge gewann nicht nur das prestigeträchtige Indy 500, es wurde zeitgleich der wohl schlimmste Tag in ihrem Leben. Vor etwas mehr als einem Jahr kollidierte sie in Indianapolis auf der Start– und Ziellinie mit Jimmy Byrnes, kam ins Schleudern und krachte mit der Wahnsinns-geschwindigkeit von 200 Meilen pro Stunde in die Streckenbegrenzung. Dabei erlitt sie schwerste Verletzungen und ist seitdem querschnittsgelähmt. Jetzt aber genug geredet, verehrte Zuschauer. Sehen sie selbst und freuen wir uns darüber, dass diese sympathische junge Frau wieder fahren kann.

Zum Kommentar wird der Unfall von Dina in einer kurzen Rückblende gezeigt. Bei diesen Bildern stockt mir der Atem. Tausende Teile fliegen durch die Luft, ein Feuerball ist zu sehen und der Rest des Rennwagens wirbelt über die Strecke. Mir war nicht bewusst, wie schwer ihr Crash war. Sie hätte dabei sterben können. Fassungslos halte ich mir die Hände vor den Mund, Tränen stehen in meinen Augen. Ich kann mir das nicht länger ansehen und schalte den Fernseher aus. Dutzende Fragen schießen mir in den Kopf. Warum sagt sie, sie ist frühstücken und sitzt dann in diesem Geschoss, welches sie beinahe getötet hätte? Macht sie das freiwillig oder hat man sie dafür engagiert? Ich werde noch wahnsinnig, weil mich die schrecklichen Bilder ihres Unfalls nicht mehr loslassen. Erneut piept mein Handy. Notdürftig trockne ich meine Augen, damit ich überhaupt etwas sehen kann.

Karen schon wieder. *»Du hast einen VIP gefickt!!! Sehr geil, Destiny! Die Presse wird sich auf dich stürzen, wie die Geier auf das Aas!«* Die spinnt, die hat sie nicht mehr alle!

»Was soll der Scheiß, Karen? Findest du das lustig? Sie hatte einen furchtbaren Unfall, sowas ist nicht komisch! Lass mich damit in Ruhe und denk mal über dein bescheuertes Verhalten nach!«, schreibe ich wütend zurück. Wie kann sie nur so etwas sagen?

Verdammt! Ich wusste nicht, wer Dina ist. Wenn ich nur eingehender nachgefragt hätte, hartnäckiger geblieben wäre, sie hätte mir vielleicht mehr von diesem schlimmen Moment in ihrem Leben erzählt.

Weil mein Mobiltelefon weiterhin piept, schalte ich es auf stumm. Ich will mir das blöde Gelaber von dieser falschen Schlange nicht länger antun. Sie hat keine Ahnung, was Dina für ein toller Mensch ist.

Dina

»Okay, du hast uns alle überzeugt, jetzt komm bitte wieder runter«, funkt Henry mir ins Ohr. Am Display meines Lenkrades kann ich meine Bestzeit sehen, aber über einen Streckenmonitor ist es viel cooler. *01:07,4449* leuchtet dort auf. Ich war nie weg, so viel ist klar. Am liebsten würde ich das Qualifying und das Rennen bestreiten, doch da hat mit Sicherheit jemand etwas dagegen.

Auf meiner Auslaufrunde lasse ich es entspannt angehen, hebe immer wieder meine rechte Hand hoch und winke den Menschen, die mir lautstark zujubeln. Was für ein Gefühl, als hätte ich das Rennen gewonnen. Damals in Indianapolis bekam ich davon nichts mit. Ich bin erst im General Hospital wieder aufgewacht und konnte mich über nichts mehr freuen. Umso intensiver genieße ich jetzt diesen kleinen Triumph.

»Boxengasse«, erinnert man mich über Funk. Fast wäre ich vorbeigefahren, was die Fans bestimmt gefreut hätte.

Langsam rolle ich an den Garagen vorbei, vor denen erneut viele Menschen stehen. Doch dieses Mal gibt es keine verblüfften Gesichter. Mechaniker und Kollegen applaudieren mir. Geiles Gefühl!

Zurück in der Box, schiebt man mir meinen Rollstuhl ans Cockpit. Ich drücke mich aus dem Sitz und krabbele rüber.

»Und, zufrieden?«, ist meine erste Frage an Joe, nachdem ich den Helm und die Sturmhaube abgelegt habe.

»Gut gefahren, aber das heißt noch lange nichts«, lautet seine Antwort. Ich schaue auf einen Zeitenmonitor und schüttele den Kopf.

»Unter einer halben Sekunde an die Trainings-bestzeit herangekommen, mit nur zwei Runden, und das will nichts heißen? Echt jetzt, Joe?« Er winkt ab und geht. Megan und Henry kommen zu mir; sie müssen mich nach dieser Geste der Gleichgültigkeit beruhigen.

»Warum lässt er mich erst fahren und behandelt mich dann so?«, frage ich entsetzt.

»Lass ihn einfach. Wir sollten gehen«, sagt Henry.

»Es war schön, wieder bei euch zu sein, Leute«, danke ich der Crew. Megan und mein alter Freund bringen mich durch die Garage nach hinten hinaus. Ich sehe Joe noch, wie er im Motorhome verschwindet. Wenn ich könnte, würde ich ihm sofort folgen, doch meine beiden Begleiter haben etwas dagegen.

»Du bist sehr gut gefahren, Dina«, lobt Megan von der Seite. »Ich rede mit ihm und melde mich bei dir, okay?«

»Das wäre toll. Danke für deine Hilfe.«

»Sehr gerne! Nicht vergessen, du gehörst zur Familie.« Sie legt mir meine Sachen auf den Schoß und nimmt den Weg, den Joe genommen hat. Unterdessen bringt Henry mich zu meinem Wagen.

»Hättest du ihn in die Mauer gesetzt, wäre er jetzt besser drauf«, höre ich ihn sagen.

»Halt an, Henry, sofort!«

»Wenn wir deinen Wagen erreicht haben, werde ich deinem Wunsch nachkommen.« Wieso sind die plötzlich alle so komisch drauf? Ich habe mich dort draußen wohlgefühlt. Heute Morgen beim Aufstehen habe ich nicht damit gerechnet, nur wenige Stunden später in meinem Rennwagen zu sitzen. Alles läuft super, die Fans sind begeistert, und dann findet diese Überraschung ein so abruptes Ende. Ich verstehe es einfach nicht.

Kurz bevor wir den Parkplatz erreichen, hat uns die Presse entdeckt und mehrere Reporter stürmen auf uns zu. Fuck!

»Festhalten, lächeln und höflich sein«, bittet Henry mich. Er erhöht das Tempo, damit wir nicht eingekesselt und belagert werden.

»Ms. Ridge, wie kommt es dazu, dass Sie heute das erste Mal nach ihrem schweren Unfall wieder fahren konnten?«

»Ms. Ridge, wie hat es sich angefühlt?«

»Sind Sie beim nächsten Rennen wieder dabei?« Fragen über Fragen prasseln auf mich ein, weshalb ich Henry ein Zeichen gebe und er anhält. Ich suche mir eine Reporterin aus, die ich von damals kenne. Sie war immer sehr nett, aber nie so aufdringlich wie jetzt. Natürlich wollen die ihre Schlagzeilen, doch die werden sie nicht bekommen. Als die Dame näherkommt und mir ein Mikro entgegenhält, gebe ich ihr Antworten.

»G-Force Motorsport hat mich gebeten, für die Fans ein paar Ehrenrunden zu drehen. Diesem Wunsch bin ich sehr gerne nachgekommen, und es war mir eine besondere Ehre, ein Teil des Vorprogrammes zu sein.«

»Aber Ms. Ridge, Sie sind fast so schnell gefahren wie der Trainingsbeste, Alex Newgarden. Wie ist das möglich?« Hat die gerade *Newgarden* gesagt? Byrnes war nicht der Schnellste?

»Mein Fahrzeug war anders eingestellt als das der Kollegen. Damit würde ich keine Rennzulassung bekommen, es ging hier lediglich um ein Highlight für die Fans. Und nein, ich werde beim nächsten Rennen nicht dabei sein. Tut mir leid, ich muss jetzt gehen, ich habe noch Termine«, beende ich das Interview. Henry schiebt mich weiter, so dass mich alle folgenden Fragen nicht mehr erreichen.

So schnell ich kann, begebe ich mich in meinen Wagen.

»Steig ein, alter Freund.« Henry weiß, dass ich Antworten will und er wird sie mir geben. Nachdem er neben mir sitzt, schaue ich ihm tief in die Augen.

»Warum hast du mir nichts davon gesagt? Byrnes war nicht der Schnellste?«

»Was tut das zur Sache, Dina?«

»Eine ganze Menge! Irgendetwas stimmt hier nicht, und ich will von dir wissen, was das ist. Rede einfach mit mir, wie wir es früher immer getan haben«, bitte ich ihn. Er schnauft hörbar auf und sieht sich um. Die Presse ist immer noch da draußen und belagert meinen Sportflitzer.

»Soll ich woanders hinfahren?«

»Es wäre besser«, willigt er ein. Ich lasse den Motor an und sorge mit ein paar Zügen am Gashebel dafür, damit man uns Platz macht. Wir wollen hier ja niemandem über die Füße fahren.

»Also, Henry, sag mir, was hier passiert.«

»Du weißt es doch längst, warum fragst du dann noch?«

»Weil denken nicht wissen ist.«

»Byrnes hat im Moment ein Tief. Hast du das nicht bei den letzten Rennen bemerkt?«

»Nein, ich habe nach meinem Unfall nur wenige Rennen im Fernsehen verfolgt. Und in denen war er immer vorne.«

»Das ist er jetzt nicht mehr, Dina. Er liegt im Vergleich zu dem, was du eben gezeigt hast eine halbe Sekunde hinter dir.«

»Scheiße, machst du Witze?«, frage ich skeptisch nach.

»Du kennst mich. Habe ich dich jemals diesbezüglich auf den Arm genommen?«

»Nein, hast du nicht, und deshalb bin ich so verwundert.«

»Joe merkt gerade, dass er einen Fehler gemacht hat. Jimmy war für eine Saison gut. So schnell wie er oben auf war, ist er auch wieder abgestürzt. Die Sponsoren wollen mehr sehen, aber genau das kann er nicht liefern.« Ich glaube nicht so recht, was ich von meinem Freund zu hören bekomme. Vielleicht hätte ich doch mehr Rennen verfolgen sollen, als ich es getan habe.

»Und wieso hast du mich heute hierher eingeladen, Henry?«

»Ich wollte ihn davon überzeugen, dass du dich nicht verändert hast. Das mit deinen Beinen ist schrecklich und es tut mir sehr leid, aber es hat dich als Rennfahrerin nicht schlechter gemacht. Ganz im Gegenteil. Du hast die Jungs mit dem Vorjahreswagen alt aussehen lassen. Joe hat es jetzt begriffen und macht sich vermutlich Vorwürfe, wie er gewisse Dinge im letzten Jahr geregelt hat.« Informationen, die mir neu sind und mich gleichzeitig überraschen. Ich meine, wir kennen Joe beide gut genug, um zu wissen, dass er sich im Stillen ärgert, wenn er Fehler macht. Nach außen gibt er sie jedoch nicht zu. Er kniet sich rein und versucht das Beste aus allem zu machen. Trotzdem empfinde ich seine Beurteilung, so bezeichne ich sie mal, als unfair.

»Und jetzt?«

»Ich weiß, wie gern du wieder fahren möchtest. Doch erstens wird mich deine Mum umbringen und zweitens ist Joe der Boss.«

»Sprechen wir rein theoretisch und sagen, ich würde einen Platz im Team bekommen, würdest du dann wieder mitmachen?«

»Wenn du diese Frage eben ernsthaft gestellt hast, dann muss ich dich fragen, wie lange wir uns kennen.«

»Sehr lange, alter Freund! Ich mache mir nur Sorgen um deine Gesundheit.«

»Dina, ich habe einen Herzschrittmacher, mit dem ich 100 Jahre alt werden kann. Es gibt also nichts, was mich davon abhalten würde, nicht dabei zu sein. Lass Megan die Sache regeln, ich bin mir sicher, das Team wird auf dich zukommen, wenn es so weitergeht.« Er hat recht. Auch wenn ich gerne sofort umdrehen und mit Joe reden will, momentan würde es nichts bewirken.

»Okay! Was soll ich in der Zwischenzeit machen?«

»Bin ich dein Dad?«, scherzt Henry.

»Um ehrlich zu sein, du bist wie ein Vater für mich, und das weißt du. Gib mir einen Rat, damit ich nicht wahnsinnig werde und nur noch aufs Telefon starre.«

»Entspann dich und lass es dir gut gehen. Wir bleiben in Kontakt.« Leichter gesagt, als getan. Er hat mich in Versuchung geführt und von der verbotenen Frucht kosten lassen. Die schmeckt mir gut, zu gut.

Während unseres Gespräches habe ich meinen Wagen zum Strand hinuntergefahren und bringe Henry jetzt zurück zur Strecke. Er ist von meiner Leistung begeistert, was ich an seiner überschwänglichen Euphorie merke. Für einen kurzen Augenblick schwelgen wir in Erinnerungen an die guten alten Zeiten.

Kurze Zeit später, setze ich Henry am VIP Tor ab und bedanke mich für den wunderschönen Vormittag. Er hat mir Hausaufgaben mitgegeben. Wie die aussehen? Jedes einzelne Rennen der Saison anzuschauen und zu analysieren. In 14 Tagen möchte er dann eine Einschätzung von mir. Bis dahin soll ich mir auch überlegen, ob es für mich eine Option wäre, wieder Rennen zu fahren. Ich will ihm meine Antwort darauf gleich geben, was er allerdings ablehnt. Es gibt viele Faktoren, die eine Rolle spielen und die es zu bedenken gibt - einer davon ist Mum. Wenn ich jetzt nach Hause komme, kann ich nur hoffen, dass sie von alldem nichts mitbekommen hat, sonst bin ich am Arsch. Sie hält von der Rennfahrerei nichts mehr. Dieser Sport hätte ihr beinahe ihre Tochter genommen, deshalb ist seitdem die Beziehung zwischen ihr und Joe eine sehr explosive Mischung. Sie macht ihn dafür verantwortlich, nicht genügend auf mich aufgepasst zu haben. Ich selbst gebe Joe keine Schuld, und das weiß Mum. Es war sehr traurig mitzuerleben, wie ihre Freude über meine Leistung und das, was ich erreicht habe, von heute auf morgen verschwunden war.

»Was ist mit dem Rennanzug?«

»Behalte ihn. Er ist ein Geschenk. Halt die Ohren steif, Dina«, verabschiedet sich Henry.

»Du auch, alter Freund.« Er steigt aus und winkt mir nach. Im Rückspiegel sehe ich, wie die Presse auf ihn losstürmt. Aber er ist ein As im Umgang mit den Medien. Ich fahre auf den Freeway und mache mich auf den Weg nach Hause. Dort werde ich mich hinlegen und ein Nickerchen machen, wenn die Aufregung sich bis dahin gelegt hat.

Unterwegs erinnert mich das Schild des Stadtteils Covina daran, dass ich noch jemanden anrufen sollte. Ich schalte den Tempomat ein und greife nach meinem Handy.

Nach wenigen Freizeichen geht Destinys Mailbox ran. Sie hat sie selbst besprochen und auch wenn ich sie nicht persönlich erreiche, mag ich ihre Stimme gern hören. Allerdings beschleicht mich ein seltsames Gefühl, weshalb ich erneut bei ihr anrufe. Wieder nur der Anrufbeantworter. Komisch! Sie hat sich doch so gefreut, als ich sagte, ich würde sie anrufen. Ich war noch nicht so oft in diesem Stadtteil und kenne mich hier nicht wirklich aus. Trotzdem versuche ich ihre Straße wiederzufinden. Vielleicht ist sie noch zuhause.

Destiny

Ich kämpfe noch immer mit diesen schrecklichen Bildern in meinem Kopf. Zartbesaitet bin ich eigentlich nicht, aber Dinas Schicksal hat mich schwer mitgenommen. Karen macht sich über die ganze Situation lustig und hat mir sogar gedroht. Sie hat keine Ahnung und ist für mich damit gestorben. Wir hatten nie ein besonders inniges Verhältnis, wie sie es beispielsweise mit Jody oder Chelsea pflegt. Über die beiden habe ich sie vor Jahren kennengelernt, allerdings sind wir nie richtig warm miteinander geworden. Wir waren schon oft zusammen unterwegs und ich glaube, die beiden wollen mich mit Karen verkuppeln. Jody und Chelsea sind ein Paar und machen keinen Hehl daraus. Von Karen weiß ich, dass sie auch auf Frauen steht, aber damit nicht so offen umgeht. Dinge, wie der Kuss mit Dina, würde sie sich nie in der Öffentlichkeit trauen. Sie ist eher der Typ: große Klappe und nichts dahinter. Vielleicht hat sie einen Ruf zu verlieren oder steht noch unter den Fittichen ihrer reichen und pompösen Mum. Kopfschüttelnd versuche ich meine Gedanken zu verdrängen. Ich muss mich anziehen, weil ich Grandma im Krankenhaus besuchen will. Beim Blick in meine Brieftasche macht sich Ernüchterung breit. Nur wenige Pennys finden sich darin wieder, die weder für ein Taxi, noch für einen Bus reichen würden. Dann muss ich eben die drei Meilen laufen, immerhin haben wir blauen Himmel und strahlenden Sonnenschein.

Beim Zusperren der Haustür höre ich dieses satte Motorengeräusch. Ich drehe mich um und sehe Dinas Sportwagen die Straße entlangkommen. Sie ist hier! Mein Herz fängt augenblicklich an zu rasen.

»Hallo hübsche Frau, brauchen Sie ein Taxi?«, ruft sie mir durch das geöffnete Fenster zu.

»Kommt darauf an, wo Sie hinfahren, Ms. Ridge.« Langsam gehe ich auf sie zu und hocke mich neben ihr Auto. Es ist so flach, dass ich meine Arme auf der Tür ablegen kann. Der Blick in ihr Gesicht sorgt für ein leichtes Kribbeln in mir.

»Warum so förmlich?«, fragt sie geraderaus.

»Einfach so. Mit dir habe ich nicht gerechnet«, antworte ich.

»Du bist nicht an dein Handy gegangen und ich war gerade in der Nähe. Kann ich dich irgendwo hinbringen?« Sie trägt immer noch ihren Rennanzug und am liebsten würde ich sie sofort auf das ansprechen, was ich vorhin im Fernsehen gesehen habe, aber ich bringe es nicht über die Lippen. Viel zu sehr freue ich mich darüber, sie wiederzusehen.

»Ich wollte Grandma im Krankenhaus besuchen.«

»Dann spring rein, ich bringe dich hin«, bietet sie mir an.

»Das ist lieb von dir, danke, Dina.« Als ich angeschnallt bin, gibt sie Gas. Schon nach wenigen Blocks wird mir schlecht. Sie bemerkt es und macht zum Glück langsamer, damit sich mein Magen beruhigen kann.

»Tut mir leid«, entschuldigt sie sich. Sie ist eine Rennfahrerin, mit Herz und Seele, das ist mir jetzt klar. Dennoch mache ich mir große Sorgen um sie. Um mich selbst abzulenken, erzähle ich beim Navigieren durch die Straßen von Grandma. Dina möchte mehr wissen, weil sie, wie sie selbst sagt, keine Granni mehr hat. Ich biete ihr schließlich an, bei dem Besuch dabei zu sein, was sie sofort annimmt. Ihre Mum würde sie vermutlich sowieso stressen, sagt sie zumindest.

Wenige Minuten später erreichen wir das Krankenhaus, in dem meine Oma liegt.

»Der ist doch frei«, sage ich, als sie an einem Behindertenparkplatz vorbeifährt.

»Ich benutze die selten, das habe ich dir doch erzählt.«

»Ja, hast du. Trotzdem solltest du ihn benutzen, er steht dir zu«, antworte ich. Sie dreht eine Runde über den Parkplatz, auf dem nicht eine freie Parklücke zu finden ist. Letztendlich nimmt sie den Stellplatz mit dem blauen Zeichen auf dem Boden.

Nachdem der Motor aus ist und wir uns abgeschnallt haben, lehne ich mich zu ihr rüber.

»Sorry, aber ich muss das tun«, flüstere ich ihr zu, lege meine Hände auf ihre Wangen und küsse sie zärtlich.

»Dafür solltest du dich nicht entschuldigen«, erwidert sie leise. Unsere Lippen berühren sich ein weiteres Mal, bevor ich den Wagen verlasse und Dina mit dem Rollstuhl helfe.

»Ist das nicht komisch für dich?«, fragt sie überraschend.

»Was soll denn komisch sein?«

»Na ja, jedes Mal um den Wagen zu laufen, nur um mir zu helfen.«

»Ich verstehe nicht, worauf du hinaus willst, Dina. Für mich ist das ganz normal, dir zu helfen. Ich bin mir sicher, du würdest das Gleiche für mich tun, oder irre ich mich?« Sie schüttelt den Kopf, nickt dann und lächelt.

»Es ist einfach nur ungewohnt, dass außer Mum und Nick noch jemand damit so umgeht, als wäre es ganz normal. Danke dafür.«

»Hör bitte auf dich zu bedanken und verrate mir lieber, warum du einen Rennanzug trägst. Das wollte ich dich schon zuhause fragen«, gebe ich mich unwissend, aber neugierig.

»Ein Geschenk vom Team. Wenn du möchtest, erzähle ich dir später davon. Kannst du noch meine Tasche mitnehmen? Ich möchte mich gerne umziehen, bevor ich deiner Grandma das erste Mal begegne.« Ich schnappe mir die kleine Tasche und lege sie ihr auf den Schoß.

»Klar, kein Problem.«

»Dann lass uns losgehen, sie wartet sicher schon auf dich.« Im Moment wüsste ich nicht, wie ich ihr erklären soll, was ich empfinde oder wie es mir mit dem Gesehenen geht. Deshalb fasse ich schnell nach den Griffen ihres Rollstuhls und schiebe sie vor mir her.

Im Krankenhaus gehen wir - unter den neugieren Blicken anderer Menschen – auf die erste Behinderten-Toilette, die wir finden können, damit Dina sich umziehen kann. Auch dabei helfe ich ihr, was gar nicht so einfach ist.

»Oh mein Gott, wie bist du in diesen Anzug hineingekommen?«, möchte ich von ihr wissen. Er sitzt so eng, dass wir zu zweit Probleme haben, das Ding irgendwie herunterzubekommen.

»Megan hat mir beim Anziehen geholfen, sie hat damit Erfahrung.«

»Wer ist Megan?«

»Meine ehemalige Team-Physiotherapeutin.«

»Verstehe. Halt still, ich hab's gleich.« Ich will ihr nicht wehtun und versuche so vorsichtig wie nur irgendwie möglich, den Anzug abzustreifen. Mit Schweißperlen auf der Stirn verkünde ich Augenblicke später den Erfolg. Alleine hätte sie das niemals geschafft, davon bin ich überzeugt.

»Nächstes Mal schiebe ich dich gleich in den OP, dann können sie dieses Ding aufschneiden«, scherze ich. Dina lacht herzhaft, zieht mich an sich und drückt mir ihre warmen Lippen auf.

»Du bist süß!«, haucht sie mir in den Mund. Ihre Berührungen lassen es in mir kribbeln. Ich will sie hier und jetzt, auch wenn sie völlig durchgeschwitzt ist.

»Das sollten wir lieber lassen«, ermahnt sie mich, als ich über ihre Brüste streichele, die nur von dem hauchdünnen Spitzenstoff des BHs bedeckt sind. »Ich müffele und muss zuhause als erstes unter die Dusche. Wenn du magst, setzen wir unser Spiel dort fort.«

»Du glaubst nicht, wie sehr ich mich darüber freuen würde«, gebe ich leise zurück. Um Grandma nicht länger warten zu lassen, helfe ich Dina in ihr Sommerkleid. Kurze Zeit später sind wir auf dem Weg nach oben in die siebte Etage.

Klopf, Klopf

»Herein«, ruft Granni. Wir betreten ihr Zimmer, woraufhin sie zu lächeln beginnt.

Dina

Es ist schön zu sehen, wie sehr sich Destinys Grandma über den Besuch ihrer Enkelin freut. Ich selbst habe keine Großeltern mehr. Sie sind von uns gegangen, als ich noch klein war. Mum hatte zu ihren Eltern aber auch kein gutes Verhältnis, weswegen wir nur ganz selten von ihnen sprechen.

»Grandma, darf ich dir eine Freundin vorstellen? Das ist Dina. Sie war so nett und hat mich hierhergefahren.« Blaue, strahlende Augen schauen mich an.

»Ich kenne Sie. Sie waren heute schon im Fernsehen, stimmt's?« Die rüstige Dame sieht sich Motorsport an?

»Ähm, ja, das ist richtig«, beantworte ich ihre Frage. Weil ich nicht weiß, wie Destiny oder ihre Granni mit Nachnamen heißen, sage ich einfach nur *hallo.*

»Ich bin ein großer Fan von Ihnen, Ms. Ridge, und es ist wirklich schlimm, was Ihnen letztes Jahr zugestoßen ist. Geht es Ihnen gut?«

»Ja, Ma'am. Sie dürfen mich Dina nennen«, biete ich ihr an. »Wie geht es Ihnen?«

»Man wird nicht jünger, doch jetzt geht es mir gerade sehr gut, weil meine Enkelin hier ist und Sie mitgebracht hat. Dass ich das noch erleben darf!« Damit habe ich am allerwenigsten gerechnet. Ein

Krankenbesuch und dann treffe ich auf einen meiner ältesten Fans. Sie stellt sich mit dem Vornamen Bernadette vor. Hübscher Name. Wir sind uns sofort sehr sympathisch und sie schwärmt von mir, wie ich es selten erlebt habe. Destiny wirkt etwas irritiert, was ich an ihrem Blick erkennen kann. Doch eigentlich bin ich nicht hier, um ihr die wertvolle Zeit mit ihrer Grandma zu nehmen. Als ich mich kurz verabschiede, weil ich Durst habe, lässt mich Bernadette nur ungern gehen. Die beiden sollen dennoch einen Moment der Ruhe haben. Ich verspreche später wiederzukommen und verlasse das Zimmer.

»Kann ich Ihnen helfen, Ms.?«, spricht mich auf dem Flur eine Schwester an. Ich lehne dankend ab, bitte sie aber um die Auskunft, wo ich den nächsten Kaffeeautomaten finde. Der soll eine Etage tiefer sein, also mache ich mich auf die Suche danach. Unterwegs klingelt mein Handy, Mum ruft an.

»Hey, Mum.«

»Wo steckst du, Dina?« Sie klingt wenig begeistert.

»Ich bin im Krankenhaus. Was ist denn los?«

»Oh mein Gott, ist dir was passiert?« Mist! Ich hätte es vielleicht anders formulieren sollen.

»Mir geht es gut, Mum«, bemühe ich mich sie zu beruhigen. »Ich habe eine Freundin hergefahren, die ihre Grandma besucht.«

»Wer ist deine Freundin und warum musst du mir so einen Schrecken einjagen?«

»Tut mir leid, das wollte ich nicht. Eine Freundin. Ich bringe sie nachher mit, dann kannst du sie kennenlernen. Weswegen rufst du an?«

»Ich wollte nur wissen, wann du zuhause bist, da ich Rachel und Lea zum Kaffee eingeladen habe und dachte du wärst dann hier, bei uns.«

»Wenn Destiny fertig ist, kommen wir rüber. Das kann allerdings noch etwas dauern.«

»Sie heißt Destiny? Das ist ja ein wunderschöner Name!«

»Ja, Mum.« Bevor sie mir jetzt Löcher in den Bauch fragt, was sie unheimlich gern macht, verspreche ich, mich zu beeilen. Ich habe Durst und brauche einen Kaffee. Mum lässt sich allerdings nur schwer abwimmeln. Ich hoffe, ich werde nie so wie sie.

Eine halbe Stunde, nachdem ich das Zimmer von Bernadette verlassen habe, begebe ich mich dorthin zurück. Wieder freut sie sich, mich zu sehen, und bittet mich an ihr Bett. Und ich muss feststellen, sie ist wie ihre Enkelin. Sie bemitleidet mich nicht, sondern geht ganz normal mit mir um. Wir fachsimpeln einen Augenblick über die Meister-schaft des letzten Jahres und was für mich die schönsten Momente in meiner Karriere waren. Dabei erfahre ich, dass sie Jimmy Byrnes überhaupt nicht leiden kann. Er steht auf ihrer Shit-List ganz weit oben. Bernadette ist über 80 und echt cool. So jemanden habe ich noch nicht erlebt. Destiny schaut die ganze Zeit etwas bedröppelt. Ich denke es hat damit zu tun, dass sie mit dem Motorsport im Allgemeinen nichts anfangen kann. Um ihrer Grandma eine Freude zu machen, verspreche ich ihr, sie einmal mit an die Strecke zu nehmen, sobald sie wieder genesen ist. Darüber freut sie sich wahnsinnig. Trotz Gips und Tropf würde sie gern sofort mitkommen, was natürlich nicht geht.

Wir reden und reden, bis ich mit einem Blick auf die Uhr ein schlechtes Gewissen bekomme. Die Kaffee-Zeit ist nah und wenn Mum von meinem Demo-Run in Long Beach nichts mitbekommen hat, wird sie spätestens jetzt sauer sein, weil ich nicht da bin.

»Granni, wir haben Dina lang genug aufgehalten«, läutet Destiny das Ende des Krankenbesuches ein. Sie will noch mit einem der Ärzte sprechen, wie es weitergeht. Bernadette ist der festen Überzeugung, nächste Woche wieder entlassen zu werden.

»Herzlichen Dank für deinen Besuch, Dina. Ich hoffe, wir sehen uns noch einmal wieder.«

»Das werden wir, Bernadette, versprochen. Bitte erhol dich gut und dann sehen wir uns bald an der Rennstrecke«, verabschiede ich mich. Bevor wir gehen können, bittet sie Destiny um ihre Tasche, die in einem Spint aufbewahrt wird. Als sie diese hat, holt sie ihre Geldbörse heraus und gibt ihrer Enkelin Geld. Ich finde es unheimlich süß, aber auch etwas schade, weil ich so etwas mit meinen Großeltern nie erleben durfte. Destiny bedankt sich dafür, erweckt bei mir jedoch den Eindruck, dass es ihr vor mir peinlich ist.

Auf dem Flur begegnen wir einem Arzt, der Destiny Auskunft über den Gesundheitszustand von Bernadette geben kann. Mich geht es nichts an, weshalb ich mich ein paar Meter entferne und warte, bis die beiden fertig sind.

»Alles gut?«, frage ich vorsichtig.

»Ja, vorläufig. Ihre Blutwerte sind nicht ganz so gut, es dauert seine Zeit. Die Ärzte sind aber zuversichtlich. Wohin geht es jetzt?«

»Ich muss nach Hause, meine Mum ist schon nervös, weil sie Gäste eingeladen hat und ich nicht da bin.«

»Stimmt, das hatte ich fast vergessen, tut mir leid.«

»Hey, schon okay. Es ist schön zu sehen, wie sehr dich deine Granni mag. Möchtest du mit zu mir kommen oder soll ich dich nach Hause bringen?«

»Warum tust du das, Dina?«

»Was meinst du?«

»Wieso bist du so nett zu mir?«, fragt sie mit skeptischen Blick. Wir erreichen den Aufzug und fahren nach unten.

»Weil du nett zu mir bist und ich dich mag, Destiny. Und ich glaube, meine Mum wird dich auch mögen. Als vorhin am Telefon dein Name fiel, war sie schon hellauf begeistert.«

»Du willst mich also wirklich mit zu dir nehmen?«

»Unbedingt, ich schulde dir noch etwas.« Wie schon so oft am heutigen Tag, zeugt Destinys Blick von Irritation. Ich werde das Gefühl nicht los, dass etwas nicht stimmt. Unser Gespräch wird plötzlich unterbrochen. Wir blicken auf meinen Wagen, der von zwei Cops begutachtet wird. Was wollen die schon wieder?

»Entschuldigung, gibt es ein Problem?«, mache ich mich bemerkbar. Die Cops drehen sich zu uns und dann bin ich erleichtert - ich kenne die beiden.

»Ms. Ridge, geht es Ihnen gut?«

»Selbstverständlich, Officer Sharp.«

»Sehr gut. Wir waren zufällig hier unterwegs und haben Ihren Wagen gesehen. Das Zeichen ist angebracht, somit haben wir nichts zu beanstanden.« Wäre auch ein Witz gewesen, wenn es anders wäre. Seine Kollegin – ich glaube, sie hieß Barbara oder so – mustert mich argwöhnisch, genauso wie beim letzten Mal. Glücklicherweise ziehen die beiden von dannen und lassen uns in Ruhe.

»Woher kanntest du die beiden denn?«

»Das erzähle ich dir auf dem Heimweg, wenn du jetzt mitkommen möchtest.«

»Du sagtest eben, du schuldest mir etwas.«

»Genauso ist es und ich würde es dir einfach gerne zeigen. Magst du dich überraschen lassen?« Weshalb sie augenblicklich so seltsam ist, will sich mir nicht erschließen. Meine Anspielung müsste doch deutlich genug sein. »Destiny, du musst nicht, wenn du nicht willst«, füge ich noch hinzu. Ich weiß nicht, was seit heute Morgen vorgefallen ist, ahne allerdings, dass es mit dieser Karen zu tun hat, der ich anscheinend ein Dorn im Auge bin. Warum auch immer.

»Okay, aber nur, wenn ich dir keine Umstände mache.«

»Tust du nicht. Schnall dich an und sag bitte, wenn ich dir zu sportlich fahre.« Sie ist leicht neben der Spur, doch ich werde herausfinden, warum dem so ist. Um sie auf andere Gedanken zu bringen, erzähle ich ihr unterwegs, wie ich Officer Sharp kennenlernte und Nick mir meinen Arsch rettete.

Destiny

Grandma mag Dina, worüber ich sehr glücklich bin. Denn sie hält von meinen Freundinnen sonst nicht viel und hat mir schon öfter gesagt, ich solle mich nicht mit den falschen Menschen abgeben. Dass sie mir vor Dinas Augen Geld gegeben hat, ist mir unangenehm. Wenn die wüsste, welche Probleme ich habe, würde sie mich sicherlich nicht mehr mögen. Ich zweifele an mir selbst und das macht mich fertig. Gestern Abend ist es mir Dank ein paar Cocktails nicht schwergefallen ihr gegenüber offen zu sein, doch jetzt wird es immer schwerer. Ihr Unfall, sie in diesem Rennwagen zu sehen und zu wissen, wie hin und her gerissen sie ist, lassen meine Sorgen dagegen klein und unbedeutend aussehen. Einzig ihre Schilderung zu der Sache mit den Cops bringt mich zum Lachen.

Als wir Lake Arrowhead erreichen, staune ich. Die Gegend ist wunderschön und sieht wahnsinnig teuer aus. Wir halten vor einem stählernen Tor, welches Dina mit einer Fernbedienung öffnet. Dahinter verbirgt sich ein Haus, welches ich mir weitaus kleiner vorgestellt habe.

»Hier wohnst du?«

»Ja, gefällt es dir?«

»Auf den ersten Blick ja und jetzt verstehe ich auch, was du mit *riesig* ausdrücken wolltest.«

»Warte, bis wir drinnen sind, dann kannst du es sicher noch besser verstehen«, sagt sie mit einem Lächeln auf den Lippen und parkt den Wagen in einer großen Doppelgarage neben einem Geländewagen.

»Bist du nervös?«, möchte sie von mir wissen.

»Ein wenig«, gebe ich leise zu.

»Keine Sorge, Mum kann anstrengend sein, trotzdem ist sie sehr nett und mag deinen Namen, vergiss das nicht. Meine Haushälterin und ihre Tochter sind noch da, die wirst du auch gleich kennenlernen. Wenn du dich nicht wohlfühlst, sag bitte Bescheid, okay?« Ich nicke lediglich. Ein Haus dieser Größe kenne ich von Karens Mum. Die hat sich vor Jahren eine Villa bauen lassen, um damit richtig protzen zu können.

Drinnen bemerke ich schnell, dass Dina in dieser Hinsicht bescheidener ist. Die Räume sind zwar groß, aber hell und schlicht eingerichtet.

»Die sind wohl alle im Garten. Ich hole noch etwas aus der Küche«, informiert sie mich.

»Okay. Kann ich vorher schnell auf die Toilette?«

»Natürlich. Durchs Wohnzimmer, der lange Flur, erste Tür rechts.« Sie weist mir den Weg, indem sie mit einer Hand darauf zeigt. Ich verschwinde im Badezimmer, um mich zu erfrischen. Heute ist es sehr heiß und duschen wäre jetzt das Beste. Doch erst werde ich Dinas Mum kennenlernen. Später werde ich sie fragen, ob ich mich intensiver bei ihr erfrischen darf.

Als ich zurückkomme, ist Dina noch in der Küche.

»Kann ich dir helfen?«, frage ich.

»Du könntest zwei Cocktailgläser aus dem ersten Schrank oben links holen.«

»Du willst am Nachmittag schon trinken?«

»Alkoholfrei. Ist bei der Hitze angenehmer. Oder möchtest du mit Alkohol?«

»Lieber nicht, gestern Abend gab es genug davon«, behaupte ich.

»So viele Cocktails hattest du doch gar nicht.«

»Ich vertrage kaum etwas, Dina.«

»Okay«, sagt sie, füllt unsere Gläser und wir stoßen noch in der Küche an. Und was soll ich sagen, dieser Cocktail ist erfrischend und wahnsinnig lecker. Dina verrät mir, dass es ein *Spring Break* ist, von dem ich noch nie zuvor gehört habe. Bei den Mädels gibt es immer nur *Sex on the Beach* oder *Cosmopolitan*. Ohne Alkohol können die nicht feiern.

»Wow, du solltest Barkeeperin werden«, lobe ich sie für das Getränk und bekomme dafür ein zartes Lächeln zurück. Sie füllt noch einmal nach und dann führt sie mich hinaus, in den Garten. An einem runden Tisch sitzen unter einem großen Sonnenschirm diese drei Frauen. Wer Dinas Mum ist, erkenne ich auf den ersten Blick. Ihre Tochter sieht ihr sehr ähnlich.

»Hey, wir sind endlich da. Tut mir leid, dass es so lange gedauert hat«, entschuldigt sich Dina.

»Wurde ja auch Zeit«, murmelt ihre Mum. Sie steht auf und kommt auf mich zu. »Du musst Destiny sein.«

»Ja, hallo, Ms. Ridge.«

»Du siehst gut aus und gestatte mir noch zu sagen, wie wunderschön dein Name ist.«

»Vielen Dank, Ms. Ridge.«

»Nenn mich Annie, Liebes. Ich möchte dir noch jemanden vorstellen. Das sind Rachel und ihre Tochter Lea.« Die beiden stehen auf und begrüßen mich freundlich. Dina hält sich währenddessen zurück und sagt nichts.

»Dina, kannst du mir einen Moment in der Küche helfen?«, fragt Annie ihre Tochter.

»Ich bin gerade erst angekommen. Hat das nicht noch Zeit?«

»Schätzchen, das ist dein Haus und es sind deine Gäste«, lautet die Antwort.

»Kann ich vielleicht helfen?«, erkundige ich mich, weil ich davon ausgehe, dass sie Kaffee oder Getränke holen möchte.

»Sehr aufmerksam, Destiny, aber meine Tochter kann sich auch bewegen«, entgegnet sie. Aha, das meinte Dina vorhin also mit *anstrengend*. Mürrisch folgt sie ihrer Mutter zurück ins Haus. Meine Blicke schweifen über das Grundstück, bis hinunter zum See. *Sie hat es wirklich schön hier*, denke ich.

Dina

Mum ist sauer auf mich, weil ich anscheinend für ihre Erwartungen zu spät bin. Ohne auf mich zu warten oder Rücksicht zu nehmen, geht sie zügig in die Küche. Als ich sie dort wiedersehe, steht sie mit vor der Brust verschränkten Armen am Tresen und schaut mich böse an. *Alles klar, jetzt bin ich geliefert. Sie hat ferngesehen und vom Demo-Run Wind bekommen.*

»Worum geht es?«, möchte ich gerne von ihr wissen.

»Dina, ich bin von dir enttäuscht«, beginnt sie das Gespräch. Die Art von Diskussionen kenne ich und ahne bereits, was jetzt kommt. Sie wird mir eine Predigt halten. Innerlich stelle ich mich darauf ein, auf Durchzug zu schalten. Was anderes hilft in solchen Situationen nicht mehr.

»Was habe ich getan, dass du von mir enttäuscht bist?«

»Ich fahre morgen früh wieder nach Hause und hatte gehofft, noch etwas Zeit mit dir zu verbringen, schließlich habe ich Rachel und ihre Tochter eingeladen.« Oh Mann!

»Mum, jetzt mach mal halblang! Ich habe dir gesagt, dass ich zum Frühstück eingeladen bin. Außerdem ist mir die Information zu deiner Abreise neu, du hast bis heute Morgen, auch am Telefon, kein Wort davon erwähnt und bist jetzt sauer auf mich, weil ich nicht da bin oder war?« Diesbezüglich kann ich nur den Kopf schütteln. Ich bin doch keine Hellseherin, die weiß, was meine werte Frau Mutter kurzfristig plant. Sie hätte mir früher Bescheid sagen können, dann hätte ich das auch einrichten können. Es ist schön, wenn sie zu Besuch ist, aber nach einer Woche führen wir immer genau diese Gespräche und davon bin ich ehrlich gesagt genervt.

»Es ist einfach schade, Dina. Ich weiß nicht, wann wir uns das nächste Mal sehen werden, du kommst uns ja nie besuchen.«

»Wenn mir danach ist, Mum. Und jetzt hör bitte auf, so ein Drama daraus zu machen. Ich bin hier, und jetzt haben wir Zeit mit unseren Gästen«, schnaufe ich. Augenblicklich drehe ich um und will zurück in den Garten.

»Wenn Joe dich wieder unter Vertrag nimmt, wird er mich kennenlernen«, höre ich sie sagen. Fuck! Sie hat es doch gesehen, verdammter Mist.

»Du wirst gar nichts dergleichen tun, Mum. Es ist mein Leben und ich bitte dich einfach darum, es zu akzeptieren.«

»Ich werde kein zweites Mal zusehen, wie meine Tochter beinahe stirbt«, erwidert sie. Scheiße, ich habe darauf keinen Bock mehr. Statt in den Garten, rolle ich hinaus in die Garage, klettere in meine Corvette und lasse sie an. Jedes Mal die gleiche Leier: Tu dies nicht, mach das nicht. Ich verstehe ja, dass sie sich Sorgen macht, doch ich will selbst entscheiden, was ich mit meinem Leben anfange.

Verzweifelt reibe ich mir das Gesicht, als jemand an die Seitenscheibe klopft.

»Was denn?«, brülle ich angefressen und entdecke plötzlich Lea neben meinem Wagen. »Sorry, mit dir habe ich nicht gerechnet«, sage ich zu ihr, nachdem das Fenster unten ist.

»Hey, was ist denn los mit dir?«

»Ach, Mum ist seit über einer Woche hier und wird wieder nervös, so wie sonst auch.«

»Sie macht sich Sorgen, Dina, Mütter sind so. Übrigens warst du heute super schnell, cool gefahren.«

»Du hast es im Fernsehen gesehen?«

»Ja, und Mum auch. Wir waren sehr überrascht, haben uns aber für dich gefreut. Man konnte sehen, wie viel Freude du hattest.« Diese Worte lobe ich mir. Warum kann Mum nicht mal ansatzweise so etwas zu mir sagen?

»Danke dir, Lea.«

»Gerne. Ich sage nur, was ich denke. Tust du mir einen Gefallen und kommst wieder zu uns in den Garten?« Ihre Frage bekräftigt sie mit einem Lächeln. Eigentlich will ich der Konfrontation mit meiner Mutter aus dem Weg gehen. Insbesondere, weil Destiny dabei ist.

»Gib mir einen Moment«, bitte ich sie.

»Na klar. Lass dir Zeit, wir beruhigen inzwischen deine Mum.« Lea verlässt die Garage und ich schalte den Motor meines Wagens aus. *Gott steh mir bei!*

Um noch ein wenig herunterzukommen, nehme ich in meinem Rollstuhl Platz und fahre außen herum in den Garten. Der mit Marmorstein gepflasterte Weg unter mir verläuft an der Grundstücksgrenze entlang, bis hinunter zum See. Von dort führt ein kleinerer Pfad zum Haus zurück. Mittendrin habe ich eine kleine Sonneninsel einrichten lassen. Dort laden Schirm, Tisch und großzügige Sitzgelegenheiten zum Ausruhen ein. Zumindest, wenn Mum nicht da ist. Im Moment weiß ich auch gar nicht, wo sie steckt. Nur Rachel, Lea und Destiny sitzen dort und unterhalten sich.

Für einen Moment verharre ich am Wasser und schaue hinaus.

»Hey, geht es dir gut?«, erklingt Destinys Stimme in meinen Ohren. Ich drehe mich leicht zu ihr.

»Ja, alles okay. Tut mir nur leid, dass du Mums Launen ertragen musst.« Somit ist der erste Eindruck doch perfekt. Durchwachsener könnte ein Tag wie dieser nicht sein. Noch Anfang der Woche spielte ich mit dem Gedanken, mir das Leben zu nehmen, weil alles so beschissen war und ich auf keinen grünen Zweig kam. Gestern lernte ich Destiny kennen. Heute durfte ich das erste Mal seit meinem Unfall wieder in einem Rennwagen sitzen. Aber jetzt dreht Mum am Rad. Was für eine

Wandlung binnen kürzester Zeit. Nennt man sowas Ironie des Schicksals?

»Ich muss mich entschuldigen«, unterbricht Destiny meine Überlegungen.

»Und wofür?« Sie hockt sich zu mir, ergreift eine meiner Hände und hält sie fest.

»Ich habe mitbekommen, wie sich deine Mum Sorgen macht und sie ist damit nicht allein, Dina.« Na super, was kommt jetzt? Die Nächste, der etwas nicht passt?

»Hey, würdest du mich bitte für einen Moment anschauen?«

»Lass mich raten: Du hast mich auch beim Demo-Run gesehen?« Sie nickt mir wortlos zu.

»Scheiße! Warum haben alle damit ein Problem?«, frage ich genervt. In Destinys Augen kann ich Tränen erkennen, die sie zurückzuhalten versucht.

»Es ist nicht das, was du denkst, Dina. Jeder, der dich sieht und beobachtet, spürt, wie viel Freude du am Fahren hast«, sagt sie leise mit zitternder Stimme.

»Was ist es dann?« Destiny schluckt hart, es fällt ihr schwer darüber zu sprechen, was ich nachvollziehen kann, denn wir kennen uns kaum. Behutsam streichele ich ihr mit meiner freien Hand über die Wangen.

»Wir müssen das nicht jetzt besprechen. Ist später vielleicht ein besserer Zeitpunkt?«, taste ich mich langsam mit Blick zu Lea und Rachel heran.

»Ich weiß nicht, ob ich nachher noch hier bin«, lautet ihre überraschende Antwort, die mich besorgt aufhorchen lässt. Aufmerksam schaue ich sie an.

»Habe ich etwas falsch gemacht, Destiny?«

»Nein, hast du nicht. Es ist nur so, dass ich«, unter Tränen bricht sie mitten im Satz ab. Sie löst ihre Hände, steht auf und läuft den Weg zum Tor hinauf. Irritiert schaue ich ihr hinterher. Ich will nach ihr rufen, aber mir bleiben die Worte im Hals stecken. Sekunden später kommt Mum aus dem Haus, direkt auf mich zu. Ihr Blick sagt mehr, als es Worte tun könnten. Fuck! Der Tag fing doch so gut an. Wann habe ich die Kontrolle verloren?

»Was ist mit Destiny?«

»Keine Ahnung, Mum, ich sehe mal nach ihr«, erwidere ich, um einer weiteren Diskussion aus dem Weg zu gehen. Ich löse die Bremse an meinem Rollstuhl und mache mich auf den Weg.

Oben am Tor entdecke ich Destiny in den Armen ihres Bruders. Nick steht daneben und wundert sich.

»Hey, wo kommt ihr denn auf einmal her?«, mache ich mich bemerkbar.

»Hi, Dina. Deine Mum hat uns zum Kaffee eingeladen, wir sind nur etwas spät.« Er kommt ein paar Schritte näher.

»Schön, dass mein bester Freund zu Besuch kommt und ich nichts davon weiß«, schnaufe ich. So langsam artet das hier in Stress aus. Und dabei war es doch so leicht. Ich hätte meinen Wagen einfach nur auf die Straße bringen müssen, um eine Runde zu drehen.

»Komm mit und erzähl mir, was hier los ist«, fordert Nick mich auf. Er tritt hinter mich und schiebt mich nach draußen auf die Straße. Ich sage zunächst nichts, weil mich die ganze Situation überrollt hat. Auf dem Seitenstreifen geht es die North Bay Road hinauf zum Rainbow Point.

»Du hast heute in deinem Rennwagen sehr gut ausgesehen«, unterbricht Nick das Schweigen. »Wie hat es sich angefühlt?«

»Das fragst du noch? Wonach sah es denn für dich aus?« Irgendwie hat heute jeder mitbekommen, was ich gemacht habe. *Danke, liebe Medien!*

»Wir müssen nicht darüber reden, Dina. Ich fand es einfach schön, dich so zu sehen, wie es früher war. Du hattest Spaß, warst sofort bei der Sache und hast die Konkurrenz alt aussehen lassen.«

»Du hast dir soeben selbst die Antwort auf deine Frage gegeben«, sage ich.

»Dachte ich es mir doch. Dann verrate mir etwas anderes, von dem ich die Antwort definitiv nicht kenne. Warum ist Destiny so aufgelöst?« *Touché, mein Freund!*

»Wenn ich es wüsste, dann hätte ich mich längst darum gekümmert. Zum Glück kamt ihr gerade dazu. Und ehrlich, ich habe keinen Schimmer, was heute noch alles schiefgeht. Der Tag fing wirklich super an, wurde in Long Beach noch besser, doch seit ich hier angekommen bin, ist alles Scheiße«, gebe ich offen zu. Nick schnauft über mir schon, weil wir hier ein leichtes Gefälle haben und ich anscheinend auch ziemlich schwer bin. An einem kleinen Rastplatz mit Blick auf Lake Arrowhead bitte ich ihn anzuhalten.

»Hilf mir, Nick! Der Abend war wirklich schön, ich mag Jasons Schwester, sie mich offensichtlich auch, aber ich habe keine Ahnung, warum gerade alles zerbricht.« Er setzt sich neben mich auf den staubigen Boden.

»Hast du die Fernsehbilder gesehen?«, fragt er mich, den Blick hinunter auf den See gerichtet.

»Nein, dafür hatte ich bisher noch keine Zeit und du weißt, wie sehr ich diese Aufzeichnungen hasse.«

»Oh ja, das habe ich nicht vergessen. Vielleicht liegt genau hier das Problem«, spekuliert er.

»Wie meinst du das, Nick?«

»Die *Breaking News* zeigten nicht nur dich in Long Beach. Sie haben einen Rückblick eingeblendet und deinen Unfall von Anfang bis Ende gezeigt.« Die Worte meines Freundes hallen in meinen Ohren wie ein Echo durch den Wald. Dieses unvollständige Bild in meinem Kopf fügt sich mit einem Mal wie bei einem Puzzle zusammen. Ich habe die Fernsehbilder zu meinem Unfall noch nie gesehen und weigere mich, sie je anzuschauen. Immerhin habe ich die ganze Scheiße am eigenen Leib erfahren. Bisher konnte ich mich jedes Mal davor drücken oder einfach den Fernseher ausschalten. Und wenn genau das heute gezeigt wurde, haben Mum, Destiny und auch Lea sich alles angeschaut. Nur so kann ich mir diese Sorgen und die Tränen erklären.

»Okay, dann glaube ich jetzt zu wissen, wo der Hund begraben liegt.« Nick hat meinen Unfall mehr als einmal gesehen, weil ich ihn darum gebeten habe. Ich wollte damals seine Einschätzung, ob Byrnes mir mit Absicht reingefahren ist.

»Was gedenkst du jetzt zu tun?«, fragt er ganz trocken.

»Wir sollten zurück, ich muss mit Mum und Destiny reden. Anders kriegen wir die Kuh nicht vom Eis.«

»Dina, ich liebe unsere Gespräche.«

»Danke, mein Freund.« Nick besitzt diese unglaubliche Gabe. In der Vergangenheit haben wir oft zusammen über alle möglichen Dinge gerätselt. Mit einem bestimmten Satz von ihm, kam mir die Lösung häufig in den Kopf. Es klingt verrückt, aber genauso wie jetzt, war es schon oft der Fall.

»Bergab finde ich immer gut«, sagt Nick erleichtert. Er bringt mich zurück zum Haus, runter in den Garten.

Zu meiner Überraschung herrscht eine friedliche und harmonische Stimmung. Wir gesellen uns zu den anderen und ich verzichte für den Moment auf klärende Gespräche.

Destiny

Alle lachen, als Nick einen Witz über Schwule macht. Er geht mit diesem Thema ganz locker um, was auch meinem Bruder gefällt, der direkt neben ihm sitzt. Die beiden sehen sehr glücklich aus. Dina ist mir gegenüber und ich würde sie gerne berühren, ihre Nähe spüren. Der Versuch mit ihr über diesen schrecklichen Unfall zu sprechen, ging in die Hose. Ich trage dieses schlechte Gefühl schon den ganzen Tag mit mir herum und dabei möchte ich es doch nur loswerden.

Ihre Mum freut sich, dass wir alle da sind und bedankt sich dafür sehr herzlich. Dieses familiäre Beisammensein gefällt mir, weil ich es selbst in dieser Form nicht mehr haben kann. Meine Eltern sind vor ein paar Jahren nach Neuseeland ausgewandert und ich entschied mich, zusammen mit Jason, bei Grandma zu bleiben. Unsere Familie ist zerrüttet, da es Schuldzuweisungen wegen den kleinsten Dingen gab. Grandpas Tod bedeutet für meinen Bruder und mich, dass wir uns um Granni kümmern müssen. Sie hat sonst niemanden und in ein Heim lassen wir sie nicht gehen.

Bei allem was geschehen ist, gibt es Menschen wie Dina, denen das Schicksal noch übler mitgespielt hat, als mir. Ich würde mich besser fühlen, wenn ich die Zeit hätte, mit ihr über die Sache zu reden.

»Hey, geht es dir gut?«, reißt sie mich schlagartig aus meinen Gedanken.

»Ähm, ja, alles in Ordnung«, behaupte ich.

»Würdest du mir helfen, neue Getränke und Kaffee aus der Küche zu holen?« Dinas Mum springt in diesem Augenblick auf und will sich darum kümmern, was ihre Tochter jedoch zu verhindern weiß.

»Okay«, ist meine Antwort. Ich entschuldige mich, stehe auf und folge ihr hinein.

»Seit wir deine Grandma besucht haben, frage ich mich, wie dein Nachname ist«, sagt Dina als erstes, nachdem wir die Küche erreicht haben.

»Der stand doch auf unserer Haustür. Hast du ihn nicht gesehen?«

»Nein, ich habe dir ehrlich gesagt in diesem Moment auf den Arsch geschaut. Außerdem war es dunkel.«

»Unglaublich, Ms. Ridge«, flachse ich. »Mein Nachname ist Swan.«

»Sie tragen zwei wunderschöne Namen, Ms. Destiny Swan.«

»Danke, sehr nett von dir.«

Während der Kaffee durchläuft, bereiten wir noch ein paar Cocktails zu. Meinen mische ich mit Alkohol, vielleicht fällt es mir dann leichter, mit der Gesamtsituation umzugehen.

»Hey, langsam«, ermahnt mich Dina, als sie bemerkt, dass ich meinen Cosmopolitan in einem Zug zu mir genommen habe.

»Den brauchte ich jetzt«, gebe ich offen zu.

»Sagst du mir auch warum? Hat das mit vorhin zu tun, als du davongelaufen bist?« Sie weiß, worum es geht. Von hier aus kann ich durch ein großes Fenster sehen, was unten im Garten passiert. Alle sitzen noch auf ihren Plätzen. Es ist die Gelegenheit mich Dina zu offenbaren.

»Wenn es danach geht, müsste ich noch mindestens zwei weitere trinken«, antworte ich auf ihre Frage.

»Du warst diejenige, die gesagt hat, dass sie nichts verträgt«, erinnert sie mich an meine eigenen Worte.

»Richtig und kannst du dir vorstellen, was ich heute noch weniger als Alkohol vertragen habe?« Dina schweigt für einen Moment und senkt ihren Kopf.

»Die Fernsehbilder«, antwortet sie.

»Es war der Horror für mich, diesen Unfall mit ansehen zu müssen. Viel schlimmer ist aber noch, dass ich dich jetzt kenne und verstehe, warum du noch gestern Abend von Selbstmord gesprochen hast.«

»Tut mir leid, Destiny.«

»Mir geht es so wie deiner Mum. Dieser Crash hat dich beinahe getötet und dann steigst du wieder in dieses Ding ein.«

»Weil es das Einzige ist, was ich kann. Verstehst du? Ich bin dafür geboren. Und ja, ich weiß sehr wohl, wie sehr ich den Menschen in meiner Umgebung damit wehtue. Ich habe nur nichts anderes. Das ganze Geld, die Autos, es ist alles nichts wert, weil es mich nicht glücklich macht.« Ihre Worte treiben mir Tränen in die Augen. Langsam beuge ich mich zu Dina hinunter, lege meine Hände um ihren Hals und bewege ihren Kopf so, dass sie mich ansieht.

»Dina, ich weiß nicht, wie es dir geht, aber ich mag dich. Dieser Abend war wunderschön. Als wir das Sevilla verlassen haben, ging es mir mit dir gut. Es tut mir weh, dich so traurig zu sehen und im nächsten Moment riskierst du dein Leben.«

»Ich habe nichts zu verlieren«, sagt sie mir direkt ins Gesicht. Dem habe ich nichts entgegenzusetzen. Auf meine Andeutung, wie es ihr in Bezug auf mich geht, reagiert sie nicht. Warum auch, wir kennen uns noch nicht einmal 24 Stunden. Ich dachte zuerst, wir seien uns sehr ähnlich, aber da lag ich wohl falsch.

»Wo willst du hin?«, möchte sie von mir wissen, als ich aufstehe.

»Ich bringe den Kaffee und die Getränke raus. Danach werde ich mich langsam verabschieden und mit meinem Bruder nach Hause fahren. Tut mir leid,

Dina.« Ich nehme ein Tablett vom Tresen, stelle alles darauf und gehe los. Dina bleibt schweigend in der Küche zurück. Vielleicht ist es vorbei, noch bevor es richtig angefangen hat.

Dina

Warum will mich niemand verstehen, mit Ausnahme von Nick? Mich kotzt es an, den ganzen Tag zuhause abzuhängen und nichts zu tun. Das Team, oder besser gesagt Henry, hat mir heute diese Möglichkeit gegeben, für die ich sehr dankbar bin. Ich konnte das tun, was ich am liebsten mache – einen Rennwagen am Limit bewegen.

Was Destiny betrifft, da lag mein bester Freund mit seiner Vermutung richtig. Dass es sie allerdings so sehr mitnimmt, hätte ich nicht gedacht. Mum ist bei diesen Dingen auch sehr empfindlich. Früher war das anders, es war unsere Leidenschaft. Wenn sie konnte, war sie bei jedem Rennen dabei. Zum Glück nicht bei meinem letzten.

»Hey, alles okay?«, fragt Jason.

»Ja. Brauchst du etwas?«

»Ich wollte nur auf die Toilette. Wo muss ich genau hin?« Ich deute mit dem Finger auf den langen Flur.

»Danke dir, Dina. Und bevor ich es vergesse, meine Schwester mag dich, ihr würdet ein wundervolles Paar abgeben.« Auf seine Bemerkung hin, lächle ich. Er lässt mich allein und sucht die Toilette auf. Wieder kommen mir Nicks Worte in den Sinn. Er sagte, Jasons Schwester sei ein guter Mensch. So etwas hat er vorher noch nie über jemanden gesagt. Überhaupt hat er sich mit Lob zu meinen Partnerinnen zurückgehalten. Scheiße! Ich komme kein Stück vorwärts. Kann nicht einmal etwas funktionieren, und das auf Dauer?

Ich warte im Flur, bis Jason zurückkommt.

»Nimmst du mich mit?«

»Klar, Dina«, antwortet er. An der Tür zum Garten halte ich an.

»Sie ist hübsch und hat ein wunderschönes Lächeln.«

»Das ist meine Schwester. Ich bin sehr stolz auf sie.«

»Das sieht man. Eure Grandma liebt euch beide sehr.«

»Du hast Granni kennengelernt?«

»Ja, Destiny wollte sie heute besuchen und ich habe sie zum Krankenhaus gefahren.«

»Cool, dass ist nett von dir, danke. Hat sie dich gleich ins Kreuzverhör genommen?«

»Ein wenig und lass mich noch anmerken: Eure Grandma ist echt cool.«

»Sie liebt den Motorsport, Dina.«

»Das habe ich gemerkt. Deshalb darf sie mich nach ihrer Genesung einmal an die Strecke begleiten.«

»Wow, das klingt fantastisch. Darauf wird sie sich ganz bestimmt freuen.« Als ich mich danach erkundige, warum sie das noch nicht früher gemacht haben, weicht er meiner Frage aus.

»Wir sollten die anderen nicht warten lassen.« Ich stimme zu und folge ihm zurück zur Sitzinsel.

»Schön, dass wir es doch noch geschafft haben«, sagt Mum.

»Wie meinst du das?«

»Na, dass wir jetzt alle hier zusammensitzen und deine Freunde dabei sind. Nichts anderes wollte ich.« Aha, Mum hat gerade ihre sentimentale Stimmung ausgepackt. Sie drückt mich kurz, küsst mir den Scheitel und steht auf.

»Kinder, rückt doch alle bitte etwas zusammen, ich möchte ein paar Erinnerungsfotos machen. Du auch, Rachel.« Ihr Vorschlag stößt auf breite Zustimmung. Während Lea und Destiny sich zu mir hocken, stellen sich die Jungs mit Rachel hinter uns auf. Mum versucht einen Witz zu machen, damit wir in die Kamera lachen. Nachdem sie gefühlt 100 Fotos gemacht hat, übernimmt Lea die Kamera, so dass Mum auch noch mit auf die Bilder kommt. Jeder wechselt hin und her, was in eine Art Fotoshooting ausartet. Zwischenzeitig hat Destiny übernommen und knipst pausenlos.

»Die Kamera und du, ihr scheint euch sehr zu mögen«, stelle ich amüsiert fest. Dabei lächle ich ihr zu.

»Hat sie nicht erwähnt, dass sie angehende Fotografin ist?«, wirft Jason breit grinsend ein.

»Nein, hat sie nicht. Dann kann ich verstehen, woher dieses innige Verhältnis rührt.« Mein Satz bringt alle zum Lachen. Selbst Destiny, die ihr Gesicht hinter Mums Digitalkamera zu verstecken versucht.

»Das wird wundervoll«, ruft Nick uns zu. Mittlerweile sind wir nur noch zu zweit – Mum und ich. Sie legt ihre Arme um mich und lächelt. Immer wieder höre ich dieses Klicken, wenn der Auslöser gedrückt wird.

»Tut mir leid«, sage ich leise.

»Mir auch, mein Engel. Ich weiß, dass du diesen Sport liebst. Versprich mir einfach, auf dich aufzupassen und keine Dummheiten zu machen, okay?« Woher ihr Sinneswandel kommt, ist mir ein Rätsel. Dennoch beruhigen mich ihre Worte.

»Ich hab dich lieb, Mum.«

»Ich dich auch, Dina.«

»Dann sind wir fertig, Ms. Ridge«, unterbricht uns Destiny. Sie gibt Mum die Kamera, die sich die Aufnahmen natürlich sofort auf meinem großen Fernseher anschauen möchte. Nick, Jason, Destiny und Rachel begleiten sie.

»Lust runter ans Wasser zu gehen?«, frage ich Lea. Sie steht noch bei mir und lächelt.

»Gerne, Dina. Hattest du gestern einen schönen Abend im Sevilla?«

»Ja und nein«, lautet meine Antwort. Auf dem Weg hinunter erzähle ich ihr von den mitleidigen Blicken der anderen Besucher, missglückten Tanzversuchen und den angenehmen Momenten.

»Hast du Destiny dort kennengelernt?«

»Ja. Sie war die Einzige, die mich von sich aus angesprochen hat. Und am Anfang hatte ich überhaupt keine Lust auf sie«, gebe ich bereitwillig zu.

»Sie scheint nett zu sein und in dir nicht das zu sehen, was andere sehen.«

»Wie kommst du darauf?«

»Ganz einfach, Dina, ich habe sie beobachtet.«

»Und zu welchem Ergebnis bist du gekommen?« Lea überrascht mich gerade etwas. Sie ist nicht nur Künstlerin, sondern anscheinend auch eine gute Analytikerin.

»Sie beugt sich nicht zu dir runter und versucht nicht, dir alles abzunehmen. Trotzdem ist sie sehr aufmerksam, was ich bemerkenswert finde.«

»All das von dir zu hören, finde ich sehr bemerkenswert, junge Frau.«

»Ich bin einfach eine gute Beobachterin. Mir ist auch nicht entgangen, dass sie ein Problem mit dem hat, was du heute getan hast.« Wo wir wieder bei diesem Reizthema wären.

»Du hast es ja auch gesehen. Was wäre deine Antwort, würde ich dich nach deiner ehrlichen Meinung fragen?«

»Also vorab, ich wusste ja durch Mum von deinem Unfall und hab ihn damals auch in den Nachrichten gesehen. Aber als sie ihn heute wieder zeigten, hatte ich einen ziemlich dicken Kloß im

Hals. Du hast viel Glück gehabt, worüber ich persönlich sehr froh bin.«

»Danke, Lea.« Ihre Ehrlichkeit beeindruckt mich. Sie vertritt dieselbe Ansicht wie Nick. Wenn es mir Spaß macht, soll ich das tun, was mich glücklich macht.

Wir bewegen uns während unseres Gespräches langsam in Richtung Haus. Nicht dass Mum uns nachher noch als vermisst meldet.

Destiny

Dinas Mum hat uns die letzten Stunden mit vielen Fotos aus der Vergangenheit erheitert, inklusive mich. Man merkt ihr an, wie nahe ihr der Unfall ihrer Tochter geht. Dina selbst geht damit so selbstverständlich um, und das macht mir ehrlich gesagt große Sorgen. Ich habe Bedenken, dass ihr wieder etwas zustößt.

»Schön, dass ihr alle da wart. Kommt gut nach Hause«, verabschiedet uns Ms. Ridge. Sie drückt Dina und gibt ihr einen Kuss auf die Stirn.

»Es könnte spät werden, Schatz, warte nicht auf mich.«

»Viel Spaß, Mum. Mach nicht zu lange, du hast morgen eine lange Fahrt vor dir. Und hör bitte auf mich vor meinen Freunden Schatz zu nennen.« Die beiden sind wie Feuer und Wasser. Dinas Mum steigt mit Rachel und Lea in einen alten Kombi. Sie hat beide zum Tanzen eingeladen, was ich sehr schön finde, denn dafür ist man nie zu alt.

»D., kommst du oder willst du hierbleiben?«, ruft mein Bruder mir von seinem Wagen aus zu.

»Wenn du möchtest, kannst du gerne bleiben«, bietet Dina mir an. Ich bin mir sicher, Jason und Nick würde ich heute Abend nur im Weg stehen. Aber was passiert, wenn ich hierbleibe? Im Moment geht es mir zwar besser, dennoch weiß ich nicht, ob es der richtige Weg ist.

»Entscheide dich, D.«, drängelt Jason schon wieder. Als ich einen Schritt zur Seite mache, hält Dina meine Hand fest. Mit hoffnungsvollem Blick schaut sie zu mir auf.

»Du bist sicher enttäuscht von mir. Gewisse Dinge kann ich nicht beeinflussen, allerdings hoffe ich, dass du meine Entscheidungen von heute ein klein wenig verstehen und auch nachvollziehen kannst.« Sie bemüht sich und leider weiß ich, was sie meint. Die Fotografie und ein perfektes Foto bedeutet mir das, was für sie der Motorsport ist.

»Ob es so gut ist, wenn ich bleibe?«, hinterfrage ich skeptisch. Dina nickt mir zu und lässt dann meine Hand los.

»Ich habe letzte Nacht das erste Mal seit meinem Unfall durchgeschlafen. Der Grund dafür bist du. Das kannst du mir glauben oder nicht. Ich würde mich sehr darüber freuen, möchte dich aber auch nicht von anderen Dingen abhalten oder deine Planung durcheinanderbringen.« Sie hat Schlafstörungen? Diese Erklärung macht mich kurzzeitig sprachlos. Ich gehe rüber zu Jason und Nick, die mich erwartungsvoll anschauen.

»Was habt ihr beide noch vor?«, erkundige ich mich.

»Wir gehen eine Kleinigkeit trinken und ziehen dann um die Blöcke«, bekomme ich als Antwort zu hören.

»Dann fahrt ohne mich, ich würde gerne bei Dina bleiben.« Nick schlingt plötzlich seine Arme um mich.

»Ich wünsche euch einen schönen Abend, genießt ihn«, sagt er freudestrahlend.

»Alles klar, Schwesterlein. Wenn ich dich morgen abholen soll, dann ruf mich an, okay?«

»Werde ich tun. Fahrt bitte vorsichtig.« Auch mein Bruder umarmt mich zum Abschied, dann gehe ich zurück zum Hauseingang. Dina lächelt mich an und genau das lässt mich weich werden. Dieses beklemmende Gefühl, was ich seit heute Vormittag habe, wird von einem Kribbeln verdrängt.

»Du weißt aber schon, dass ich nichts mitgenommen habe«, sage ich, ohne sie dabei anzusehen.

»Und ich erinnere mich daran, wie du mir heute morgen ausgeholfen hast. Also keine Sorge, dir wird es an nichts fehlen und eine Zahnbürste finden wir auch noch irgendwo.« Ich habe es nicht vergessen, denn noch trägt sie die Kleidung, die ich ihr überlassen habe.

Wir winken den Jungs nach und warten, bis sie vom Anwesen gefahren sind. Dina drückt danach auf eine kleine Fernbedienung und das Tor schließt sich.

»Hast du Hunger?«, ist ihre erste Frage. Es gab Kaffee, Cocktails und Kuchen, deshalb bin ich noch satt genug.

»Später vielleicht. Es sei denn, du möchtest etwas essen.«

»Im Moment könnte ich auch ohne Rollstuhl ganz gut rollen«, erwidert sie grinsend. Wir sind allein und ich sehe mich noch einmal um.

»Du kannst dich gerne überall umsehen, ich muss kurz wohin«, entschuldigt sie sich. Weil ich im Erdgeschoss heute schon ein paar Mal unterwegs war, gehe ich langsam die Treppe hinauf und wundere mich darüber, keinen Lift vorzufinden. Wie kommt Dina hier ganz allein rauf? Als ich oben bin, blicke ich zurück und zähle die Stufen - es sind 42. Während ich über einen langen Flur laufe, bemerke ich, dass alle Türen der angrenzenden Räume offenstehen. Jedes Zimmer, inklusive des Bades, ist einfach riesig. Überall schaue ich nur kurz hinein.

Wenig später höre ich Dina, die wohl fertig ist. Ich laufe zurück zur Treppe und blicke über das Geländer hinunter.

»Du hast hier unheimlich viel Platz«, rufe ich ihr zu.

»Ja, verschwendeter Platz«, antwortet sie.

»Wieso verschwendet? Benutzt du diese Etage nicht?«

»Ich müsste einen Fahrstuhl einbauen lassen und darauf habe ich keine Lust. Alles, was ich brauche, habe ich hier unten und im Notfall krabbele ich die Treppe hinauf. Dauert eine Stunde, ist aber machbar.« Kopfschüttelnd gehe ich langsam die Stufen hinunter und lasse mich auf der letzten nieder.

»Es ist schade, weil du es hier sehr schön hast.«

»Ich weiß, aber stell dir vor, es fängt an zu brennen. Meine Chancen lebend herauszukommen wären gleich null. Hier muss ich nur in meinen Rollstuhl und kann schnell abhauen.« Da ist etwas Wahres dran, auch wenn ich nicht verstehe, warum sie sich diesen Fahrstuhl nicht einfach einbauen lässt. Vermutlich aus dem gleichen Grund, weshalb sie die Behindertenparkplätze meidet. Sie will nicht immer daran erinnert werden, dass sie einge-schränkt ist.

Wir finden uns in der Küche wieder, wo Dina alle Zutaten für ein paar Cocktails aus den Schränken holt. Ich schnappe mir zwei Gläser und stelle sie vor ihr auf dem Tresen ab.

»Jetzt bin ich auch für Hochprozentiges«, äußert sie mit einem zarten Lächeln. Ich muss nichts sagen, denn sie schenkt bereits für uns beide ein und kurz darauf stoßen wir an.

»Geht es dir besser?«

»Etwas. Aber es ist nicht so leicht«, gebe ich zu. Dina stellt ihr Glas ab und füllt es nach.

»Würde es dir helfen, wenn du mir jede Frage stellen kannst, die dir in den Sinn kommt, und ich beantworte sie dir?«

»Ich habe keine Ahnung, Dina.«

»Probieren wir es einfach. Schieß los! Was interessiert dich?« Das ist leichter gesagt, als getan. Darüber muss ich einen Moment nachdenken und nippe derweil an meinem Cocktail.

»Würdest du wieder Rennen fahren, wenn sie dich ließen?«, beginne ich schließlich.

»Ja, definitiv. Ich liebe es, das ist meine Berufung.«

»Hast du Angst, wieder einen so schlimmen Unfall zu erleben?«

»Nein, ich kann meine Beine nur noch physisch verlieren, von daher habe ich eigentlich vor nichts mehr Angst.«

»Gehst du bewusst so viele Risiken ein?«

»Wie gesagt, ich habe nichts mehr zu verlieren.« Bevor ich die nächste Frage stelle, trinke ich einen Schluck.

»Ist es dir wirklich egal, wenn du von heute auf morgen nicht mehr da wärst?« Dina überlegt einen Augenblick.

»Nein, ist es nicht. Der Frust ist nur manchmal so groß, dass ich keinen anderen Ausweg sehe«, antwortet sie. Für meinen Geschmack hat sie eine sehr radikale Einstellung, aber immerhin ist sie ehrlich.

»Wie meintest du das, als du sagtest, ich hätte bei dir noch etwas offen?« Schmunzelnd greift sie nach ihrem Cocktail.

»Du hast mich gestern Abend geleckt und ich habe eigentlich außer küssen und streicheln nichts für dich getan.« Okay, mehr muss sie nicht sagen. Ich dachte es mir bereits.

»Das war es schon, keine Fragen mehr?«, hakt Dina noch einmal nach.

»Nur noch eine. Würdest du mit mir in die Badewanne gehen?«

Dina

Mum hat Zeit mit mir und meinen Freunden bekommen. Es machte sie so glücklich, dass sie Rachel und Lea an ihrem letzten Abend in Lake Arrowhead spontan zum Tanzen eingeladen hatte. Eines ihrer Hobbys, dem sie gerne nachgeht, seit ich denken kann. Das heißt, wir sind allein. Destiny reagierte auf mein Frage- und Antwortspiel anders, als ich erwartet hatte. Sie sollte die Gelegenheit haben, all das loszuwerden, was sie bewegt. Und obwohl sie eigentlich gehen wollte, ist sie bei mir geblieben.

Ihre letzte Frage beantworte ich wortlos. Unsere Gläser sind leer und ich bitte sie, mir zu folgen. Im Badezimmer zünde ich ein paar Kerzen an, um romantische Stimmung zu erzeugen. Nach solch durchwachsenen Tagen liege ich gern bei gedämpften Licht in der Badewanne und entspanne mich.

Bevor wir anfangen können, drehe ich den Wasserhahn auf. Danach verlasse ich meinen Rollstuhl, rutsche hinüber auf eine kleine Bank und beginne mich auszuziehen. Destiny hockt sich vor mich, um mir zu helfen. Behutsam greift sie nach dem Ende meines Tops, doch bevor sie es mir abstreifen kann, küsse ich sie.

»Es war die richtige Entscheidung«, haucht sie mir lustvoll in den Mund.

»Bei mir zu bleiben?«, frage ich nach.

»Ja. Ich bin gern bei dir und hätte es nicht übers Herz gebracht, dich allein zu lassen«, gesteht sie mir mit einem Lächeln. Allein zu sein ist mir nicht fremd, dennoch freue ich mich, dass Destiny geblieben ist.

»Danke«, flüstere ich. Sie drückt mir einen sanften Kuss auf die Lippen und bittet mich die Arme zu heben. Bisher habe ich mich immer selbst an- und ausgezogen. Dieses Gefühl – jemand anderes macht es - ist für mich neu, doch ich mag es. Destiny ist feinfühlig, aber nicht zimperlich.

»Ich finde, dir stehen meine Sachen«, sagt sie mit einem Grinsen.

»Danke, dass du sie mir geliehen hast.« Augenblicke später sitze ich nur in Unterwäsche vor ihr. Langsam klettert sie über mich, damit ich sie ausziehen kann. Während wir uns erneut küssen, schiebe ich ihr Kleid nach oben. Dabei bemerke ich eine Gänsehaut, die über ihren Körper jagt. Sie holt scharf Luft und scheint jede meiner Berührungen aufzusaugen.

»Gott, ich stehe so sehr auf dich«, wispert sie in meinem Mund. Einen BH trägt sie nicht, weshalb ich ihre harten Brustwarzen, die sich mir gierig entgegenstrecken, zwischen meine Finger nehme und zwirbele. Zeitgleich spüre ich eine von Destinys Händen in meinem Schritt. Schnell atmend lehne ich den Kopf an die Wand und schließe die Augen. Ihr gelingt es, mich binnen Sekunden so geil zu machen, dass ich mich einfach gehen lasse.

»Dein Höschen ist schon ganz feucht. Ich sollte es dir lieber ausziehen«, höre ich sie leise sagen. Der Blick in ihre Augen ist so ... wie soll ich es formulieren? Animalisch! Sie wirkt auf mich wie eine Löwin, die auf der Jagd ist. Da ich nichts auf ihre Bemerkung erwidere, küsst sie sich über meinen Körper nach unten, um ganz provokant meinen String mit den Zähnen herunterzuziehen. Behutsam hebt sie ein Bein nach dem anderen an und streift ihn mir ab.

»Ich will dich«, murmele ich lustvoll.

»Du darfst gleich, wenn wir in der Wanne sind.« Sie steht auf, entledigt sich ihrer Unterwäsche und ich sehe sie das erste Mal komplett nackt. Ihr Körper ist schlank, aber wohlgeformt. Ihre Oberweite ist mit meiner vergleichbar, doch sie hat eine schlankere Taille.

»Hey, nicht sabbern«, fährt sie lächelnd in meine Gedanken. »Gefällt dir, was du siehst?«

»Mehr als das«, antworte ich knapp.

»Danke für das Kompliment. Ich kann es nur zurückgeben.« Langsam beuge ich mich etwas nach vorn, um dann den BH loszuwerden. Als Destiny mir in die Wanne helfen will, bitte ich sie, es mich allein versuchen zu lassen.

»Ich schaffe das schon«, behaupte ich und muss an das letzte Mal denken, als ich das halbe Bad flutete. Dieses Mal funktioniert es besser. Zwei Haltegriffe ermöglichen es mir ohne Platscher hineinzugleiten.

»Brauchst du einen Haargummi?«, erkundigt sich Destiny.

»Nein, aber falls du einen brauchst, der Schrank hinter dir.« Ich zeige auf die kleine Kommode neben dem Waschbecken. Kurz nachdem sie die obere Schublade geöffnet hat, fängt sie an zu kichern.

»Den können wir sicher gut gebrauchen«, äußert sie freudig. In ihrer Hand hält sie meinen Lieblings-dildo. Groß, gummiert und knallpink.

»Hm«, schnurre ich und kann mir das Lachen nicht verkneifen. »Bringst du gleich noch die Flasche Gleitgel mit?« Sie nickt und greift erneut in das Fach des kleinen Schrankes. Der Gedanke, wie sie mit mir und dem Luststab spielt, macht mich an.

»Der fühlt sich samtig an«, stellt Destiny fest, als sie zu mir in die Wanne steigt.

»Leg ihn für einen Moment ins Wasser. Wenn er warm ist, fühlt er sich noch viel besser an«, informiere ich sie. Dieses Spielzeug hat mir in den vergangenen Monaten immer treue Dienste geleistet. Es jetzt mit Destiny zu teilen, wird noch mehr Spaß machen als sonst.

»Geht es dir gut?«, möchte sie von mir wissen.

»Du bist hier, dann kann es mir nur gut gehen.«
Kaum ausgesprochen, beugt sie sich über mich und
sagt mir, ich solle mich gut festhalten. Zuerst
streicht sie ein paar Haarsträhnen aus meinem
Gesicht, danach fährt sie mit einem Finger über
meine Lippen und berührt mich wie gestern Abend
am Hals.

»Ich mag es, wenn du das tust«, stöhne ich leise.
In meiner Magengegend kribbelt es unaufhörlich.
Destiny berührt mich mit ihrem Mund, was die
Sache nur noch intensiver macht.

»Entspann dich und genieße es«, lauten ihre
Worte, gefolgt von einem leidenschaftlichen Kuss.
Voller Vorfreude halte ich mich an den Griffen fest,
andernfalls würde ich vermutlich vor lauter Wonne
ungewollt abtauchen. Sie spreizt meine Beine und
streicht mit einer Hand darüber. Ich spüre nichts,
erst als sie mich im Schritt berührt ist das Gefühl
wieder da.

»Du hast eine schöne Pussy«, haucht sie mir ins
Ohr. Zeitgleich schiebt sie ihre Finger in mich.

»Eigentlich wollte ich dich verwöhnen«, keuche
ich lustvoll.

»Das hat Zeit. Ich mag es, mit dir zu spielen.« Ihr
Griff an meinem Hals wird etwas fester, was mich
noch mehr antörnt. Ich schließe die Augen und
genieße jede Berührung, die sie mir schenkt. Den
letzten Sex in der Badewanne hatte ich mit Sheila.
Und auch wenn es völliger Schwachsinn ist, sie und

Destiny zu vergleichen, muss ich zwangsläufig daran denken. Destiny scheint mit Frauen sehr viel Erfahrung zu haben. Sie ist dominant, aber mit der richtigen Dosis an Gefühl.

»Ich komme gleich«, stoße ich heiser aus.

»Halte noch etwas durch«, verlangt sie und verringert ihre Berührung zwischen meinen Beinen. Ich halte es nicht mehr lange aus. Ihre Finger in mir und der Daumen, mit dem sie meine Schamlippen und den Kitzler streichelt, sind einfach zu schön.

»Schau mir in die Augen«, höre ich sie sagen. Als ich diese öffne, funkeln mich ihre Rehaugen wie kleine Sterne an. Sie hat Freude daran, mit mir zu spielen – mich lustvoll leiden zu lassen. Hastig greift sie nach dem Dildo, um ihn mir vor den Mund zu halten.

»Halte ihn bitte kurz.« Ohne zu zögern öffne ich die Lippen und umschließe ihn damit. Destiny löst sich von mir und schnappt sich das Gleitgel. Nachdem sie den pinken Luststab an sich genommen hat, schmiert sie ihn großzügig ein.

»Du wirst vor Lust beben und wenn du kommst, will ich, dass du mir dabei direkt in die Augen siehst«, fordert sie wieder mit diesem dominanten Unterton in der Stimme. Ich werde alles tun, was sie von mir verlangt, wenn sie mich nur endlich zum Höhepunkt kommen lässt. Meine Arme zittern bereits und mich festzuhalten verlangt ein hohes Maß an Konzentration. Neugierig verfolge ich ihre

Bewegungen, sehe dabei zu, wie sie den Dildo ins Wasser eintaucht und zwischen meine Beine führt. Langsam dringt sie damit in meine glühende Pussy ein, bis ich aufstöhne.

»Mach weiter«, bitte ich sie, doch erneut lässt sie mich zappeln, was meine Lust nur noch mehr antreibt. Mein Verlangen surft auf einer Welle und ich hoffe, dass diese noch größer wird.

Augenblicke später zittert mein ganzer Oberkörper. Der Knoten in mir platzt in dem Moment, als Destiny mir sanft in die Brustwarzen beißt und mich dabei anschaut. Wie sie gefordert hat, halte ich den Blickkontakt aufrecht und stöhne meinen Orgasmus heraus. Mir wird schwindelig, ich habe das Gefühl, den Halt und die Kontrolle über meine Hände zu verlieren.

»Entspann dich, dir kann nichts passieren«, wispert Destiny an meinen Lippen. Als ich die Griffe loslasse, hält sie mich sicher fest. Langsam holt sie mich mit sanften Küssen herunter, dabei hinterlässt ihre Zunge eine prickelnde Spur auf meiner Haut.

»Ist dir kalt?«, fragt sie mich im nächsten Augenblick mit einem breiten Grinsen. Kopf-schüttelnd verneine ich die Frage. Es sind ihre Berührungen, die für eine intensive Gänsehaut sorgen.

»Lass uns ins Bett wechseln«, schlage ich vor. Destiny hat mich schon das zweite Mal befriedigt, jetzt bin ich dran. Nachdem wir uns eingeseift und abgespült haben, verlassen wir die Wanne.

Destiny

Dina ist schon fertig, während ich mich noch abtrockne.

»Ich stehe darauf, wenn du feucht bist«, merkt sie breit grinsend an.

»War mir klar«, erwidere ich amüsiert. Es gab noch keine Frau in meinem Leben, die mich so sehr gereizt hat, wie sie es tut. Allein ihr Duft schürt in mir dieses Verlangen, mich auf sie zu stürzen und ihr das Hirn heraus zu vögeln.

Bevor Dina hinausrollt, klatscht sie mir auf den nackten Hintern.

»Ich warte im Gästezimmer auf dich.«

»Bin gleich da«, antworte ich. Schnell schminke ich mich ab, putze mir die Zähne und gehe hinaus in den Flur, an dessen Ende eine Tür offensteht. Vorsichtig sehe ich hinein und entdecke Dina auf einem großen, schwarzen Himmelbett. Ihr Körper ist zur Hälfte von einem dünnen Laken bedeckt.

»Wow, das nennst du Gästezimmer?«

»Ja, hier schlafe ich seit geraumer Zeit.« Mit einem Finger bittet sie mich näherzukommen. Auf dem Weg zu ihr sehe ich mich um, weil ich in diesem Raum noch nicht war. Am Bettgestell hängen, wie vor den Fenstern, weiße Vorhänge, die vermutlich aus Seide sind. Alles wirkt sehr edel und einladend auf mich.

»Hey«, haucht mir Dina zu, als ich mich neben sie lege.

»Hi. Ich wiederhole mich, du hast es sehr schön hier. Trotzdem muss ich dir gestehen, dass mir dieses Zimmer am besten von allen gefällt.«

»Das freut mich. Hier wirst du heute Nacht schlafen, wenn es für dich okay ist.« Die Antwort gebe ich ihr in Form eines langen und leidenschaftlichen Kusses. Hätte mir gestern im Sevilla jemand prophezeit, dass dieser Abend so ausgehen würde, ich hätte wahrscheinlich laut gelacht.

»Ich bin nirgendwo lieber, als bei dir«, lasse ich Dina wissen. Sofort presst sie ihre Lippen auf die meinen, dreht mich dabei auf den Rücken und zieht sich ein Stück auf mich. Unsere Zungen spielen zärtlich miteinander, was einem Tanz gleichkommt. Als sie meine Erregung und die daraus resultierende Gänsehaut bemerkt, löst sie sich von mir.

»Ich danke dir, dass du nicht lockergelassen hast«, haucht sie mir zu.

»Das musst du mit meinem Bruder klären. Nachdem du mich hast abblitzen lassen, wollte ich eigentlich direkt gehen«, gebe ich schmunzelnd zurück.

»Es gab doch noch dutzende andere Frauen, mit denen du deinen Spaß hättest haben können. Warum also ausgerechnet ich?«

»Du hast mir optisch zugesagt, und das ist nun mal das entscheidende Kriterium, ob man sich mit jemanden unterhält oder nicht«, erkläre ich.

»Da muss ich dir recht geben. Dich zu sehen, hat mich - ehrlich gesagt - ziemlich angemacht. Deine langen Beine, die schmale Taille und jetzt weiß ich auch, was für ein wundervoller Mensch du bist«, sagt Dina und streicht mir dabei über die Wangen. Das sind ihre letzten Worte. Sie küsst mich den Hals hinunter, legt ihre Hände um meine Brüste und saugt an meinen harten Brustwarzen. Seit einer gefühlten Ewigkeit habe ich dieses Kribbeln in meiner Magengegend, was sich jetzt rapide verstärkt. Allein der Blick, den Dina mir beim Liebkosen meiner Nippel zuwirft, macht mich wahnsinnig. Sanft massiert sie meine Brüste und bewegt sich dabei immer tiefer.

»Sorry«, sagt sie, als ihre Beine sie daran hindern, noch weiter abwärts zu gelangen.

»Schon okay«, antworte ich. Mühsam positioniert sie sich neu und fährt fort. Über den Bauchnabel, bis hin zu meinen Beinen. Die Gänsehaut auf meinem Körper nimmt kein Ende mehr. Erst recht nicht, nachdem sie mich zum ersten Mal im Schambereich geküsst hat. Ich will wissen, ob sie gut leckt, doch sie lässt mich warten, indem sie mit ihrer Zunge alles in meinem Schritt berührt – mit Ausnahme meiner Pussy.

»Du quälst mich«, stöhne ich lustvoll. Dina lächelt kurz, lässt sich davon jedoch nicht beirren. Sie kostet es aus, ich kann es spüren, genauso, wie mein pulsierendes Lustzentrum. Ihre weichen Finger streichen nur knapp daran vorbei.

»Wie du mir, so ich dir«, höre ich sie sagen. Mein Blick wandert hinunter und dann passiert es. Ich lasse meinen Kopf tief ins Kissen sinken, spreize bereitwillig die Beine etwas weiter und lege meine Hände auf Dinas Kopf. Ruhig gleitet ihre Zunge über meine Schamlippen und den Kitzler. Ein wohliger Schauer durchzieht mich. Ununterbrochen wiederholt sie ihre Berührungen, bis zu dem Moment, als sie meine geschwollene Perle in ihren Mund saugt. Ich weiß, dass ich es nicht lange aushalten werde. Dafür hatte ich schon zu lange keinen Sex mehr und vor allem keine Frau, die so gut leckt, wie Dina. Es fällt mir schwer, ruhig zu bleiben, ganz besonders, als sie ihre Finger in meine glühende Pussy schiebt. Ein Lustschauer nach dem nächsten jagt durch meinen Körper. Auf einmal geht alles ganz schnell. Ich bäume mich mit dem Oberkörper auf und lasse meinen Orgasmus lautstark heraus. Augenblicke später lässt Dina langsam von mir ab. Mühevoll krabbelt sie zu mir rauf und schlingt ihre Arme um mich.

»Und ich dachte schon, ich habe es verlernt«, flüstert sie mir ins Ohr.

»Das hast du absolut nicht« antworte ich mit zitternder Stimme.

»Du schmeckst gut und es scheint dir gefallen zu haben.« Darauf sage ich nichts, lieber küsse ich sie. So wie ich sie im Badezimmer beruhigt habe, macht sie es jetzt mit mir. Ich kann mich nicht daran erinnern, einfachen Oralsex je so intensiv erlebt zu haben wie mit ihr.

Die Minuten vergehen und wir schweigen, weil wir immer noch mit unserer intensiven Knutscherei beschäftigt sind. Zwischenzeitlich konnte ich mich ein wenig erholen.

Sanft streiche ich über Dinas warme Haut. Ihre körperliche Reaktion auf meine Berührungen zu spüren ruft in mir das Verlangen hervor, mehr davon zu haben. Wir lösen uns und schauen einander an.

»Hast du Spielzeug hier?«, frage ich neugierig.

»Schau in die Nachttischschublade«, informiert sie mich und zeigt in die entsprechende Richtung. Spätestens nach dem Dildo im Bad war mir klar, dass Dina gerne spielt. Was ich dann aber an dem von ihr genannten Ort finde, überrascht mich. Im Licht der Lampe auf dem kleinen Tisch entdecke ich eine kleine Sammlung an Dildos, Vibratoren, Liebeskugeln und Handschellen.

»Trägst du die oft?«, versuche ich in Erfahrung zu bringen und halte ein Paar lilafarbene Kugeln hoch.

»Hin und wieder. Sie sind ein gutes Muskeltraining, auch wenn ich dazu über Kopfsteinpflaster fahren muss«, erwidert sie lachend.

»Und der hier?« In meinen Händen halte ich einen langen schwarzen Doppeldildo.

»Allein ist der eher unpraktisch.«

»Du bist im Moment nicht allein«, merke ich grinsend an und schließe die Schublade. Da ich kein Gleitgel finden kann, laufe ich ins Bad. Dort wärme ich den prächtigen Kunstschwanz im Waschbecken auf und nehme mir die kleine Flasche vom Wannenrand. Als ich zurückkomme, beißt Dina sich auf die Unterlippe. Ihr Blick ist auf das Spielzeug in meiner Hand gerichtet. Sie will es, das kann ich sehen. Schnell krabbele ich aufs Bett, nehme das Laken beiseite und lege mich zu ihr. Gierig stürzt sie sich auf meine Lippen und küsst mich stürmisch. Wir sind aufeinander so scharf, dass wir es nicht länger hinauszögern. Blind verteile ich etwas Gleitgel auf dem Dildo und führe ihn ihr ein. Dabei stöhnt sie lustvoll auf. Ich klettere über sie und führe mir das andere Ende ein.

»Lass ihn mich halten«, bittet Dina. Mit einer Hand greift sie zwischen uns, die andere legt sie auf meine Taille.

»Fick mich«, wispert sie. Ihre Augen sind glasig, als hätte sie getrunken.

Dina

Destiny ist nimmersatt und absolut heiß. Allerdings rechnete ich nicht damit, sie so schnell zum Orgasmus bringen zu können. Viel mehr dachte ich, es würde schwierig werden, weil ich so lange abstinent war. Keine Ahnung, wann sie das letzte Mal Sex hatte. Es macht für mich auch keinen Unterschied. Sie riecht unglaublich gut und schmeckt mindestens genauso gut. Zwei Faktoren, die mir bei der Wahl der Partnerin – auch nur die fürs Bett – sehr wichtig waren und heute noch sind. Passend dazu erwähnte sie vorhin die Optik. Kurz gesagt, ich finde wir sind uns sehr ähnlich. Weitaus mehr, als es bei Sheila der Fall war, mit der ich das jetzt vergleichen kann, da alles andere viel zu weit zurückliegt.

Stöhnend reitet Destiny über mir auf dem Doppeldildo herum. Ihre Pussy ist eng, wie ich vor wenigen Augenblicke spürte, als ich meine Finger in sie steckte. Dadurch bewegt sie das Spielzeug hin und her, was meine Lust ebenfalls antreibt. So gut es geht, halte ich den künstlichen Schwanz fest und schaue Destiny dabei an.

»Oh mein Gott, ich bin gleich wieder soweit«, stöhnt sie. Mit beiden Händen zwirbelt sie ihre harten Nippel, was besser ist, als jeder Porno.

»Mach weiter, bei mir ist es auch nicht mehr weit«, lasse ich sie wissen. Allein sie zu sehen und zeitgleich zu spüren, ist schon mehr als ich wollte. Wir verbringen den zweiten Abend zusammen und vögeln uns das Hirn heraus. Zum Glück ist Mum mit Rachel und Lea tanzen gegangen. Sie hat zwar kein Problem mit meiner Sexualität, aber weder Destiny noch ich sind beim Sex leise, und das möchte Mum sicher nicht hören.

»Jetzt!«, schreit Destiny, beugt sich zu mir runter und gibt sich der Erlösung hin. Dabei rutscht der Dildo aus uns heraus. Ich halte sie und bemerke, wie ihr ganzer Körper zittert. Mit weit aufgerissenen Augen schaut sie mich an.

»Mhm«, raune ich, nachdem es vorbei ist.

»Tut mir leid«, entschuldigt sie sich.

»Wofür?«

»Dass ich so schnell gekommen bin. Du warst doch schon fast so weit, oder?«

»Egal, Destiny. Mir ist wichtig, dass es dir gut geht«, versuche ich sie zu beruhigen. Sie schüttelt den Kopf und legt ihn dann an meine Halsbeuge, um diese zu küssen.

»Deine Erfüllung ist mir genauso wichtig«, haucht sie. »Gib mir einen Moment, meine Beine krampfen.«

»Muss ich mir Sorgen machen?«

»Nein, ich bin einfach nur total aus der Übung.« Aufmerksam beobachte ich sie und gebe ihr Zeit, um herunterzukommen. Ihre Atmung wird langsamer, sie kann sich schnell entspannen.

»Ich mag dich, Destiny Swan.« Schmunzelnd schaut sie mich an, drückt mir einen Kuss auf die Lippen und packt mich wieder am Hals.

»Ich dich auch, Dina Ridge. Bereit für die zweite Runde?«

»Nimmersatt«, zische ich liebevoll, was sie als *Ja* versteht.

»Du wolltest es so, und ich finde unseren Sex wunderschön.« Nach diesen Worten küsst sie sich erneut den Weg hinunter, zwischen meine Beine. Ich kann ihre Zunge spüren, wie sie um meine Klit kreist, sie massiert und meine Lust neu entfacht. Sie beherrscht dieses Spiel sehr gut und treibt mich so lange an, bis ich mich stöhnend vor ihr rekele. Zusätzlich streichelt sie mit dem Dildo meine feuchte Pussy und führt ihn schließlich ein.

»Kannst du ihn noch einmal festhalten?«, bittet sie mich. Ich greife nach dem Spielzeug und will aber nicht, dass sie damit aufhört. Destiny hebt eines meiner Beine an und rutscht mit ihren gespreizten Schenkeln dazwischen. *Jetzt weiß ich, was sie vorhat!*

»Eine meiner Lieblingsstellungen«, sage ich, als sie zur Beinschere ansetzt. Ihre Augen funkeln, während sie sich das andere Ende des Dildos einführt. Langsam rutscht sie mit ihrem Schritt ganz nah an meinen heran. Wir reichen uns die rechte

Hand und halten uns am Handgelenk des anderen fest. Somit lässt sich der Druck erhöhen. Fraglich ist für mich nur, ob es so funktioniert wie früher. Man kann diese Stellung mit oder ohne Spielzeuge genießen. Mit ist intensiver und führt garantiert zum Orgasmus, nur dazu müssen wir unsere Becken aneinander reiben.

»Es wird funktionieren, vertrau mir«, flüstert Destiny mir zu, als sie meinen skeptischen Blick bemerkt. Vorsichtig beginnt sie sich zu bewegen. Ich spüre den Dildo in mir und es ist gut, nein, es ist perfekt.

»Hör nicht auf«, bitte ich sie stöhnend. Destiny erhöht leicht den Druck und es klappt tatsächlich. Meine Lust ist wie entfesselt. Kleine Blitze schießen durch meinen Unterleib - alles zieht sich lustvoll zusammen. Mit jeder weiteren Bewegung wird das Empfinden stärker.

»Schau mich bitte wieder an, sobald du kommst«, fordert Destiny. Es scheint ihr einen Kick zu geben, wenn ich genau das tue. Keine Frau und auch kein Mann vor ihr war darauf scharf. Als sie vorhin den ersten Orgasmus erlebte, war dieser Blick von ihr sinnlich und hat mich angetörnt. Vielleicht ist es genau das, was sie will – sehen, wie ich den höchsten Punkt meiner Lust erreiche.

Ich habe den Eindruck, jeden Augenblick zu zerbersten. All die aufgestauten Gefühle, dieses unbändige Verlangen nach Sex, was ich alles nur durch meinen Frust nicht erleben durfte. Es ist wie das Ticken einer Bombe.

»Lass mich los, ich komme«, keuche ich gerade noch. Destiny löst ihre Hand, ich greife an das Bettgestellt und kralle mich dort fest.

»Fuck! Ja! Oh mein Gott!« Sie hört nicht auf und zieht meinen Wahnsinnsorgasmus noch in die Länge.

»Schau mich an, Süße, ich komme auch«, ruft Destiny mir zu. Unsere Blicke treffen sich und dabei knistert es heftig zwischen uns.

Destiny

Nach Luft ringend liegen wir da und sehen uns in die Augen. Dina fängt auf einmal an zu lachen.

»Was ist passiert?«, frage ich gespielt entsetzt.

»Das war der Hammer«, antwortet sie. Mit dem nächsten Atemzug schlingt sie ihre Arme um mich.

»Also ich finde, das war der Sex meines Lebens.« Keine meiner vorherigen Freundinnen hat mich so erfüllt wie Dina heute Abend.

»Ja, irgendwie schon. Danke dir«, wispert sie an meinen Lippen.

»Hör auf, dich ständig für alle möglichen Dinge zu bedanken.«

»Aber es ist nicht selbstverständlich, Destiny.«

»Was? Sich gegenseitig das Hirn herauszuvögeln?«

»Ja, und vor allem mit so viel Gefühl. Für mich war das nicht einfach nur Sex«, erwidert sie und verblüfft mich damit. Ich meine, für mich ist das auch kein x-beliebiges Abenteuer, absolut nicht.

»Und jetzt?«, stelle ich einfach so in den Raum. Dina zieht mich an sich, um mich leidenschaftlich zu küssen.

»Ich bin dabei, mich in dich zu verlieben«, gesteht sie nach dem Kuss ganz leise. Mein Herz setzt einen Schlag aus und fängt dann an zu rasen.

»Aber ...«, die Worte bleiben mir im Hals stecken.

»Psst, du musst nichts sagen. Ich wollte dich nicht überrumpeln, sorry.« Doch genau das ist ihr gelungen. Ich mag sie, ich finde den Sex mit ihr unglaublich schön, aber darauf war ich nicht vorbereitet. Natürlich geht es mir ähnlich, nur waren Liebesbekundungen noch nie meine Stärke. Wir schweigen uns für einen Moment an. Dina streicht mir sanft über die Wange und lächelt dabei.

»Ich möchte dir noch so viel erzählen, weiß aber nicht, wo ich anfangen soll«, unterbreche ich schließlich die Stille.

»Wie wäre es mit ganz von vorn?«

»Dina, ich möchte, dass du eins weißt: Du bist ein wundervoller Mensch. Ich bin froh, dich kennengelernt zu haben und ich bin sehr glücklich darüber, hier bei dir sein zu können.«

»Warte, Destiny, du musst dich nicht rechtfertigen, so war es nicht gemeint. Ich wollte dich nicht in Bedrängnis bringen.«

»Das hast du nicht, ehrlich, es fällt mir nur einfach schwer über viele Dinge zu reden. Tut mir leid, jetzt mache ich wohl gerade unseren Abend kaputt«, sage ich und will mich wegdrehen. Dina lässt mich jedoch nicht los.

»Das tust du doch überhaupt nicht. Ich habe nur gesagt, was ich fühle und mit dir geht es mir einfach gut. Wenn das zu viel für dich ist, verstehe ich das. Wir kennen uns erst seit zwei Tagen.«

»Das ist es, was mir Sorgen macht.«

»Die Dauer?«

»Ja. Ich mag dich sehr gern. Dennoch macht es mir ein klein wenig Angst, dass alles so schnell geht. So etwas habe ich noch nicht erlebt.«

»Dann hätte ich dich ein zweites Mal abblitzen lassen sollen?«

»Warum sagst du so etwas, Dina?«

»Ich bin so.«

»Nein, bist du nicht. Du bist nicht die frustrierte Rennfahrerin, die du in dir zu sehen glaubst.«

»Dann sag mir, was du in mir siehst«, fordert sie mich auf. Ich hole tief Luft und versuche es einfach.

»Gestern Abend sah ich im Sevilla einen auf mich traurig wirkenden Menschen. Ich sprach diese Person an, woraufhin sie mir eine Abfuhr erteilte. Dabei fand ich sie doch nur süß. Viele andere haben dich nur durch ihre Blicke bemitleidet, was ich überhaupt nicht nachvollziehen kann, denn du bist ein ganz normaler Mensch.«

»Das sehen nicht alle so«, merkt sie zwischendrin an.

»Ja und? Sei einfach du selbst.«

»Habe ich heute früh versucht und dann sind sowieso alle von mir nur wieder enttäuscht worden.« Mit einer deutlichen Kopfbewegung lehne ich ihren Einwand ab.

»Deinen Unfall zu sehen war wirklich schlimm. Ich wusste von alldem nichts. Aber so wie du jetzt bist, so habe ich dich kennengelernt und nur das zählt für mich. Vielleicht etwas depressiv, aber trotzdem sehr liebenswert. Mir bedeutet die Zeit mit dir mehr als du denkst, Dina. Und dabei spielt es keine Rolle, was wir machen oder wo wir sind.«

»Hast du Angst, dich zu verlieben?«, möchte sie von mir wissen. Damit trifft sie buchstäblich ins Schwarze und ich nicke als Antwort.

»Wir haben nur zwei Möglichkeiten. Es zu versuchen oder es sein zu lassen. Was ist dir lieber, Destiny?«

»Natürlich will ich es versuchen. Mir ist aber auch wichtig, dass du auf dich aufpasst, weil meine größte Sorge ist, dass dir etwas zustößt.« Dina nimmt mich in ihre Arme und küsst mich auf die Stirn. Einen Augenblick später höre ich ihre Mum, die nach ihr ruft.

»Sie ist schon wieder da? Verdammt! Kannst du schnell das Laken über uns ziehen?«, fragt Dina. Nachdem sie mich losgelassen hat, bedecke ich unsere Körper mit dem Bettlaken. Eine Sekunde später geht die Tür auf.

»Ihr seid schon im Bett?«

»Hey Mum. Ja, wir reden noch und werden gleich schlafen. Wie war es beim Tanzen?«

»Wundervoll, ihr habt beide etwas verpasst. Das nächste Mal müsst ihr mitkommen. Dann will ich euch nicht länger stören. Gute Nacht, Kinder.«

»Gute Nacht, Mum.« So schnell wie Ms. Ridge gekommen ist, verschwindet sie auch wieder. Für den Fall, dass sie es sich anders überlegt und doch noch einmal wiederkommt, schnappe ich mir das Spielzeug und bringe es ins Badezimmer, säubere es und kehre dann zu Dina zurück.

»Keine Sorge, Mum sehen wir vor morgen nicht wieder«, meint sie.

»Sicher ist sicher«, entgegne ich.

»Süß von dir, aber sie hat nicht nur getanzt, sondern auch getrunken.«

»Wie kommst du darauf?«

»Früher war Mum immer bis zum nächsten Morgen unterwegs. Nur wenn sie etwas zu tief ins Glas geschaut hat, kam sie zeitiger nach Hause«, klärt mich Dina auf. Ich muss lachen, weil ich Ms. Ridge keineswegs so eingeschätzt hätte. Was nicht heißen soll, dass ich etwas dagegen habe. So wie ich sie heute kennenlernte, ist sie sehr cool drauf. Hauptsache, sie hatte ihren Spaß.

Ich kuschele mich an Dina und schließe die Augen.

»Geht es dir gut, Destiny?«

»Sehr gut sogar. Ich bin nur etwas erschöpft.«

»Dann lass uns schlafen, letzte Nacht gab es davon ja etwas weniger«, schlägt sie vor. Wir küssen uns und dann kommt mir diese Frage in den Sinn, die ich ihr unbedingt noch stellen möchte.

»Dina?«

»Ja?«

»Würdest du mir die Chance geben, dein Leben wieder schöner zu machen?«

»Ich bitte dich darum«, lautet die Antwort, die mein Herz höherschlagen lässt. Wer hätte das gedacht? Als Dina sagte, sie will einfach nur Spaß haben, war das für mich vollkommen okay. Doch dann fügte sich alles wie ein Puzzle zusammen. Die Suche nach einer passenden Partnerin habe ich vor Wochen aufgegeben und überraschend tritt Dina in mein Leben. Granni hat einmal zu mir gesagt, ich soll aufhören zu suchen. Wenn es da draußen einen Menschen gibt, der zu mir passt, dann würde dieser jemand mich finden. *Danke, Grandma!*

Wir streicheln uns gegenseitig, bis ich in einen tiefen Schlaf falle.

Mitten in der Nacht wache ich auf, weil ich dringend auf die Toilette muss. Dina hat die kleine Nachttischlampe angelassen, was mir hilft den Weg zu finden und nicht durch ein dunkles Zimmer zu irren. Leise schleiche ich ins Bad und zurück ins Bett, wo Dina tief und fest schläft. Ich lege mich wieder hin und beobachte sie. Dabei erinnere ich mich an ihre Worte, als sie sagte, sie hätte bei mir das erste Mal seit ihrem Unfall durchgeschlafen. Ich finde es furchtbar, was ihr zugestoßen ist, aber ich weiß von meiner Arbeit als Fotografin, dass viele Menschen mit einem derartigen Schicksal kein Mitleid wollen. Den richtigen Umgang damit habe ich durch meinen Job gelernt. Ehrenamtlich fotografiere ich für Tierheime und Auffangstationen Hunde und Katzen, damit sie über das Internet an neue Familien vermittelt werden können. Darunter sind auch oft Tiere mit Handicap. Wenn es möglich wäre, hätte ich vermutlich selbst schon ein paar Vierbeiner. Leider haben wir dafür bei Grandma zu wenig Platz und tagsüber muss sich jemand um die Tiere kümmern.

Hellwach liege ich neben Dina und denke über alles nach. Der Abend im Sevilla, der Sex am Damm, die Nacht danach und der heutige Tag.

Dina | Zwei Wochen später ...

»Ich richte es ihr aus, Mum. Sei du nett zu Robert und bestell ihm liebe Grüße«, verabschiede ich mich. Seit ihrer Abreise vor zwei Wochen, ruft sie jeden Tag an und fragt, wie es uns geht. Sie hat meine neue Freundin ins Herz geschlossen und freut sich schon, wenn wir sie demnächst gemeinsam besuchen werden. Und ja, Destiny und ich sind jetzt ein Paar. Außer dass Mum uns regelmäßig in den Ohren lag, haben wir sehr viel zusammen unternommen. Abwechselnd schliefen wir in meinem Haus und bei ihrer Grandma, die leider noch immer im Krankenhaus liegt. Aber dort haben wir sie jeden zweiten Tag besucht, beziehungsweise war ich auch allein dort. Henry hat mir in Long Beach Hausaufgaben mitgegeben. Ich sollte mir jedes Rennen der aktuellen Saison anschauen und ihm dazu meine Meinung sagen. Während Destiny arbeitete, verbrachte ich Zeit mit ihrer Granni. Die Ärzte fanden es nicht so toll, dass wir uns ein Rennen nach dem anderen ansahen, dennoch behaupte ich, es war für ihre Genesung förderlich. Destiny war übrigens der gleichen Meinung wie die Mediziner. Sie beteuert zwar, meine Leidenschaft für den Rennsport sei kein Problem, trotzdem glaube ich, dass sie in manchen Momenten daran zu knabbern hat. Bei Bernadette ist das komplett anders. Wie sich schnell herausstellte, ist sie eine knallharte Analytikerin. Sie konnte ihren Greul gegen Jimmy Byrnes gut ausblenden und überraschte mich mit Fakten, die ich manchmal übersah. Zum Beispiel, als Byrnes beim Rennen in Detroit seine Reifen nicht richtig aufwärmte und anschließend den Start verkackte. Mir fiel es weitaus schwerer, nicht über diesen Penner zu fluchen. Folglich bin ich über meinen größten Fan Bernadette froh, die mir bei dieser Sache hilft.

Heute ist Sonntag und ich werde mich zum Mittag mit Henry im Stadtteil Baldwin Park am Santa Fe Reservoir treffen. Destiny hat dort ein ehrenamtliches Fotoshooting bei der Animal Rescue. Im Verlauf der letzten Tage erzählten sie und auch ihre Grandma mir sehr viel aus ihrem Leben. In welch bescheidene Verhältnisse sie aufwuchs, wie sie sich mit ihrem Bruder durch schwere Zeiten gekämpft hatten. Die meiste Zeit, wenn wir allein waren, verbrachten wir allerdings im Bett. Unser Verlangen nach Sex ist groß und es hält bis heute an. Ich bin mir sicher, in Destiny mehr gefunden zu haben, als lediglich jemanden zum Hirn herausvögeln. Ihr Verhalten hat sich seit diesem Abend im Sevilla nicht geändert. Was ich damit sagen will, sie ist einfach sie. Destiny nimmt keine große Rücksicht auf mich und vergisst manchmal, wie eingeschränkt ich bin. Diese Momente sind ihr dann peinlich, für mich aber unheimlich süß.

Genauso wollte ich nach meinem Unfall immer behandelt werden – mit Respekt und wie ein normaler Mensch. Früher hat Nick nach zwei Wochen oftmals ein vernichtendes Urteil zu der neuen Frau an meiner Seite gefällt. Dieses Mal bleibt das allerdings aus, denn wir haben ihn seit Tagen nicht gesehen oder gehört. Und das aus gutem Grund. Er und Jason haben sich frei genommen und sind nach Florida geflogen, um zwei Wochen Urlaub zu machen. Am Anfang meinte mein bester Freund noch, dass er diesen süßen, schüchternen Kerl, der sich später als Destinys Bruder herausstellte, in sein Bett kriegen will. Anscheinend sind sie noch schneller als wir, denn nach der kurzen Kennenlern-phase gleich zusammen in den Urlaub zu fliegen ist schon ein gewagter Schritt. Okay, wir haben davon auch profitiert und waren ungestört, wenn wir in Bernadettes Haus übernachteten. Jetzt, da alles danach aussieht, dass auch Nick wieder jemanden gefunden hat, versprach er mir vor seinem Abflug, sich nach der Rückkehr um ein Auto zu kümmern. Bus fahren wird ihm plötzlich zu anstrengend und Jason kann ihn nicht immer umherkutschieren, weil die beiden genauso weit voneinander entfernt wohnen, wie es bei mir und Destiny der Fall ist. Sie hat heute früh übrigens den Bus genommen, obwohl ich ihr angeboten hatte, mit dem SUV zu fahren. In manchen Dingen ist sie sehr bescheiden, was mir gefällt. Man merkt, dass sie in einfachen Verhältnissen aufgewachsen ist.

Ich freue mich, sie nachher wiederzusehen. Jeden Tag wurde es schwieriger, wenn sie arbeiten war und ich allein. Wir haben uns so schnell an einen gemeinsamen Alltag gewöhnt, wie ich es noch nicht erlebt habe. Sie anzuschauen reicht aus, damit es in mir zu kribbeln beginnt. Am Anfang, als ich Destiny meine Gefühle offenbarte, reagierte sie sehr zögerlich, was sich aber binnen weniger Tage änderte. Bis heute haben wir nichts Näheres definiert, müssen wir aber auch nicht. So wie es läuft, ist es wunderschön.

Für den heutigen Tag habe ich ein ganz bestimmtes Ziel. Sollte Henry mein Feedback zur laufenden IndyCar-Saison überzeugen, will ich versuchen für das neue Jahr wieder im Rennwagen zu sitzen. Ich hoffe, es gibt einen Weg, auch wenn der nicht leicht werden wird. Weder Mum noch Destiny wissen von meinem Vorhaben und im Moment wüsste ich nicht, wie ich es ihnen erklären soll. Nach meinem Demo-Run in Long Beach stellte sich dieser Wunsch schon im Ansatz als sehr empfindlich heraus. In den letzten Tagen sprach ich oft mit Destiny über meine Rennfahrerkarriere und wie viel mir dieser Sport bedeutet. Sie hat mir zwar immer zugehört, mich dabei aber auch oft in die Arme genommen. Ihr geht mein Unfall heute noch sehr nahe. Sollte ich die Gelegenheit bekommen, werde ich sie zusammen mit Bernadette an die Strecke mitnehmen. Vielleicht versteht sie mich dann besser und macht sich nicht so große Sorgen. Es geht hier ja nicht darum, dass ich einen Job brauche, der mir meinen Lebensunterhalt sichert. In dieser Sache muss ich mir keine Sorgen machen, dank Mum und meinem bisher einzigen Sieg. Ich liebe den Motorsport und will wieder dahin zurück, wo ich hingehöre. Dass es machbar ist, hat das G-Force Team schon bewiesen, indem sie meinen alten Wagen umgebaut haben. Fast so schnell gewesen zu sein, wie die Kollegen mit dem aktuellen Modell, hat mich schon überrascht. Grundsätzlich werden die Autos von Jahr zu Jahr nicht so viel schneller. Ich rede hier von vielleicht einer halben bis ganzen Sekunde. Damals hat man mich oft belächelt und gefragt, wie es als Frau in einem von Männern dominierten Sport so ist. Niemand hatte mir eine Pole Position, geschweige denn einen Rennsieg zugetraut. Beides habe ich erreicht und meine Kritiker damit zum Verstummen gebracht.

Grinsend träume ich vor mich hin, dabei wollte ich mich doch eigentlich schminken. Den Eyeliner halte ich bereits in der Hand, weshalb ich zügig weitermache. Viel zu lange habe ich mein Aussehen vernachlässigt, weil es mir nicht wichtig war. Am liebsten überlasse ich es Destiny. Sie kann das eindeutig besser als ich und kümmert sich sehr gerne darum. Den Grund dafür hat sie mir auch verraten – es macht sie an.

Als ich fertig bin, rolle ich hinaus ins Wohnzimmer. Nur noch schnell meine Handtasche packen und dann bin ich bereit. Destiny wollte nach ihrem Shooting mit mir zurückfahren. Sie hat ihre Fotoausrüstung dabei, die etwas Platz braucht, daher lasse ich meine Corvette heute stehen und nehme den Schlüssel für den SUV mit.

Wir waren nur ein paar Stunden getrennt, aber ich freue mich darauf, sie wiederzusehen, zu spüren und zu riechen. Mit ihr geht es mir immer gut, allein wenn ich daran denke, dass ich die letzten zwei Wochen fast jede Nacht durchgeschlafen habe. Ich fühle mich fitter als sonst und bin für den Tag motiviert. Ganz anders, als vor diesem Abend im Sevilla. Es scheint so zu sein, wie Mum sagte: Destiny ist mein Schicksal. Glücklich und bestens gelaunt breche ich nach Baldwin Park auf.

Destiny

»Noch zwei Hunde, dann sind wir für heute fertig«, informiert mich Leila Williams, die Leiterin der Animal Rescue. Wir haben schon oft zusammengearbeitet und ich mag sie. Die Tiere liegen ihr sehr am Herzen, was man nicht nur sehen, sondern auch spüren kann. Bisher lief an diesem Vormittag alles glatt, was außerordentlich gut ist. Für gewöhnlich tanzt immer jemand aus der Reihe und will sich nicht fotografieren lassen. Ein nervöser und aufgeregter Hund kann schnell für Unruhe unter allen anderen sorgen. Heute haben Leila und ihre Mitarbeiter ein Rudel von 30 Vierbeinern mitgebracht. Die lieben diesen Erholungspark. Es gibt viel Platz zum Toben, Spielen und jede Menge Wasser, um sich abzukühlen.

»Hey, entspann dich«, höre ich eine Kollegin von Leila sagen. Sie hat einen Husky an der Leine, der seine eingeschränkte Bewegungsfreiheit überhaupt nicht gut findet. Dachte ich wirklich, wir würden problemlos durchkommen?

»Wie heißt er oder sie?«, erkundige ich mich.

»Aaron, ein ziemlich wilder Kerl.« Ruhig spreche ich mit diesem wunderschönen Tier und gehe dabei in die Hocke. Langsam greife ich in den kleinen Futterbeutel, den Leila mir gegeben hat, und versuche Aaron damit zu bestechen. Hastig schlingt er die Leckerlies hinunter.

Wuff, Wuff, meint er dazu und knurrt mich an.

»Hey, das ist nicht nett, mein Freund.«

»Tut mir leid, Destiny, ich weiß auch nicht, was er heute hat.«

»Geben wir ihm noch einen Moment, vielleicht beruhigt er sich ja«, schlage ich vor. Als ich aufstehe, bellt Aaron, reißt sich los und rennt davon. Scheiße, so etwas sollte nicht passieren.

»Mia, halt die anderen ruhig, ich kümmere mich darum«, ruft Leila, die gerade zu uns kommt. Sie will dem flüchtenden Hund folgen, bleibt dann aber überraschend stehen. Ich drehe mich um und sehe, wie Dina in ihrem Rollstuhl naht. Um sie herum dreht Aaron freudig seine Kreise.

»Vermisst hier jemand einen Husky?«, fragt meine Freundin mit einem breiten Grinsen. In dem Moment, als sie vor uns zum Stehen kommt, setzt Aaron sich neben sie und ist ruhig. Leila steht der Mund offen, ihr fehlen zu dieser Situation offenbar die Worte. Ich überlege nicht lange, richte meine Kamera aus und schieße ein paar Fotos.

»Sehr gut, Dina, mach einfach weiter«, rufe ich ihr zu.

»Womit? Ich mache doch gar nichts.«

»Er scheint dich zu mögen und das werden wunderbare Fotos, glaub mir.« Immer wieder drücke ich den Auslöser durch, hocke mich hin oder gehe ein paar Schritte zur Seite. Bäume und blauer Himmel ergeben den perfekten Hintergrund. Dina ist unheimlich fotogen und dieser süße Hund, der komplett auf sie fokussiert ist, rundet das Bild perfekt ab.

»Alles im Kasten«, verkünde ich zufrieden. Leila klatscht in die Hände, bevor sie sich die Leine schnappt. Aaron denkt jedoch nicht daran zu gehen, er möchte lieber bei Dina bleiben. Dieses Motiv ist wunderschön! Er sitzt einfach da, lässt sich von ihr den Kopf kraulen und genießt es.

»Ich glaube, du hast jetzt einen Mann im Haus«, scherze ich.

»Süß ist er ja«, erwidert Dina. Gott, ich liebe diese Frau. Sie ist wunderschön, hat ein atemberaubendes Lächeln und strahlt seit Tagen eine positive Energie aus, die man beinahe greifen kann.

»Ihr scheint euch gefunden zu haben«, bemerkt Leila immer noch erstaunt. Nach ihrer Erzählung ist Aaron schwer zu bändigen, weil er seinen ganz eigenen Kopf hat. Viele Trainer haben sich schon an ihm die Zähne ausgebissen. Das Bild, welches sich uns seit ein paar Augenblicken darstellt, sagt allerdings etwas ganz anderes aus.

»Ich rede mal mit ihr, vielleicht wäre das ja was«, flüstere ich Leila zu.

»Sehr gute Idee, die beiden passen perfekt zusammen. Dina, würdest du mir einen Gefallen tun und einfach damit weitermachen?« Meine Freundin stimmt nickend zu und übernimmt Aarons Leine. Während Leilas Mitarbeiterin den letzten Hund für heute holen will, gehe ich zu Dina.

»Hallo, Süße«, begrüße ich sie.

»Hi, mein Traum. Wenn ich mich so umsehe, dann hast du ganz schön was zu tun. Geht es dir gut?«

»Sehr gut, jetzt, da du hier bist.« Wir küssen uns kurz, wobei wir von einem hechelnden Aaron beobachtet werden. »Er mag dich und du solltest ihn mitnehmen«, platzt es aus mir heraus. Dina lacht, sie hält es anscheinend für einen Spaß. Ich weiß wie schwer es ist, einen solchen Hund zu vermitteln, doch so etwas, wie zwischen den beiden, habe ich noch nicht erlebt.

»Würdest du mit mir beim Essen darüber reden?«, frage ich vorsichtig nach. Dina küsst mich auf die Wange und willigt ein. Leila informiert mich einen Moment später, dass sie bereit sind, es kann also weitergehen.

»Henry hat unterwegs angerufen. Er wird in einer halben Stunde hier sein. Wann bist du ungefähr fertig?«

»Nur noch einer, dann war es das für heute. Ich freue mich auf das Essen und darauf, Henry endlich kennenzulernen. Bis gleich, Dina.« Langsam gehe ich zurück und drehe mich dabei um. Sie ist das, was mir gefehlt hat um glücklich zu sein. Die beiden letzten Wochen waren so intensiv, wovon ich bisher nur träumen konnte. Wenn ich Dina sehe, schlägt mein Herz schneller, in mir beginnt es zu kribbeln und ich habe den unendlichen Drang sie zu küssen. Ich war noch nie in einen Menschen so sehr verliebt wie in sie.

Der letzte Vierbeiner ist sehr kooperativ. Ohne Leine sitzt er brav vor der malerischen Kulisse des Santa Fe Reservoirs. Die Fotos sind schnell gemacht und Leila zeigt sich zufrieden.

»Herzlichen Dank, Destiny. Das sind bestimmt wieder tolle Fotos geworden.«

»Ich fertige euch eine Kopie der Speicherkarte an und bringe sie dir die Tage vorbei. Wenn du noch etwas hast, ruf mich jederzeit an«, sage ich zu Leila. Sie will Aaron einsammeln, aber der kann sich nicht von Dina trennen und macht Theater.

»Schlimmer als eine Frau«, scherze ich amüsiert. Leila trägt es mit Fassung. Ich habe versprochen mit Dina beim Essen darüber zu reden, vielleicht klappt es und Aaron bekommt ein neues Heim.

Nachdem ich meine Ausrüstung eingepackt habe, verabschieden wir uns. Auf dem Weg zum Wagen frage ich Dina, wo sie mit Henry und mir essen will. Heute früh machte sie daraus nämlich noch ein Geheimnis.

»Lass dich überraschen«, antwortet sie knapp. Über meinen Schmollmund muss sie lachen. Manchmal bin ich vielleicht etwas zu neugierig.

Mein Magen meldet inzwischen lautstark seinen Bedarf nach Nahrung an.

»Dauert nicht mehr lang«, kommentiert Dina. Statt einzusteigen, schlingt sie ihre Arme um mich.

»Du siehst sexy aus und ich stehe einfach auf dich«, haucht sie mir zu.

»Danke für das Kompliment. Das gleiche gilt auch für dich.« Unsere kleinen Liebeleien werden durch einen schwarzen SUV unterbrochen, der neben uns parkt. Ein älterer Herr mit grauen Haaren steigt aus. Ich schätze ihn auf Ende 50.

»Hallo ihr beiden!«, ruft er und lächelt. Das ist bestimmt Henry!

»Hallo, alter Freund. Schön, dass du es geschafft hast. Ich möchte dir Destiny vorstellen. Schatz, das ist Henry.« Wir reichen uns zur Begrüßung die Hand.

»Ich freue mich, dich endlich kennenzulernen, Henry. Dina hat schon so viel von dir erzählt.«

»Hallo, Destiny, es freut mich. Ich hoffe, sie hat nur Gutes berichtet«, erwidert er freundlich. Dinas Freund macht einen soliden und sehr herzlichen Eindruck.

»Sie schwärmt in den höchsten Tönen von dir.«

»Ich glaube, ich sollte mit ihr mal ein ernstes Wörtchen reden«, flachst er mit einem Lächeln. Der Mann hat Humor, sowas mag ich. Nach der kurzen Vorstellung dachte ich eigentlich, dass wir einsteigen und fahren, doch die beiden haben wohl einen anderen Plan. Dina verstaut meine Sachen im Kofferraum ihres Wagens und rollt los. Henry lässt es sich nicht nehmen, sie zu schieben.

Vor uns in Sichtweite ist das kleine Reservoir Restaurant, worauf wir genau zusteuern. Dort gibt es sehr gute Burger, die für meinen Magen ein Segen wären.

»Lust auf einen Happen?«, erkundigt sich Dina.

»Oh ja, und wie.« Bei den Essgewohnheiten sind wir uns, wie bei vielen anderen Dingen auch, sehr ähnlich. In den letzten Tagen hatten wir oft Salat und viel zu viel gesunde Sachen. Außerdem erinnert mich ein Fast-Food-Laden immer an unseren ersten Abend.

Am Eingang halte ich die Tür auf.

»Sehr aufmerksam, junge Frau«, schmeichelt mir Henry. Bei dem schönen Wetter gehen wir allerdings den direkten Weg durchs Lokal, hinaus auf die Terrasse, wo kaum etwas los ist. Ich nehme an einem Tisch den ersten Stuhl beiseite, damit Dina Platz hat, setze mich neben sie und Henry gegenüber von uns. Sofort ist eine Kellnerin zur Stelle, welche uns die Speisekarten bringt und unsere Getränkewünsche aufnimmt. Die Wahl fällt uns leicht: Saftige Burger mit Fritten und einem kleinen Salat.

Dina

Henry mag Destiny, ich kann es in seinem Gesicht ablesen. Während wir auf unser Essen warten, unterhalten sich die beiden ganz entspannt miteinander. Mein alter Freund sorgt unbewusst für gute Stimmung, und die werde ich brauchen, wenn es um mein Ziel geht. Noch weiß ich nicht, wie Destiny darauf reagieren wird. Ich hoffe allerdings, sie wird mich verstehen.

»Entschuldige, wir reden die ganze Zeit über alles Mögliche, nur nicht über das, weswegen ich hier bin«, sagt Henry an mich gewandt.

»Schon okay, du musst kein schlechtes Gewissen haben. Es ist schön zu sehen, dass ihr beiden euch mögt«, erwidere ich locker. Destiny kuschelt sich kurz an mich und entschuldigt sich ebenfalls. Auf Drängen der beiden hole ich ein kleines Notizbuch aus meiner Tasche. Darin habe ich alles, was mir in den bisherigen Rennen dieser Saison aufgefallen ist, notiert. Erwartungsvoll schauen mich Henry und meine Liebste an. Sie hat zwar oft mit mir darüber gesprochen, aber ich habe meinen Wunsch ihr gegenüber bis heute nicht geäußert.

»Du hast dir nicht im Ernst alles aufgeschrieben, oder?«

»Warte ab, Henry. Du weißt, dass ich gerne gut vorbereitet bin.«

»Nun mach es nicht so spannend«, wendet er ein. Kurz überfliege ich meine Aufzeichnungen, um mir einen Überblick zu verschaffen.

»Zu welcher Einschätzung kommst du? Und erspare mir die Details zu jedem einzelnen Rennen.«

»Spielverderber«, schnaufe ich gespielt ernst. Henry ist der praktische Typ. Er redet nicht lange um den heißen Brei herum. Knackige Fakten - so kurz wie möglich erläutert - sind das, was er von mir hören will, und auch so kennt. Wenn es so sein soll, dann kann er es genauso haben. Ich klappe das schlaue Buch zu und nippe an meiner Coke.

»Byrnes ist gelangweilt. Er macht Anfängerfehler, die einem Champion nicht passieren dürfen. Entweder ist er total dämlich oder er hat keinen Bock mehr«, lautet mein Urteil. Henry nickt mir stumm zu. Er hat ganz sicher damit gerechnet, so etwas von mir zu hören. Wir haben lange genug zusammengearbeitet, um den anderen mit wenigen Worten einschätzen zu können.

»Hast du eine Ahnung, was er vorhat?«, fragt er mich.

»Ich kann nur spekulieren. Denke jedoch, dass er mehr Geld will, was Joe sich nicht leisten kann.« Wieder nickt mir mein alter Freund zu.

»Idiot! Ich sage es nicht gern, doch dieser Penner hat Potential, das er verschenkt. Natürlich kann man nicht jedes Rennen gewinnen, aber Byrnes verspielt seine Chance schon am Start.«

»Du hast dich kein bisschen verändert«, merkt Henry mit einem Lächeln an. »Wann hast du die größte Veränderung bemerkt?« Da muss ich einen Moment überlegen. In den ersten beiden Rennen gab er noch Gas. Im direkten Vergleich zur vorherigen Saison hatte er da allerdings bereits deutlich abgebaut. Den gravierendsten Fehler beging er im dritten oder vierten Rennen. Im ersten Drittel setzte er seinen Rennwagen - meiner Meinung nach - kontrolliert an die Wand.

»Fort Worth – Texas«, antworte ich sicher.

»Bingo! An diesem Wochenende verlangte er von Joe mehr Geld«, bestätigt Henry meinen stillen Verdacht

»Schmeißt ihn raus und lasst mich wieder ans Lenkrad«, erwidere ich trocken. Das war für mich die beste Möglichkeit, meinen Wunsch einzubringen. Henry lacht, denn für ihn wäre es sicher eine Option. Destiny bemüht sich zu lächeln, doch ich bemerke sofort, dass ihr meine Worte nicht gefallen. Ich interpretiere es so, weil wir zwischenzeitlich unsere Burger bekommen haben und sie nicht mehr kaut.

»Dein Demo-Run in Long Beach hat hohe Wellen geschlagen. Ich möchte dir einen Vorschlag machen«, sagt Henry. *Jetzt bin ich gespannt!*

»Ich bin neugierig! Jetzt mach es nicht so spannend, alter Freund.« Genüsslich beißt er in seinen Burger und lässt mich zappeln. Oh, wie ich das hasse!

»Henry, jetzt sag schon«, fordere ich aufgeregt.

»Nächstes Wochenende sind wir in Phoenix, wie du sicher weißt. Ich lade dich und Destiny hiermit offiziell ein, uns zu besuchen.«

»Wir sollen an die Strecke kommen und einfach zusehen?« Ich kann es nicht glauben. Das wäre so, als würde man mit einem kleinen Kind durch den größten Süßigkeitenladen der Welt laufen, und ihm verbieten zu naschen.

»Überwiegend wird es beim Zuschauen bleiben. Wenn du allerdings Freitagfrüh da bist und die Rennleitung zugestimmt hat, darfst du das erste freie Training fahren.« Das wollte ich hören, genau das! Innerlich könnte ich in diesem Augenblick vor Freude in die Luft springen.

»Wie wird das genau ablaufen?«, frage ich, weil mir klar ist, dass einer der beiden Stamm-Fahrer aus dem Team dann nicht fahren wird.

»Das bespreche ich noch mit Joe. Mach dir bis Mittwoch Gedanken darüber, und dann ruf mich einfach an. Einverstanden?« Darüber muss ich nicht nachdenken, ich will dabei sein.

»Ist das für dich okay und machbar?«, möchte Henry von Destiny wissen. Sie wirkt irritiert und braucht einen Moment, bis sie antwortet.

»Ich war noch nie an einer Rennstrecke und habe eigentlich für Motorsport nichts übrig.«

»Gib uns eine Chance, es wird dir ganz sicher gefallen«, lässt Henry nicht locker. Auch sie bittet er, darüber nachzudenken. Ich ahne jedoch, dass sie ablehnen wird. Wir sollten später in Ruhe darüber sprechen, wenn wir allein sind.

»Entschuldigt mich kurz«, bittet Destiny, steht auf und verschwindet im Restaurant.

»Ich mag sie, ihr passt gut zusammen«, meint Henry.

»Danke, mein Freund. Sie ist ein wunderbarer Mensch, aber das Thema Rennen fahren liegt ihr überhaupt nicht.«

»Also war das keine gute Idee?«

»Doch, ich denke schon. Sie muss damit einfach in Kontakt kommen und wird dann hoffentlich verstehen, dass es nicht so gefährlich ist, wie sie denkt.«

»Hat sie deinen Unfall gesehen beziehungsweise weiß sie davon?« Ich nicke, dieses Thema war anfangs sehr heikel. Mit wenigen Sätzen erkläre ich ihm, was passiert ist, als Destiny davon erfuhr. Henry hat Verständnis und verspricht mir, sie für diesen Sport zu begeistern. Meine Aufgabe ist es, sie davon zu überzeugen, mitzukommen. Wir wollten Mum in Phoenix besuchen, was sich mit dem Streckenbesuch perfekt kombinieren lässt. Wahrscheinlich gehe ich dann noch ein paar Schritte näher ans Höllentor. Zumindest, wenn Mum davon erfährt.

Destiny ist zurück und setzt sich wieder zu uns. Der Blick in ihren Augen teilt mir ganz deutlich mit, wie sehr ihr der Gedanke, mich in einem Rennwagen zu sehen, missfällt.

»Ich hoffe, du kommst nach Phoenix, denn du musst unbedingt das Team kennenlernen und dir alles anschauen«, versucht Henry ihr die Reise schmackhaft zu machen.

»Bitte versteh mich nicht falsch, Henry, aber ich muss erst in Ruhe darüber nachdenken.«

»Das verstehe ich, Liebes. Ich möchte nur, dass du weißt, wir werden uns um alles kümmern und euch versorgen, damit ihr ein wundervolles Wochenende haben werdet. Wenn du Fragen hast, ruf mich jederzeit an.« Henry holt eine Visitenkarte aus der Tasche und hält sie Destiny entgegen. Sie zögert, schaut mich an und dann wieder ihn. Letztendlich nimmt sie diese an sich.

»Danke«, sagt sie leise.

Gut eine Stunde später verlassen wir das Restaurant und kehren zu den Autos zurück. Henry verabschiedet sich mit einer herzlichen Umarmung - auch von Destiny. Sie lächelt, jedoch nicht so wie vorhin. Ihre Sorge ist ihr ins Gesicht geschrieben, weshalb wir dringend darüber reden sollten. Unterwegs ist dafür genug Zeit.

Henry verlässt vor uns den Park und biegt Richtung Highway ab.

»Können wir noch kurz zuhause anhalten?«, fragt Destiny.

»Natürlich. Erzählst du mir von Aaron, bis wir da sind?« Vielleicht kann ich sie mit diesem Thema erst einmal auf andere Gedanken bringen. Im Moment wirkt sie unheimlich angespannt. So habe ich sie zuletzt erlebt, als es um meinen Unfall ging, den sie sich im Fernsehen angeschaut hat.

»Du hast ihn erlebt. Er ist ein wunderbarer Hund, der in dir etwas Besonderes sieht.«

»War das vorhin ein Spaß, als du sagtest, er würde gut zu mir passen?«

»Nein, Dina. Leila informierte mich darüber, dass Aaron ein sehr schwieriger Fall ist. So etwas wie heute hat sie zuvor noch nicht erlebt und sie hat mit sehr vielen Hunden zu tun.« Ich kann nicht beurteilen, ob er schwierig ist. Der süße Wuschelhund kam direkt auf mich zu und wollte nicht mehr gehen, was schon ziemlich cool war. Mum versuchte mich in der ersten Zeit nach meinem Crash davon zu überzeugen, mir doch einen Hund anzuschaffen. Mein Anwesen ist groß genug, ich wäre nicht so allein und hätte immer eine Beschäftigung.

»Ich kenne mich damit nicht wirklich aus«, gebe ich offen und ehrlich zu.

»Musst du auch nicht, Dina. Der Hund findet den Menschen und ich bin mir sicher, Aaron wäre der perfekte Begleiter für dich. Also, wenn ich nicht da bin.«

»Habe ich dir heute schon gesagt, wie süß du bist?«, frage ich und entlocke ihr ein zartes Lächeln. Die Ampel vor uns ist rot. Nachdem der Leerlauf eingelegt ist, lehne ich mich ein Stück zu Destiny hinüber, um sie zu küssen.

»Gib ihm und euch eine Chance. Ruf Leila an, sie wird ihn dir nach Hause bringen und du kannst schauen, ob es funktioniert«, haucht sie mir in den Mund, bevor sie mich küsst. Destiny hat diese Gabe, mir bei schwierigen Entscheidungen ein gutes Gefühl zu geben.

»Ich lasse es mir durch den Kopf gehen«, erwidere ich nach unserer kleinen Zärtlichkeit. Hinter uns hupt es - da hat wohl jemand keine Geduld. Wir fahren weiter, biegen zweimal rechts ab und erreichen das Haus von Bernadette.

»Oh nein«, schnauft Destiny plötzlich.

Destiny

Gerade als wir vor Grandmas Haus halten, entdecke ich dieses Cabriolet, mit dem ich nicht gerechnet habe.

»Ist alles okay?«, fragt Dina.

»Ja«, gebe ich von mir, ohne sie anzusehen. Vor uns steigt Karen aus. Was macht sie hier? Und vor allem, was will sie von mir? Ich löse meinen Gurt und verlasse ohne ein weiteres Wort Dinas Wagen.

»Wurde ja auch mal Zeit, dass du wieder auftauchst«, zischt Karen los. Eine anständige Begrüßung habe ich auch nicht erwartet.

»Ich wüsste nicht welchen Grund es gibt, mich bei dir abzumelden. Und so wie du dich verhalten hast, will ich nichts mehr mit dir zu tun haben«, erkläre ich.

»Oh, die arme kleine Destiny ist jetzt eine Liga aufgestiegen und sucht sich ihre Freunde neuerdings aus, oder was?« Ich habe keine Ahnung, warum sie sich so aufspielt. Was ich aber weiß ist, dass Dina durch die geöffneten Fenster alles mitbekommt.

»Verschwinde einfach und lass mich in Ruhe«, fordere ich. Karen öffnet ihre Handtasche, holt ein paar Dollarscheine heraus und drückt sie mir in die Hand.

»Du hast die Wette gewonnen. Hier sind deine 500 Dollar, damit sind meine Schulden beglichen«, sagt sie laut. Selbst die Nachbarn könnten es noch hören. Ich verstehe nicht, worauf sie hinauswill und warum sie mir so viel Geld gibt. Bevor ich darauf reagieren kann, geht sie an mir vorbei, direkt zu Dinas Wagen.

»Was soll das?«, höre ich sie Karen fragen.

»Niemand hat sich im Sevilla getraut dich anzusprechen oder überhaupt mit dir zu flirten. Deshalb haben wir eine Wette abgeschlossen. Wer es schafft, dich innerhalb einer Woche zu ficken, bekommt die 500 Dollar. Destiny war ganz scharf darauf, weil sie Geldprobleme hat. Und wie es scheint, läuft das zwischen euch ja mehr als gut«, erklärt sie Dina.

»Hör auf damit und erzähl keine Lügen! Lass sie einfach in Ruhe«, schreie ich wütend los. Was fällt dieser falschen Schlange ein? Dina starrt mich mit großen Augen entsetzt an.

»Ist das wahr?«, möchte sie von mir wissen.

»Nein, das ist völliger Blödsinn!«, versuche ich mich zu verteidigen.

»Sind die Schulden, die du bei mir hast, auch Blödsinn?«, mischt Karen sich ein. Mir kommen die Tränen, ich glaube nicht, was hier gerade passiert. Einen Wimpernschlag später lässt Dina ihren Motor an.

»Mach's gut, Destiny«, sind ihre letzten Worte. Dann fährt sie mit quietschenden Reifen davon. Geschockt sinke ich auf meine Knie, lasse das Geld fallen und fange hemmungslos an zu weinen. Was hat diese Hexe Karen nur getan?

»Oh, du armes Ding! Dachtest du wirklich, sie würde sich mit jemandem wie dir abgeben? Du bist einfach jämmerlich und wirst es nie zu etwas bringen«, verhöhnt sie mich. Vor meinen Augen sammelt Karen die Dollarscheine wieder ein. Ich würde ihr gerne eine verpassen; oder noch besser, sie töten, wenn ich mich nur bewegen könnte. Hilflos muss ich mit ansehen, wie sie in ihren Wagen einsteigt und davonfährt. Warum sind die Menschen so grausam?

Nach einer gefühlten Ewigkeit stehe ich auf und gehe zur Haustür. Meine Tasche samt Schlüssel liegt bei Dina im Auto, genauso wie meine komplette Fotoausrüstung. Allerdings kommt mir in den Sinn, dass Grandma im Garten einen Reserveschlüssel hat, womit ich über den Hintereingang ins Haus komme. Kaum fällt die Tür hinter mir ins Schloss, breche ich erneut in Tränen aus. Ich bin mit meiner Kraft am Ende und muss mich hinsetzen oder hinlegen bevor ich zusammenbreche. Ich wanke durch die Küche ins Wohnzimmer, direkt auf die Couch zu, wo ich Platz nehmen will. Auf dem Weg dorthin bleibe ich mit einem Fuß an der Teppichkante hängen und stürze. In meinem desolaten Zustand reagiere ich jedoch viel zu spät und spüre nur noch einen harten Schlag an meiner Stirn.

Es ist dunkel, sehr dunkel. Ich schließe meine Augen und öffne sie erneut, doch es bleibt finster. *Bin ich blind oder sogar tot?* Mein Kopf dröhnt schlimmer als nach einer durchzechten Clubnacht. Kann man Schmerzen spüren, wenn man gestorben ist? Auf einmal höre ich etwas, ein Rauschen. Es kommt näher, vermischt sich mit einer Sirene und Sekunden später ist es wieder ruhig. Gott, mein Schädel platzt gleich. Mühsam versuche ich mich aufzurichten und taste mich am Sofa entlang, bis zur Wand. Mit den Händen streiche ich über den kalten Putz, bis ich den Lichtschalter berühre. Es wird hell, aber alles ist verschwommen. Was ist passiert? Irgendetwas klebt in meinem Gesicht. Meine Beine zittern und wollen mich nicht mehr tragen. Auf allen Vieren krabbele ich ins Badezimmer, schalte das Licht ein und ziehe mich am Waschbecken hoch. Der Blick in den Spiegel ist unscharf, trotzdem kann ich erkennen, dass ich voller Blut bin. Oh mein Gott! Ich brauche ganz dringend Hilfe. In meiner Verzweiflung torkele ich durch die Räume. Wo habe ich den verdammten Reserveschlüssel hingelegt? Weil ich immer noch kaum etwas sehen kann, taste ich mich über den Küchentisch und den Tresen. Da ist er! Ich greife mir den Schlüssel und verlasse das Haus.

»Bob, bist du noch wach?«, rufe ich in den Garten. Grandmas Nachbar ist Raucher und steht für gewöhnlich alle halbe Stunde hinter seinem Haus, welches direkt an unser kleines Anwesen grenzt. Ich habe die Hoffnung, dass er mich hört und mir hilft. Es kommt aber keine Antwort.

»Bob?«, versuche ich es nochmals, weil ich glaube, seinen Zigarettenqualm riechen zu können.

»Ich bin hier, Destiny. Was ist denn los?« Er ist da, Gott sei Dank!

»Kannst du mir helfen? Ich habe mich verletzt und kann kaum etwas sehen.« Langsam gehe ich in die Richtung, aus der seine Stimme zu mir vordringt.

»Kleines, was hast du getan? Du bist ja voller Blut!«

»Ich weiß es nicht«, schluchze ich unter Tränen. Mir ist kalt und ich habe Angst.

»Komm, ich fahre dich sofort ins Krankenhaus«, sagt Bob. Er steht direkt vor mir und stinkt fürchterlich nach Rauch. Im Moment macht mir das jedoch nichts aus. Bob hilft mir und darüber bin ich froh. Nachdem er mich ein paar Schritte geführt hat, hält er an und öffnet seinen Wagen.

»Langsam einsteigen und pass auf deinen Kopf auf. Sehr gut. Schnall dich an, ich hole mir nur noch schnell meine Jacke.« Ich zittere so stark, dass ich kaum den Schlüssel, geschweige denn den Gurt halten kann. Alles dreht sich, mir ist schwindelig und schlecht.

Dina

Ziellos fahre ich seit Stunden durch die Straßen und weiß nicht, wohin mit mir. Destiny hat mich belogen, was mich zutiefst enttäuscht. Ich war nur eine bescheuerte Wette über 500 Dollar wert. Mein erstes Gefühl im Sevilla war richtig. Wie konnte ich mich nur auf sie einlassen? Immer wieder laufen die Bilder von jenem Abend vor meinem inneren Auge ab, bis mich eine rote Leuchte im Armaturenbrett darauf hinweist, dass mein Tank fast leer ist. Verdammter Mist! Es ist dunkel geworden und ich bin irgendwo in L.A. unterwegs. Zum Glück entdecke ich auf der rechten Straßenseite eine Tankstelle, die ich ansteuere.

»Guten Abend, Ms.«, begrüßt mich ein Mann in blauem Overall durchs offene Fenster. »Volltanken?«

»Hallo. Das wäre sehr nett von Ihnen«, erwidere ich. Während er meinen Wagen betankt, fahre ich mir mit meinen Händen nervös über das Gesicht. Zwei Wochen, in denen ich glaubte, es würde alles wieder gut werden, und dann das. Sie hat mich verarscht, belogen und die ganze Zeit so getan, als würde sie mich lieben. Je mehr ich darüber nachdenke, desto klarer wird mir das Bild der gesamten Situation: Warum wir so schnell den Club verlassen haben. Die Sache am Damm. Und weshalb das Miststück Karen am nächsten Morgen bei ihr auftauchte. Ich zweifele an mir selbst. *Wieso hat Nick mich nicht gewarnt? Er lag doch sonst immer richtig. Sollte ich ihn anrufen?* Im Fußraum der Beifahrerseite entdecke ich Destinys Handtasche. Ich strecke mich danach aus, hole sie zu mir rauf und schaue hinein. In der Brieftasche entdecke ich ihren Ausweis. Der Blick auf ihr Foto versetzt mir einen Stich ins Herz. Es treibt mir die Tränen in die Augen. *Wenigstens hat sie mich mit ihrem Namen nicht angelogen*, denke ich. Dann fällt mir ihr Handy auf. Im Moment könnte ich sie nicht einmal anrufen. Das Bedürfnis ihre Stimme zu hören ist groß. Ich sollte sie einfach zur Rede stellen und fragen, was sie sich dabei gedacht hat. Klarheit würde mir schon genügen. Überraschend stelle ich fest, dass sie keine Sperre, zum Beispiel in Form eines Gerätecodes, hat. Ungehindert kann ich auf alles zugreifen und öffne die Nachrichten.

Eine Mitteilung von Karen James heute Mittag:

»Wo steckst du, D.? Du hast gewonnen, ich bringe dir dein Geld gleich vorbei, dann sind wir quitt. Melde dich, sobald du meine Nachricht gelesen hast.«

Sie wollte noch kurz nach Hause ein paar Sachen holen und dann ist diese Schlampe da. Es fügt sich alles zusammen, was sich echt beschissen anfühlt. Frustriert werfe ich das Handy zurück in die Tasche.

»Das sind dann genau 75 Dollar, Ms.«, informiert mich der Tankwart.

»Der Rest ist für Sie. Vielen Dank«, sage ich und reiche ihm einen 100 Dollarschein. Verdutzt nimmt er ihn entgegen. Der Motor läuft und weiter geht es. Mit dem Ziel vor Augen steigt meine Wut. Ich fahre jetzt nach Covina und werde Destiny zur Rede stellen. Weigert sie sich, kann sie mir gestohlen bleiben. Vielleicht sollte ich auch einfach ihre Sachen in die Einfahrt werfen. Das Vertrauen ist zerstört, ich weiß im Moment nicht einmal, ob ich ihr noch in die Augen schauen könnte. Fragen über Fragen gehen mir durch den Kopf. Ich verstehe es einfach nicht und das macht mich wahnsinnig.

Um Mitternacht erreiche ich das Haus von Destinys Grandma. Es ist dunkel, sie scheint nicht hier zu sein. *Die sitzt bestimmt bei dieser Schlampe und feiert ihren Triumph.* Noch einmal schaue ich in die Handtasche und finde den Schlüssel. Meine Nerven liegen blank, trotzdem muss ich es tun - für mich. Also hieve ich meinen Rollstuhl aus dem Wagen, krieche hinein und schnappe mir ihre Sachen. An die Haustür gelange ich allerdings nicht, weil mir diese dämliche Stufe im Weg ist. Der Versuch sie zu überwinden endet damit, dass ich seitlich stürze, auf dem harten, kalten Boden aufschlage und meine Wut noch weiter wächst. So ein Dreck! Mühsam sammele ich alles ein, hangele mich bis zur Tür vor und schließe sie auf.

»Destiny? Bist du hier?«, rufe ich hinein. Eine Antwort bekomme ich nicht. War ja so klar! Die wird in irgendeinem Club sein, sich mit Cocktails die Kante geben und ihre Wettkohle verprassen. Wütend werfe ich ihre Sachen nacheinander in den Flur. Den Schlüssel zum Schluss, Haustür zu und dann fick dich doch.

So schnell ich kann, verschwinde ich wieder und mache mich auf den Heimweg. In meinem Kopf herrscht absolutes Chaos. Ich habe keine Ahnung, wie es jetzt weitergeht oder was ich tun soll. Die Nacht wird der Horror werden, soviel ist sicher.

Meinen Gedanken, Nick anzurufen, verbanne ich. Es ist viel zu spät und er könnte von Florida aus nichts tun. Nur zuhören reicht mir nicht. Scheiße! Ich bin hellwach, stinksauer und will eigentlich nicht nach Hause. Allein der Weg ins Badezimmer wird mich daran erinnern, wie oft wir Sex in der Wanne hatten. Das Bett wird nach ihr riechen und überall sind ihre Sachen verteilt. Alles eine einzige Lüge! Ich hasse sie für das, was sie getan hat. Hätte ich es nicht selbst gehört, ich würde es nicht glauben.

Denk nach, Dina, denk nach!

Meile für Meile quäle ich mich nach Lake Arrowhead. Mir ist speiübel und ich könnte kotzen, hätte ich in den letzten Stunden überhaupt etwas zu mir genommen.

Zuhause habe ich sofort Destinys Duft in der Nase. Die Stille im Haus ist beängstigend und ich fühle mich unwohl. Doch wen soll ich mitten in der Nacht um Hilfe bitten? Hinter meiner Couch ist eine kleine Bar, aus der ich mir eine angefangene Flasche Whiskey hole. Vielleicht hilft mir das Trinken beim Vergessen und später irgendwann in den Schlaf zu kommen. Nachdem ich mein Handy aus der Tasche geholt habe, rolle ich hinaus in den Garten, bis runter an den See, wo sich der Vollmond auf der Wasseroberfläche spiegelt. Die Temperatur ist angenehm und die Nacht wäre perfekt für Sex im Garten. Stattdessen sitze ich hier alleine und ärgere mich, Opfer einer Schwindlerin geworden zu sein, fuck!

Der erste Schluck ist widerlich, aber das Hochprozentige wird hoffentlich seinen Zweck erfüllen. Mit jedem weiteren Mal ansetzen, schmeckt es besser. Diese eine Frage will mir allerdings nicht aus dem Kopf gehen: Warum bin ich darauf hereingefallen?

Ich habe keine Ahnung, wie viel Zeit vergangen ist, als ich die leere Flasche einfach ins Wasser werfe. Mein Handydisplay bewegt sich, der Fusel hat auf jeden Fall das getan, was er sollte – mich besoffen machen. Und in diesem Zustand kriegt man ja für gewöhnlich nichts mehr hin. Ich schaffe es jedoch noch, Destinys Nummer zu wählen. Vielleicht ist sie in der Zwischenzeit wieder zuhause. Ich will Antworten und eine Entschuldigung. Anstelle eines Rufzeichens höre ich gleich die Ansage, dass der gewünschte Teilnehmer im Moment nicht zu erreichen ist. Dann eben nicht, verlogene Kuh! Statt sinnlose Telefonate zu führen, sollte ich lieber zurück ins Haus und mir eine neue Flasche organisieren. Bevor ich mich darum kümmere, füge ich Destinys Nummer in die Sperrliste meines Handys ein. Wer mich verarscht, kann mich mal. Soll sie bleiben, wo der Pfeffer wächst.

An der Bar kommt mir eine Idee. Ich schreibe Lea eine Nachricht und frage nach, ob sie mir später im Haushalt helfen kann. Wenn ich den Geruch von Destiny loswerde, denke ich hoffentlich nicht ständig an sie. Sollte Rachels Tochter keine Zeit haben, werde ich alternativ meine Sachen packen und gleich zu Mum und Robert nach Phoenix fahren. Und weil ich kein bisschen Müde bin, rolle ich mit einer neuen Flasche Whiskey zurück in den Garten.

»Oh mein Gott, Dina! Was ist mit dir passiert?«, erklingt Leas Stimme in meinen Ohren. Ich rieche Gras und Kotze, widerlich. Als ich meine Augen öffne, sehe ich verschwommen, kann aber Lea vor mir erkennen. Irritiert hebe ich den Kopf, um mich umzusehen.

»Ich fühle mich schrecklich«, sage ich.

»So siehst du auch aus. Du liegst in deinem Erbrochenem. Lass mich dir bitte helfen.« Scheiße! Ich kann mich nur noch daran erinnern, wie ich mit meiner Whiskeyflasche gesprochen habe und dann aus meinem Rollstuhl kippte. Der Boden war weich und fühlte sich gut an, weshalb ich einfach liegen blieb. Lea muss meine Nachricht bekommen haben, sonst wäre sie nicht hier. Und in diesem Augenblick bereue ich es, dass ich ihr geschrieben habe.

»Tut mir leid, so solltest du mich eigentlich nicht sehen«, gebe ich beschämt zu.

»Das ist nebensächlich, Dina. Wir bringen dich jetzt erst einmal ins Haus und setzen dich in die Dusche.« Klingt nach einem Plan. Lea hilft mir in meinen Rollstuhl und dann sehe ich das ganze Ausmaß meiner durchzechten Nacht. Auf dem Rasen vor mir ist ein riesiger Kotzefleck.

»Scheiße, ich habe doch seit gestern Mittag nichts mehr gegessen«, fluche ich vor mich hin. Lea sagt dazu nichts und bringt mich ins Haus, direkt ins Badezimmer. An ihren Händen bemerke ich mein Erbrochenes. Peinlicher kann es nicht mehr werden.

»Mach langsam«, fordert sie mich auf, als ich auf den Boden krieche und mich dabei mehr fallen lasse, als selbst zu bewegen.

»Ich wasche mir schnell die Hände, Dina. Brauchst du etwas?«

»Eine Packung Aspirin und was zum Trinken«, antworte ich. Meine Schnapsidee von heute Nacht war die dümmste, die ich in letzter Zeit hatte. Okay, es gab vielleicht noch eine, die weitaus dümmer war, aber daran will ich im Moment nicht denken.

»Tut mir leid«, rufe ich Lea nach, die gerade im Flur verschwindet. Der Versuch, mich meiner Klamotten zu entledigen, scheitert kläglich. Mein

Kater könnte kaum größer sein. Genervt lege ich mich auf den Boden und verteile dabei meine Kotze noch etwas mehr.

»Deine Tabletten und ein Glas Orangensaft«, sagt Lea, nachdem sie wieder zurück ist.

»Danke, und ich möchte dir sagen, dass es mir außerordentlich leidtut.«

»Ich bin Schlimmeres gewohnt. Also entspann dich, Dina. Wir machen dich jetzt sauber und du erzählst mir, was genau passiert ist. Wo ist Destiny?« Nur ihren Namen zu hören treibt mir schon die Tränen in die Augen.

Mit Leas Hilfe werde ich meine komplett versauten Klamotten los und krabbele in die Dusche. Sie wischt zuerst den Boden und hilft mir dann beim Haare waschen, damit ich diesen furchtbaren Gestank loswerde. Dabei erzähle ich ihr, was gestern Mittag passiert ist. Lea geht es so wie mir, sie kann es nicht glauben. Und weil ich ihr alles von Anfang bis Ende erklärt habe, sitze ich auch heulend da und weiß noch immer nicht weiter.

»Beruhige dich bitte. Ich bin sicher, dass das alles nur ein Missverständnis ist. Diese Karen wird einfach eifersüchtig sein«, bemüht sich Lea um Beruhigung.

»Das habe ich auch erst gedacht, doch es passt alles zusammen«, schluchze ich deprimiert vor mich hin.

»Erinnerst du dich an unser Gespräch, als deine Mum noch hier war und alle ins Haus gingen, um sich die Fotos anzuschauen?«

»Ja, aber ich verstehe nicht, worauf du hinauswillst.«

»Ich erzählte dir, dass ich sie beobachtet habe und niemand kann so gut schauspielern, Dina. Destiny liebt dich, da bin ich mir ganz sicher.«

»Sorry, für mich ist es einfach schier unmöglich daran zu glauben. Ich habe alles verstanden, was die beiden besprochen haben. Als ich zurückkam, um ihr die Sachen zu bringen, war sie nicht da, und das mitten in der Nacht«, erkläre ich.

»Denkst du nicht auch, dass sie genauso durcheinander sein wird wie du? Außerdem war ihre Tasche mit dem Hausschlüssel in deinem Wagen und sie konnte nicht rein.« Lea gibt sich größte Mühe mir Hoffnung zu machen, nur fühlt es sich alles so surreal an. Seit ich im Rollstuhl sitze, war Destiny der Mensch, mit dem ich offen über alles sprechen konnte – natürlich neben Nick. Ich habe mit ihr offen über meine Gefühle gesprochen und mich damit verwundbar gemacht.

»Sie hat es ausgenutzt, sonst hätte sie mir von dieser bescheuerten Wette erzählt oder es zumindest angedeutet.« Ich könnte schon wieder heulen, vor Wut und Frustration. Lea schüttelt den Kopf.

»Frage: Hat sie dich jemals um Geld gebeten?«

»Nein, sie war sehr bescheiden. Und für ihre Verhältnisse ist es ihr bei 500 Dollar in zwei Wochen anscheinend leichtgefallen, so zu tun als ob. Verstehst du, was ich ausdrücken will?« Ich glaube, ich kapiere selbst nicht, was ich gerade gesagt habe.

»Das sehe ich anders, Dina. Vielleicht solltest du darüber schlafen und nicht zu schnell alles wegwerfen«, rät mir Lea. In den letzten paar Stunden habe ich nur gepennt, weil ich sturz- betrunken war. Natürlich wären mir Nächte wie in den letzten zwei Wochen lieber, aber dazu bräuchte ich jetzt noch ein Wunder. Mein Herz hängt an Destiny, die ein langes und scharfes Messer in selbiges hineingerammt hat. Würde sie jetzt vor mir stehen, wäre eine schallende Backpfeife das Erste, was sie von mir bekommen würde.

»Können wir das Thema wechseln?«, bitte ich Lea.

»Klar, ist vielleicht auch besser. Denk in Ruhe nach und wenn du wieder darüber reden möchtest, bin ich sehr gerne für dich da. Jetzt sollten wir dich erst einmal aus der Dusche holen, deine Haut wird schon ganz schrumpelig.«

»Du verstehst es, mich aufzubauen«, schnaufe ich und muss dabei schmunzeln.

»Schon viel besser, du kannst es noch«, erwidert Lea amüsiert. Ich kenne sie nicht viel länger als Destiny und frage mich, ob ich vielleicht doch mehr bei ihr hätte riskieren sollen.

»Woran denkst du gerade?«, möchte sie von mir wissen. Sie wickelt in diesem Moment ein Handtuch um meinen Kopf, damit die Haare nicht umherfliegen.

»Willst du das wirklich wissen?«

»Na klar, Dina. Einfach raus damit.« Gott, ich bin noch immer betrunken und wanke leicht hin und her. Schlimmer kann es nicht mehr kommen, deshalb stelle ich meine Frage und schaue ihr dabei in die Augen.

»Was dachtest du, als du mich hier im Bad das erste Mal gesehen hast.«

»Wie peinlich es ist, Mum auszuhelfen und ihre Kundin dann auch noch bei der ersten Begegnung in der Dusche zu überraschen«, antwortet sie.

»Hast du dich geschämt?«

»Das weniger, es war mir einfach unangenehm. Ich wollte dir nicht zu nahe treten.«

»Bist du nicht, ganz im Gegenteil«, fahre ich fort.

»Wie meinst du das?«

»Ich fand dich auf den ersten Blick sehr hübsch und hatte das Verlangen, dich zu küssen.« *So, jetzt ist es raus*, denke ich. Lea hält kurz inne und trocknet mir dann weiter den Rücken.

»Dann haben wir beide das gleiche gedacht«, flüstert sie mir überraschend ins Ohr. Nachdem sie mich in meiner eigenen Kotze im Garten fand, hätte ich mit so einem Geständnis nicht gerechnet.

»Wieso hast du nichts gesagt, auch nicht an den darauffolgenden Tagen?«, hinterfrage ich neugierig. Habe ich die falsche Entscheidung getroffen? Was hätte passieren können, wenn ich Lea doch geküsst hätte und an jenem Abend nicht mit Nick ins Sevilla gefahren wäre?

»Dina, ich habe noch nie mit einer Frau geschlafen, geschweige denn eine geküsst. Ich weiß überhaupt nicht, ob mir das liegt. Ich wusste von Mum, wer du bist, und habe großen Respekt vor dir.«

»Ich kann deine Unsicherheit verstehen, mein erstes Mal war ungefähr in deinem Alter.« Bei dem Gedanken, Sex mit einer unerfahrenen Frau wie Lea zu haben, kriecht eine Gänsehaut über meinen Körper. Ihre zarten Berührungen sind der Auslöser dafür. Jetzt würde ich sie küssen, einfach so und ohne zu fragen. Dumm nur, dass ich meine eigene Kotze schmecken kann; das ist ganz und gar nicht erotisch.

»Ich mag und bewundere dich, Dina. Wir haben uns anders kennengelernt, als man das für gewöhnlich tut, aber okay. Es weiß ja außer uns beiden keiner«, sagt sie und zwinkert mir über meine Schulter zu.

»Das stimmt. Schon verrückt, wie man Menschen kennenlernen kann. Bleibt das unser kleines Geheimnis, Lea?«

»Ganz bestimmt. Ich lasse dich jetzt allein und kümmere mich in der Küche um ein paar Sachen. Ist das okay oder brauchst du mich hier noch?« Ich schüttele den Kopf und bedanke mich für ihre Hilfe. Im Moment geht es mir besser, weil ich mit jemandem über meinen Kummer sprechen konnte. Lea geht, ich trockne mich weiter ab und hieve mich anschließend in meinen Rollstuhl. Mehrmals putze ich mir die Zähne und spüle meinen Mund, um den ekelhaften Geschmack loszuwerden. Danach stelle ich mich der Herausforderung und rolle ins Gästezimmer. Destinys Geruch kriecht langsam in meine Nase. Ich kann sie sehen, wie sie sich auf dem Bett gerekelt hat und es tut verdammt weh. Schnell suche ich mir ein lockeres Sommerkleid aus dem Schrank und ziehe es an.

»Hey, alles in Ordnung?«, erkundigt sich Lea, als ich in die Küche komme.

»Ja, geht schon«, antworte ich knapp. Auf dem Tresen entdecke ich eine Schüssel, nur kann ich nicht sehen, was darin ist.

»Du siehst hübsch aus, Dina. Wenn du Hunger hast, in der Schale vor dir ist Obst und dein Kaffee ist auch gleich fertig.« Lea ist Destiny sehr ähnlich, was die Situation für mich nicht leichter macht. Sehr oft haben wir hier zusammen Zeit verbracht, gekocht oder uns einfach nur beim Kaffee unterhalten. Eigentlich ist mir nicht nach Essen zumute. Mein Magen rebelliert aber dermaßen, dass es schon wehtut. Mehr noch als der Kater in meinem Kopf.

Kurze Zeit später stellt Lea mir den Kaffee hin und fragt, worum sie sich noch kümmern soll. Als ich ihr vorschlage, mit mir zu frühstücken, lehnt sie dankend ab. Ihr ist es wichtiger, dass ich mich hier wieder wohlfühle und darum möchte sie sich jetzt kümmern. Will sie mir aus dem Weg gehen? Schon wieder zweifele ich an mir selbst, das macht mich verrückt. *Sie ist hier, um dir zu helfen*, denke ich. Wir besprechen, was alles gemacht werden muss und dann fängt sie an. So gern ich ihr auch helfen möchte, ins Gästezimmer kann ich gerade nicht, ohne einen weiteren Heulkrampf zu kriegen.

Destiny

Nachdem Bob mich ins nächste Krankenhaus gefahren hatte, saß ich zwei Stunden in der Notaufnahme, bis sich ein Arzt um mich kümmerte. Röntgen, Computertomographie, Checks hier und da. Ergebnis: Eine leichte Gehirnerschütterung und ein gebrochenes Herz. Letzteres habe ich selbst diagnostizieren können, weil es sich genauso anfühlt.

Unser Nachbar harrte so lange aus, bis ich fertig war und gehen durfte. Er brachte mich zurück nach Hause, wo ich mich auf die Couch legte und - dank der Beruhigungsmittel vom Doc - ganz schnell einschlafen konnte. Ohne die Medikamente hätte ich vermutlich kein Auge zugetan. Mir tut es so unendlich leid, was gestern passiert ist. Ich kann mir nicht erklären, wie das alles zustande kam. Zwei Sachen weiß ich jedoch ganz genau - ich vermisse Dina und habe Kopfschmerzen.

Mühsam schlucke ich meinen Obstsalat runter und nuckele an meiner Tasse. Ich hätte längst auf der Arbeit sein müssen, aber ohne Handy kann ich nicht einmal anrufen. Grandma hat keinen Haustelefonanschluss und Bob will ich nicht schon wieder nerven. Den habe ich heute Nacht lange genug auf den Beinen gehalten. Der behandelnde Arzt sagte zwar, ich solle ein paar Tage zuhause bleiben, doch das kann ich mir nicht leisten. Ich mag meinen Job und will ihn nicht verlieren. Deshalb beeile ich mich auch, dusche, ziehe mich an und packe etwas zum Mittagessen ein.

Als ich die Tür zum Flur öffne, stockt mir der Atem. Meine Sachen liegen auf dem Boden verteilt. Dina muss sie vorbeigebracht haben. Mit rasendem Herzen reiße ich die Haustür auf, in der Hoffnung, sie draußen noch anzutreffen. Außer einem Spaziergänger mit seinem Hund ist niemand zu sehen. Seufzend gehe ich wieder hinein. Mein Schlüssel liegt neben meiner Handtasche, wo ich auch mein Handy finde. Blöd nur, dass der Akku leer ist. Schnell stecke ich alles ein, nehme meine Kameratasche und laufe los. Meine Chefin wird mich so oder so einen Kopf kürzer machen.

15 Minuten später betrete ich Rebeccas Foto Studio. Hier arbeite ich seit zweieinhalb Jahren und mache eine zweite Ausbildung. Fotografieren war, seit ich zur Schule ging, etwas, das ich immer machen wollte – mein Kindheitstraum. Eigentlich bin ich Altenpflegerin, aber dieser Job ist schlecht bezahlt. Wenn man sich zu viel Zeit für seine Patienten nahm, gab es regelmäßig Ärger und das hielt ich irgendwann nicht mehr aus.

»Destiny, da bist du ja. Was ist denn mit dir passiert?«, fragt mein Boss Rebecca. Sie tritt an mich heran und mustert sorgenvoll meine Stirn, die mit einem breiten Pflaster abgeklebt ist.

»Ich bin gestern Abend gestolpert und gestürzt. Tut mir leid, dass ich zu spät bin«, entschuldige ich mich.

»Warum rufst du nicht an, Liebes?«

»Mein Akku war leer und ich konnte mein Ladegerät nicht finden«, flunkere ich. Keine Ahnung, wo das blöde Kabel ist, vermutlich aber bei Dina zuhause.

»Du siehst mitgenommen aus. Setz dich erst mal hin und trink einen Tee«, schlägt Rebecca vor. Widerworte akzeptiert sie nicht. Sie ergreift sanft meinen Arm und führt mich zu meinem Schreibtisch. Augenblicke später stellt sie mir eine Tasse hin.

»Ich mache mir Sorgen um dich, Destiny. Wenn es dir nicht gut geht, dann geh bitte nach Hause.«

»Auf keinen Fall, Rebecca. Mir geht es gut, ich kann und will arbeiten.« Zuhause würde mir die Decke auf den Kopf fallen, weil ich nicht weiß, wie es Dina geht.

»Sag mal, hast du Ärger mit Karen? Ihre Mum war heute früh hier und hat kein gutes Haar an dir gelassen.« Bitte was? Ms. James weiß also schon Bescheid?

»Ähm, nein, davon weiß ich nichts«, schwindele ich erneut. Rebecca erzählt mir, wie Karens Mum sich über mein zurückgezogenes Verhalten beschwert hat. Dass ich oft bei Dina war oder sie bei mir, haben wir natürlich niemandem erzählt. Es sollte auch keinen interessieren, wo wir uns nach der Arbeit aufhalten. Mir stehen schon die Tränen in den Augen und ich würde meiner Chefin gern alles erzählen, nur dann befürchte ich, lässt sie mich heute nicht mehr arbeiten.

»Ach, schau mal, was hier ist, dein Ladekabel.« Rebecca hat es unter meinem Tisch gefunden und reicht es mir.

»Ich hatte so eine Vermutung es hier vergessen zu haben. Danke dir.« Hastig stecke ich es in eine Steckdose und in mein Handy. Kurze Zeit später kann ich es endlich einschalten. Im Stillen bete ich, dass sie sich gemeldet hat, doch alles, was ich zu sehen bekomme sind bescheuerte Nachrichten von Karen.

»Alles in Ordnung?«, möchte Rebecca wissen. Ich nicke und lege das Telefon beiseite.

»Das Fotoshooting gestern war sehr gut, sind tolle Bilder geworden«, bemühe ich mich um Ablenkung.

»Das freut mich zu hören. Speichere sie auf dem Server und fertige für Leila eine Kopie an. Danach schaue ich sie mir an. Danke, dass du dich immer wieder für die vielen hilfsbedürftigen Tiere einsetzt«, lobt mich mein Boss. Bevor sie geht, bittet sie mich langsam zu machen. Wir haben immer ein gutes Verhältnis gehabt, nur heute war meine Angst groß, wegen meiner Verspätung Ärger zu bekommen. Rebecca hatte in letzter Zeit genug Stress mit ihrem Ex-Mann und ihrer kleinen Tochter, was ich hier oft spürte. Sie fluchte viel und ich glaube, sie auch das ein oder andere Mal weinen gehört zu haben. Umso besser, dass sie mir nach der Sache mit Dina nicht die Hölle heiß macht.

Ich nutze den kurzen Augenblick der Ruhe, um meine Nachrichten zu lesen. Diese blöde Kuh Karen verhöhnt mich und tritt noch einmal nach. Ich wäre naiv und dumm, was in meinen Augen genau die Richtige sagt – arrogante Schnepfe!

Schon gestern, nach Karens Aufstand, habe ich versucht mich an den Abend im Sevilla zurück-zuerinnern, als ich Dina kennenlernte. Karen, Jody und Chelsea wussten wohl, wer sie war, nur ich nicht. Karen stachelte mich an, mit Dina zu sprechen. Von einer dämlichen Wette war allerdings nie die Rede. Sie sieht meiner Meinung nach besser aus als ich und hat durch ihre Mum so viel Geld, wie ich nie in meinem Leben besitzen werde. War sie eifersüchtig oder konnte sie es einfach nicht ertragen, dass ich mit Dina doch ins Gespräch kam und wir uns sofort verstanden? Meine Gedanken machen mich wahnsinnig und dieser unter-schwellige Kopfschmerz, den ich seit gestern Abend habe, macht das Ganze nicht leichter.

Während ich die Bilder vom Shooting bei der Animal Rescue auf unseren Server lade, kommt Rebecca an meinen Schreibtisch.

»Ich gehe kurz rüber zum Supermarkt. Kann ich dir etwas mitbringen?« In meiner Brieftasche ist absolute Ebbe, weshalb ich die Frage verneine. Nachdem sie zur Tür raus ist, greife ich mit zitternden Händen nach meinem Handy und wähle Dinas Nummer. Ich hoffe, sie geht ran und gibt mir die Chance, ihr alles zu erklären. Zu hören bekomme ich aber nur ein Besetztzeichen. Sofort probiere ich es erneut, mit dem gleichen Ergebnis. Ist es wirklich vorbei? Diese Frage geht mir seit gestern nicht mehr aus dem Kopf. Dina sah verletzt aus, als sie losfuhr, was mir in der Seele leidtut. Sie ist ein wunderbarer Mensch und sie zu verlieren wäre das Schlimmste, was ich bisher erlebt habe.

Bevor Rebecca zurückkommt, versuche ich es ungeduldig noch mehrere Male, ohne Erfolg. Die Ungewissheit macht mich fertig. Ich habe Angst, Dina nie wiederzusehen. Und daran ist nur diese Schlampe schuld!

Dina

Lea ist ein Engel, genauso wie ihre Mum. Sie hat das Bett frisch bezogen und alles saubergemacht, während ich mich im Garten um die Sache kümmerte, die ich mir letzte Nacht noch einmal durch den Kopf gehen ließ.

»Wenn du noch Hilfe benötigst, reicht eine Nachricht oder ein Anruf, Dina.« Lea könnte bei mir bleiben, immerhin stinke ich nicht mehr wie eine Whiskey Destille. Ich bedanke mich bei ihr und möchte sie gleich bezahlen, was sie jedoch ablehnt.

»Warum tust du das?«, frage ich.

»Gegenfrage: Warum hast du uns mit der Hypothek geholfen?«

»Weil ihr in Not wart.«

»Und das warst du eben auch. Keine Sorge, Dina, ich habe es gern gemacht. Melde dich, auch wenn du nur einen Kaffee trinken oder einfach reden möchtest«, bietet sie an, nähert sich und küsst mich zart auf die Wange. Ich schließe meine Augen, merke aber, dass es mit Destiny nicht zu vergleichen ist. Gott, sie fehlt mir so sehr, weshalb ich sogar schon Lea anschmachte. Ich will in diesem riesigen Haus nicht allein sein. Es ist früher Nachmittag, was soll ich den Rest des Tages nur anfangen?

Lea geht und ich schaue ihr nach. So sehr sie mich auch von Anfang an reizte, Destiny hat sich in mein Herz gestohlen. Sich an Lea heranzumachen wäre ihr gegenüber nicht fair, auch wenn sie keine Erfahrung mit Frauen hat. Langsam schließe ich die Tür und kehre ins Wohnzimmer zurück. Der Fernseher wird mich ablenken. Also mache ich es mir auf der Couch bequem und lasse mich berieseln, in der Hoffnung, dass die Zeit schnell vergeht.

Stunde um Stunde liege ich da und zappe durch die verschiedenen Kanäle. Überall läuft nur irgendwelcher Müll, der mich nicht interessiert, schon gar keine Liebesschnulzen. Dann muss ich an Henry und sein Angebot denken. Bereits gestern war mir klar; ich will dabei sein und ich will fahren. Ich greife nach meinem Handy auf dem Couchtisch und rufe ihn an.

»Hey, alter Freund. Du hast wohl geahnt, dass ich an dich gedacht habe oder warum bist du so schnell rangegangen?«

»Heute ist erst Montag, Dina. Wenn du dich so schnell meldest, muss etwas passiert sein. Alles in Ordnung bei dir?«

»Bis auf den blöden Kater geht es.«

»Okay, es ist definitiv schlimmer. Erzähl mir, was los ist. Ein Nein akzeptiere ich nicht«, droht er mir an.

»Egal, das dauert jetzt zu lange, Henry.«

»Wenn du nicht mit mir redest, werde ich auch nicht mit Joe wegen Freitag sprechen. Außerdem habe ich gerade Zeit, im Fernsehen läuft nur

Schwachsinn.« Wir haben das gleiche Problem und das bringt mich zum Lachen. Henry wird nicht lockerlassen, bis er weiß, was passiert ist. Deshalb erzähle ich ihm in Kurzform, wie sich die Dinge nach unserem gemeinsamen Mittagessen entwickelt haben. Er sagt dazu nur, dass er überrascht ist und bietet mir Hilfe an, die ich allerdings ablehne. Sollte ich am Freitag wirklich fahren dürfen, muss ich den Kopf freibekommen. Bis dahin sollte ich mir Gedanken machen, wie und ob ich die Kurve in Bezug auf Destiny kriege. So sauer wie ich momentan bin, würde ich gerne sofort ein paar Runden auf irgendeiner Strecke drehen. Früher halfen mir das Motorengeräusch und die G-Kräfte im Rennwagen bei diversen Problemen am besten – meine Therapie gegen Scheißtage. Ich könnte mich jetzt auch in meine Corvette setzen und über einen Highway brettern, doch mein Restalkoholpegel würde bei den Cops sicher nicht gut ankommen.

»Versuche den Kopf freizumachen, Dina. Ich rede mit Joe und schau mal, was ich für dich tun kann. Melde dich Donnerstagabend noch einmal, dann wissen wir, ob alles klappt.«

»Danke, Henry. Du wirst mich auf jeden Fall am Freitag sehen, verlass dich darauf.«

»Ich freue mich. Halt die Ohren steif.« Mit diesen Worten endet unser Gespräch und ich kehre in meinen Gammel-Modus zurück. Für heute wird mir nichts anderes bleiben, als meinen Kater auszukurieren. Es wundert mich nur, dass Mum noch nicht angerufen hat.

Destiny

»Süße, wenn du reden willst, darfst du mich auch spät abends noch anrufen«, bietet mir Rebecca an. Sie schließt gerade ihren Laden zu, für heute ist endlich Feierabend.

»Lieb von dir. Wir sehen uns morgen«, halte ich mich kurz. Mein Magen knurrt und im Kopf bin ich völlig matschig. Den ganzen Tag über dachte ich an Dina und wie es ihr wohl geht. Erreicht habe ich sie nicht, weil bei ihr dauerbesetzt ist. Keine Ahnung mit wem sie so lange telefoniert, aber anscheinend will sie nicht mit mir sprechen und dieses Wissen tut weh.

Erschöpft und ausgelaugt gehe ich nach Hause. Ich sollte Grandma noch besuchen, wir haben uns gestern nicht gesehen. Jason ist in Florida, somit übernehme ich seine Besuche. Granni hat außer uns niemanden und macht sich sonst große Sorgen. Natürlich wird sie zuerst nach Dina fragen und wenn ich ihr davon erzähle, ist die Aufregung sicher groß. In ihrem momentanen Zustand wäre das alles andere als gut. Dennoch muss ich zugeben, dass Grandma die beste Zuhörerin ist, die ich kenne. Ihre Ratschläge haben mir immer weitergeholfen. Vielleicht hat sie eine Lösung für mich oder kann mir wenigstens einen Tipp geben, was ich unternehmen sollte, um Dinas Vertrauen zurückzugewinnen.

Zuhause lege ich meine Sachen auf den Tisch und bereite mir schnell ein Sandwich zu. Das kann ich unterwegs zum Krankenhaus essen und so meinen Hunger stillen. Geld für den Bus habe ich nicht mehr. Trotz schmerzender Beine und brummendem Kopf mache ich mich auf den Weg. Unterwegs rufe ich Jason an, da ich die letzten Tage nichts von ihm gehört habe.

»Hey Schwesterlein. Wie läuft es an der Westküste?«

»Bescheiden, der Tag war einfach nicht gut. Bei euch alles in Ordnung?«, erkundige ich mich und spiele gedanklich damit, Nick um Hilfe zu bitten. Den höre ich nämlich im Hintergrund. Mein Bruder klingt sehr euphorisch und schwärmt von Florida. Als er nach Dina fragt, sage ich nur, dass sie zuhause ist und es ihr gut geht. Die beiden scheinen dort drüben viel Spaß zu haben und so sehr ich auch Hilfe gebrauchen könnte, verwerfe ich dennoch meinen Gedanken. Ich möchte sie nicht mit meinen Problemen belasten. Im Moment könnten sie so oder so nichts tun. Deshalb ist unser Gespräch schneller beendet als gedacht und es geht mir kein Stück besser. Hoffentlich kann Grandma mich etwas aufbauen.

Minuten später bin ich im Krankenhaus, auf dem Weg zu ihrem Zimmer.

»Hallo, Ms. Swan«, begrüßt mich die Krankenschwester, die sich hauptsächlich um Granni
kümmert. Zu allererst informiert sie mich über
deren Gesundheitszustand. Für gewöhnlich dürfen
das nur die Ärzte, in diesem Fall hat aber Grandma
ihr Einverständnis gegeben. Andernfalls müsste ich
immer warten, bis ein Arzt Zeit hat. Der kompli-
zierte Bruch wollte anfangs nicht verheilen, weil die
Blutwerte so schlecht waren. Mittlerweile geht es
aber bergauf und wenn Grandmas Zustand sich bis
zum Wochenende so hält, darf ich sie wohl am
Montag nach Hause holen. Diese Nachrichten lassen
mich für einen kurzen Augenblick aufatmen. Ich
möchte gerne zu ihr, allerdings informiert mich die
Schwester darüber, dass Granni schon vor einer
Stunde am Einschlafen war. Die Medikamente
machen sie anscheinend sehr müde. Gemeinsam
schauen wir in ihr Zimmer, wo sie liegt und schläft.

»Sie wirkt so friedlich«, flüstere ich.

»Und sie ist ein wunderbarer Mensch, Ms. Swan.
Haben Sie Geduld, bald ist sie wieder bei Ihnen
zuhause.« Ich hoffe es, denn sie fehlt mir. Um sie
nicht zu stören, schließen wir leise die Tür. Ich bitte
die Schwester ihr mitzuteilen, dass ich da war und
einfach morgen wiederkommen werde. So müde wie
ich bin, will ich nur noch ins Bett.

Draußen ist es bereits dunkel und deutlich kühler
geworden, so dass ich in meinem dünnen Kleid zu
frieren beginne. Ich mache mich, so schnell es geht,

auf den Weg nach Hause. Unterwegs muss ich an Dina denken, weshalb ich erneut versuche, sie telefonisch zu erreichen. Das Besetztzeichen ist frustrierend. Wenn ich könnte, würde ich zu ihr fahren, um alles aufzuklären.

Mit Tränen in den Augen gehe ich nach der Ankunft ins Haus, setze mich an den Küchentisch und stütze mit den Händen meinen Kopf. Ich bin verzweifelt, traurig und fühle mich, als hätte ich mein ganzes Leben verloren. Dann kommt mir urplötzlich jemand in den Sinn, den ich um Hilfe bitten könnte. Hoffentlich wird er mir helfen.

Dina | Phoenix

Zuhause war es kaum noch auszuhalten. Seit der Geschichte mit Destiny habe ich keine Nacht mehr durchgeschlafen. Wie früher, wälzte ich mich im Bett hin und her, hatte eine ganze Stunde Ruhe und war dann wieder wach. Der Horror ist zurück, was mich einfach nur ankotzt. Warum ausgerechnet sie der Grund dafür ist, dass ich nachts durchschlafen konnte, ist mir schleierhaft. Zwangsläufig muss ich an Mums Worte denken. Wenn sie mein Schicksal ist, warum macht sie dann so einen Bullshit? Wettet darauf, mich abzuschleppen und flachzulegen. Was für ein kranker Scheiß soll das sein?

Bis auf Lea und Henry hatte ich zu niemandem Kontakt und war nicht mal zum Einkaufen draußen. Die Gesamtsituation ist der Grund dafür, weshalb ich meine Sachen packte und mit meiner Corvette schon am Mittwoch zu Mum fuhr. Dabei habe ich mit vier Stunden Fahrtzeit und einem Stopp zum Tanken meinen alten Rekord vom letzten Jahr um 20 Minuten unterboten. Okay, ich war nachts unterwegs, um gewissen Ordnungshütern zu entgehen, und ich musste mir keine Gedanken machen, ob ich schlafen kann oder nicht. Alles in allem die beste Entscheidung, bis ich Mum früh morgens vor die Füße rollte. Seitdem bombardiert sie mich immer wieder mit diesen endlosen Fragen.

Wie geht es Destiny? Wo ist sie? Warum ist sie nicht mitgekommen? Ob ich schon mit ihr telefoniert habe und, und, und. Ich versuche mich jedes Mal herauszureden und wimmele sie damit ab, dass es Destiny gut geht, sie jedoch viel zu tun hat. Wüsste Mum von den Ereignissen, würde sie mir ganz sicher eine Predigt halten, so dass ich wahrscheinlich freiwillig mit ihrem Lebensgefährten fischen gehen würde. Robert hingegen hat mich in Ruhe gelassen. Beim Essen redeten wir über sein Hobby, die aktuelle IndyCar-Saison und wie langweilig der Sport geworden ist. Das perfekte Thema, um Mum schonend beizubringen, dass ich wieder fahren werde. In Lake Arrowhead meinte sie noch, wie sehr sie mich liebe und ich einfach auf mich aufpassen solle. Ihre Aussage hatte nicht lange Bestand und so wettert sie bei jeder Gelegenheit gegen Joe und Henry. Robert verteidigt mich, was ich cool finde. Er schließt sich Nicks und Bernadettes Meinung an. *Lass deine Tochter fahren, wenn sie es will. Sie ist alt genug*, sagt er dazu ganz entspannt.

Dass heute dieser Tag ist, hat Mum anscheinend noch nicht begriffen. Ich habe ihr erklärt, warum ich in Phoenix bin, doch anscheinend wollte sie genau das nicht hören. Schon zum zweiten Mal fragt sie mich, ob ich fertig bin.

»Mum, ich fahre nicht mit dir, das habe ich doch vorhin schon am Frühstückstisch erzählt.«

»Solltest du aber, Dina. Eine Wanderung und frische Luft wären gut für dich.« Kopfschüttelnd schaue ich sie an.

»Du hast ein entscheidendes Detail vergessen«, erwidere ich und zeige dabei auf meinen Rollstuhl.

»Dann kannst du auch kein Autofahren. Überlege es dir, Jody ist in 15 Minuten hier.« Okay, ich gebe auf. Sie fährt die Ignoranz-Schiene. Kurz nach meinem Unfall erzählte ich ihr, wie gern ich wieder in meinem Rennwagen sitzen würde. Jedes Mal, wenn dieses Thema auf den Tisch kam, überging sie es und redete von völlig anderen Dingen, die keinerlei Zusammenhang haben. Ich sehe es von der positiven Seite: Wenn sie mit ihrer besten Freundin in den Bergen wandern ist, wird sie wenigstens keinen Fernseher in der Nähe haben.

»Ich drücke dir die Daumen«, flüstert Robert mir ins Ohr, als er mich zum Abschied kurz drückt. Er ist zum Golfen verabredet und ich weiß, dass er mit seinen Freunden spätestens in zwei Stunden vor einem Bildschirm sitzen wird. Dann beginnt nämlich das erste freie Training und ich werde fahren.

»Ich bin dann auch weg. Viel Spaß euch beiden und passt auf die Klapperschlangen auf«, verabschiede ich mich. Von Mum gibt es nur ein typisches *ja, ja*. Sollte es nötig sein, werden wir heute Abend so oder so darüber diskutieren – wahrscheinlich endlos. Jetzt lasse ich mir meine

Laune nicht verderben. Die ist seit letztem Sonntag das erste Mal wieder gut.

Eine knappe halbe Stunde später erreiche ich den Phoenix International Raceway. Henry setzte mich, wie schon in Long Beach, telefonisch davon in Kenntnis, wo ich reinfahren soll.

»Sie sind es wirklich, Ms. Ridge. Herzlich Willkommen in Phoenix«, begrüßt mich ein Security-Typ überschwänglich.

»Danke. Dürfte ich?« Mit dem Finger zeige ich nach vorne. Weil er so verblüfft ist, hat er sogar vergessen, das Tor zu öffnen.

»Selbstverständlich, Ms. Ridge. Viel Erfolg und einen schönen Tag.« Kaum ist die Stahlwand auf Rädern beiseite gefahren, stürmen mehrere Menschen auf meinen Wagen zu. Fuck! Die Presse hat davon Wind bekommen. Hastig setze ich meine Sonnenbrille auf und bahne mir hupend den Weg durch den Pulk sensationslustiger Reporter. Henry hat zum Glück für einen Parkplatz im abgesperrten Bereich gesorgt. Von dort aus soll es schnell zur Box gehen, ohne zwei Stunden lange Interviews geben zu müssen. Das kommt sicher später. Wie versprochen, holt mich mein alter Freund am vereinbarten Treffpunkt persönlich ab.

»Guten Morgen, meine Liebe.«

»Hallo, Henry. Was ist denn hier los?«

»Das musst du Joe fragen. Er hat vor einer Stunde ein Interview gegeben und dich offiziell angekündigt.« Wie kommt es denn dazu? In Long Beach war er alles andere als begeistert und jetzt das? Na ja, soll mir recht sein, dann ist mein Einsatz heute gesichert. Wegen nichts anderem bin ich hier.

»Bist du gut hergekommen?«, möchte Henry auf dem Weg in die Box von mir wissen.

»Was denkst du denn? Neuer Rekord.«

»Verstehe, du hast dich also bestens vorbereitet.« So könnte man es nennen. Auch wenn die letzten Nächte bescheiden waren, habe ich mich ein wenig auf die heutige Session vorbereitet. Gesunde Ernährung und leichtes Ausdauertraining haben mir früher schon gereicht. Von meinem Genussabend mit anschließender Übernachtung im Freien muss hier niemand etwas wissen.

Drinnen begrüßen mich alle sehr herzlich, bis auf eine Person, die mich pissig anschaut und sich schnellstens vom Acker macht – Byrnes. Sein Glück, sonst hätte er sich noch einen Schlag in die Eier abholen können.

»Der sollte eigentlich längst weg sein, sorry.«

»Schon okay, Henry. Heute verdirbt mir nichts und niemand die Laune«, erwidere ich mit einem Lächeln. Er bringt mich in den Vorbereitungsraum, wo Megan bereits wartet.

»Wir sehen uns gleich draußen, Dina.« Henry geht und Megan setzt nahtlos da an, wo er aufgehört hat.

»Hast du ihn noch gesehen?«, fragt sie neugierig nach.

»Ich weiß nicht, wen du meinst«, lautet meine Antwort. Ich werde nicht über diesen Idioten sprechen, dafür ist mir die Zeit zu kostbar. Meine Physiotherapeutin kennt mich und stellt diesbezüglich keine weiteren Fragen.

Bevor es zur ersten freien Trainingssession geht, massiert sie mich, um die Muskeln aufzulockern. Ich könnte mittendrin einschlafen. Sie hat göttliche Hände und versteht ihren Job, das habe ich schon immer an ihr bewundert. Überraschenderweise bin ich sofort in sämtlichen Abläufen drin. Es ist beinahe so, als wäre ich nie weg gewesen. Dumm nur, dass es aufgrund meiner Beine alles etwas länger dauert. *Positiv denken*, ermahne ich mich.

Während Megan mir nach der Massage in den Rennoverall hilft, informiert sie mich über meinen Wagen und das eingestellte Setup. Bei allen anderen Kollegen machen das die Renningenieure, nur ich habe es früher immer so gehandhabt. Eckdaten und die wichtigsten Fakten reichen mir. Wenn etwas nicht passt, werde ich es Henry funken und er kümmert sich um den Rest. Und der Phoenix International Raceway ist ein Oval, bei dem die

Abstimmung nicht so entscheidend ist, wie auf anderen Rennstrecken mit zehn Kurven oder mehr.

»Wie ist Joe heute drauf?«, versuche ich von Megan in Erfahrung zu bringen, bevor sie mich hinausschiebt.

»Wenn man von dem Streit, den er mit Jimmy Byrnes wegen dir hatte absieht, eigentlich ganz gut. Jetzt mach dir keine Sorgen. Geh da raus und zeig es ihnen. Und vergiss bitte nicht, heute sitzt du im aktuellen Rennwagen. Du brauchst dich nicht in Zurückhaltung üben.« Ich habe mich noch nie zurückgehalten, aber das weiß Megan.

In der Box folgt der obligatorische Sicherheits-check: Ich muss einsteigen und mich in der vorgegebenen Zeit selbständig und ohne fremde Hilfe aus dem Wagen befreien können. Wie schon in Long Beach brauche ich dazu knappe 23 Sekunden, womit man mehr als zufrieden ist. Also wieder rein, anschnallen und die Handschuhe anziehen. Henry hockt sich kurz neben den Wagen.

»Wir machen zuerst zwei Installationsrunden. Fällt dir etwas auf, melde es mir sofort. Wenn alles läuft, gehen wir erst einmal auf Zeit. Wie viele Turns du machen kannst, lasse ich dich früh genug wissen. Fragen?«

»Werden wir ausgebremst oder darf ich wirklich das tun, was ich am besten kann?«

»Ich verstehe deine Bedenken, aber sei versichert, dass du die vollen 90 Minuten fahren darfst.« Das wollte ich hören. Und ich werde mir davon keine einzige Minute nehmen lassen. Joe ist nicht mehr zu sehen, was mich wundert. Früher kam er vor jeder Session zu seinen Fahrern und sprach noch kurz mit ihnen. Wie dem auch sei, jetzt kann es endlich losgehen. Unnötigerweise erklärt mir ein Mechaniker fünf Minuten vor dem offiziellen Beginn des Trainings die umgebaute Steuerung. Danach wird es ruhig. Ich schließe die Augen und versuche an nichts zu denken. Ein Ritual, welches ich damals immer abgehalten habe. Erst wenn Henry sein okay gibt, wird es losgehen.

»Bereit?«, erklingt es wenig später in meinen Ohren.

»So bereit wie noch nie, alter Freund.« Im Rückspiegel sehe ich den Mann mit dem Starter, der soeben meinen Wagen anlässt. Es ist wieder da, dieses Geräusch, welches ich so sehr liebe – satter, lauter, ungedämpfter Motorsound. Am Eingang der Box gibt man mir ein Zeichen.

»Zeigen wir es ihnen. Lass nur den Wagen heil.«

»Henry, wie oft habe ich schon einen Wagen komplett verschrottet?«

»Genau einmal.«

»Und dabei wird es auch bleiben«, sind meine letzten Worte, bevor ich die Boxengasse verlasse und auf den Kurs fahre. Auf den ersten beiden Runden höre ich genauestens in den Wagen hinein und teste das Setup. Fühlt sich soweit gut an, bis auf einen Hauch Übersteuern.

»Ich brauche zwei Klicks weniger Frontflügel, hinten einen Klick mehr«, melde ich Henry. Das sollte mein Problem beheben.

»Wir kümmern uns darum. Komm am Ende dieser Runde rein.« Auf einem Oval wie hier sind die Runden verdammt kurz. Keine zwei Minuten war ich unterwegs, da schiebt man mich schon wieder rückwärts in die Box. Während die Mechaniker alle Änderungen vornehmen und mir frische Reifen aufstecken, kommt Henry zu mir.

»Das sah schon sehr gut aus. Kommst du mit allem zurecht?«

»Ein Kinderspiel. Wo war meine Bestzeit im letzten Jahr?«

»39,2 Sekunden mit einer Durchschnitts-geschwindigkeit von 188 Meilen«, klärt Henry mich auf. Die Rennen finden nicht jedes Jahr zur gleichen Zeit statt und weil Phoenix am Jahresanfang war, wusste ich nicht mehr genau, wie schnell ich damals war. Henry verrät mir, worauf sie an diesem Wochenende spekulieren. Eine Pole Position Zeit von 38,5 bis 38,7 Sekunden. Im Training hat man viel Spielraum und kann dementsprechend noch einen Ticken schneller sein, weil die Spritmenge und Reifen frei gewählt werden können. Insgeheim setze ich mir das Ziel, die angepeilten 38,5 Sekunden zu erreichen. Das sollte ein deutliches Zeichen sein.

»Die Jungs sind fertig, es kann weitergehen. Du hast Sprit für zehn Runden«, erklingt es in meinen Ohren.

Mein erhobener Daumen signalisiert dem Team, es kann weitergehen. Wenn sich der Wagen noch besser anfühlt, als bei den Installationsrunden zuvor, werde ich gleich richtig Gas geben. Auf der Strecke ist allerdings schon ganz schön viel los. Henry informiert mich darüber, dass alle Teams draußen sind. Dieser Umstand macht es schwieriger und ich hoffe einfach auf etwas Glück. Vielleicht drehen die meisten Kollegen nur ihre Installationsrunden. Immerhin war ich als erstes draußen, eben um jede Minute auskosten zu können.

»Geh den letzten Sektor gemütlich an und wärm die Reifen noch etwas mehr auf, Dina. Dann solltest du für zwei bis drei Runden freie Bahn haben.« Ich folge der Empfehlung meines Renningenieurs und behalte den Rückspiegel im Auge. Vor der letzten Kurve gebe ich Vollgas, um maximalen Schwung auf die kurze Start- und Zielgerade mitzunehmen. Die Zeit läuft das erste Mal gegen mich. Jetzt geht es um alles oder nichts. Noch weiß ich nicht, was Joe vorhat oder mit dem heutigen Einsatz bezwecken will, aber ich werde mein Bestes geben. Vielleicht habe ich die Chance, bald wieder Rennen zu fahren, wenn er und das Team sehen, wie gut es funktioniert.

»39,7, gut so, weiter«, motiviert man mich von der Box aus. Für die erste gezeitete Runde war es ganz okay. Noch habe ich verhältnismäßig viel Sprit an Bord und mit jedem weiteren Umlauf wird mein Wagen leichter.

Zweite Runde, knappe zwei Zehntel schneller. Ich taste mich immer weiter ans Limit heran. Der Wagen liegt perfekt, hat ausreichend Stabilität auf der Hinterachse und die Reifen bieten maximale Haftung.

»Johnson hat nach dir die erste relevante Zeit gesetzt - 40,2.« Jack Johnson fährt im gleichen Team und war im Kampf mit Byrnes in dieser Saison bisher immer der Unterlegene. Umso motivierender sind diese guten Nachrichten und zeitgleich noch mehr Ansporn für mich.

Runde für Runde ziehe ich meine Kreise, bis man mich hereinholt. Nachdem ich in der Box stehe, stellen mir die Jungs einen Monitor auf das Cockpit. Darauf kann ich die Zeiten aller Kollegen, die einzelnen Sektoren und die Telemetrie-Daten einsehen. Momentan halte ich den ersten Platz mit 0,2 Sekunden Vorsprung vor dem Meister-schaftsführenden Simon Page. Auch wenn es nur um die goldene Ananas geht, für mich hat es weitaus mehr Bedeutung.

»Sollen wir etwas am Setup verändern?«, möchte Henry von mir wissen.

»Nein, passt alles. Ich will noch einen Turn mit acht Runden. Die Reifen sind nach zwei Umläufen optimal, dann gehen zwei schnelle.«

»Ich veranlasse alles.« Die Mechaniker kümmern sich darum, während ich die Konkurrenz auf meinem Bildschirm beobachte. Ich analysiere, wer welche Linie fährt und wo ich noch hundertstel oder tausendstel Sekunden herausholen könnte.

Zehn Minuten vor dem Ende meines Einsatzes lässt mich das Team ein letztes Mal auf die Strecke. Theoretisch sind nach der Zeit und dem Inhalt meines Tanks zwölf volle Runden drin, wäre es nur nicht schon wieder so voll auf der Strecke. Jeder will seine Zeit verbessern, so auch ich. P1 PAG und P2 RID wird in Kürzeln auf dem großen Turm am Boxengassenende die derzeitige Platzierung angezeigt. Simon liegt ein knappes Zehntel vor mir. Meine Beste Rundenzeit ist mit 38,4 Sekunden schon unter der erwarteten Pole-Position-Zeit.

»Egal, ob du deine Zeit noch verbesserst oder nicht, du bist besser denn je«, lobt Henry mich über Funk. Genau die richtige Motivation für den letzten Versuch. Wieder lasse ich Abstand zum Vorder-mann, wärme die Reifen bestmöglich auf und gebe dann Vollgas. Es fühlt sich großartig an, denn ich bin da, wo ich sein will, aber es soll nicht enden. Wie in einem Tunnel fahre ich hochkonzentriert um die Strecke. Eine, zwei und drei gezeitete Runden.

»Persönliche Bestzeit, 38,39 Sekunden«, aktualisiert mich die Box.

»Okay. Gebt mir zwei Runden absolute Ruhe«, bitte ich.

»Verstanden. Deine Reifen sind etwas zu heiß, leg eine entspannte Runde ein.« Eine Langsame werde ich hinbekommen, auch wenn die Zeit gegen mich läuft.

Auf der Start- und Zielgeraden habe ich die Anzeigetafel im Blick. Meine letzte Chance ein Zeichen zu setzen und mit Position zwei gebe ich mich nicht zufrieden. Im folgenden Umlauf setze ich alles auf eine Karte, halte den Finger so lange wie irgendwie möglich am Gashebel und fahre meine Linie minimal enger. Wieder nur 38,39, gleich noch mal. Ich nutze jeden Millimeter Asphalt aus.

»38,2604 Sekunden! Du bist wahnsinnig!«, schreit Henry mir euphorisch in die Ohren. P1 RID ist das, was ich auf dem Zeitenturm sehen wollte.

»Und jetzt leg bitte den entspannten Gang ein, dein hinterer rechter Reifen ist kritisch.«

»Wie viel Zeit habe ich noch, Henry?«

»Eine Minute und zehn Sekunden.«

»Okay, eine Abkühlrunde und dann schaffe ich noch eine schnelle Runde.«

»Kein unnötiges Risiko, Dina. Page ist gerade in die Box gekommen. Den Spitzenplatz wird dir niemand mehr nehmen können. Vergiss nicht, es ist nur das freie Training.«

»Bis zur letzten Sekunde«, funke ich zurück. Noch fühlen sich die Reifen gut an. Grund genug, sie auch wirklich ausnutzen. Einmal um die Strecke und Vollgas. Der Tank ist fast leer und wenn es noch eine Verbesserung gibt, dann jetzt. Am Ende der ersten Geraden fühlt sich der Wagen auf einmal komisch an, Vibrationen sind zu spüren.

»Dina, Reifendruck hinten rechts«, teilt man mir noch mit, ehe es einen Schlag gibt und ich ins Schleudern komme. Der Reifen hat sich gerade mit einem lauten Knall verabschiedet. Vor mir ist eine Kurve und die Mauer. *Jetzt lass mich hier nicht hängen, wir müssen noch in die Box!* Mit heftigem Gegenlenken versuche ich den Wagen unter Kontrolle zu bekommen, was mir nur wenige Zentimeter vor der Streckenbegrenzung gelingt.

»Alles okay bei dir?«, erkundigt sich Henry.

»Ich habe ihn im Griff und komme jetzt rein.« Im Rückspiegel sehe ich nur einen schwarzen Schatten. Langsam schleppe ich mich in die Box zurück. Nachdem ich aus dem Wagen gekrabbelt bin und in meinem Rollstuhl sitze, kann ich das ganze Ausmaß sehen. Hinten rechts ist nicht mehr als die Felge und der Reifenwulst zu erkennen. Die Lauffläche hat es komplett zerrissen.

»Gut abgefangen«, bewertet Henry den kleinen Schreckmoment. Ich nicke ihm zu und nehme meinen Helm ab. Knappe Angelegenheit, aber am

Ende ist es gut ausgegangen. Reifenschäden sind für mich nichts Ungewöhnliches.

Die Haare unter meiner Sturmhaube sind nass, ich bin komplett durchgeschwitzt. 90 Minuten dort draußen zu sein war am Ende doch eine Herausforderung.

Während das Team zu meiner Platzierung applaudiert, reicht Megan mir eine Wasserflasche, die ich auf Ex austrinke.

»Wir sollten zur Nachbesprechung gehen, aber vorher habe ich noch eine Überraschung für dich«, sagt Henry. Überraschung? Jetzt bin ich gespannt. Ist es das, was ich denke? Ohne Umwege schiebt er mich in Begleitung von Priscilla und Megan durch die Box hinten hinaus. Dass uns die Presse dort erwartet, kommt weniger überraschend als Kollege Simon Page.

»Starke Leistung, Dina«, gratuliert er mir mit einem Handschlag. »Ich hoffe, du bist bald wieder bei uns, wir könnten etwas Spannung gebrauchen.«

»Wenn es nach mir geht, dürftest du schon morgen an meinem Heck schnuppern«, flüstere ich ihm mit einem breiten Grinsen zu.

»Ich werde bei Chad ein gutes Wort für dich einlegen«, sagt er und geht. Jetzt will die Presse ihre Interviews. Henry bittet mich dafür ein paar Minuten Zeit zu opfern. Da wir vorher nicht besprochen haben, was ich sagen kann und was nicht, hilft er mir, indem er die ersten Fragen beantwortet. Unsere Pressesprecherin steht neben ihm und lässt ein Tonaufnahmegerät mitlaufen.

»Mr. Jenkins, was hat Sie dazu veranlasst, Ms. Ridge heute am freien Training teilnehmen zu lassen?«

»Wir haben Ms. Ridge um Unterstützung gebeten und sie heute hierher eingeladen.«

»Sind Sie mit ihrer Leistung zufrieden?«

»Nennen Sie mir eine Platzierung, die besser ist als Platz eins. Wir haben keine Sekunde an Dinas Leistung gezweifelt, die sie heute eindrucksvoll unter Beweis gestellt hat.«

»Heißt das, sie wird demnächst wieder für G-Force Motorsport fahren?«

»Unsere beiden Fahrer haben einen Vertrag und den werden wir erfüllen.«

»Jimmy Byrnes hat in dieser Saison mit Ausnahme des Auftaktes noch nicht viele gute Leistungen gezeigt. Sein Vertrag läuft zum Ende des Jahres aus. Wird sein Cockpit dann frei?« Die Reporter sind hartnäckig und spekulieren auf das Gleiche wie ich. Wenn Byrnes scheiße fährt, dann soll Joe ihn vor die Tür setzen. Ich bin ab sofort bereit und würde schon in diesem Rennen einspringen. In der Meisterschaft könnte ich nicht mehr viel ausrichten, aber dafür eventuell frischen Wind ins Team bringen.

»Ms. Ridge, Sie haben eine unglaubliche Bestzeit abgeliefert und sogar den Meisterschaftsführenden

Simon Page geschlagen, der Ihnen dazu vor wenigen Augenblicken gratuliert hat. Sollte Joe McCallahan jetzt darüber nachdenken, Ihnen schnellstmöglich einen Platz im Team zu verschaffen?«, wenden sich die Journalisten an mich. Henry hat mir mit seinen Antworten die Richtung vorgegeben, weshalb ich nicht lange überlegen muss.

»Wie mein Renningenieur schon sagte, ging es heute lediglich darum, dem Team zu helfen, und ich bin dankbar für die Möglichkeit, die ich bekommen habe.«

»War es für Sie eine große Umstellung, das erste Mal so lange ohne ihre Beine zu fahren?«

»Mein Handicap beeinträchtigt mich nicht beim Fahren. Ich bin mit meinem Wagen von Los Angeles bis hierher, ohne Pause, gefahren, was weitaus anstrengender war, als das freie Training.«

»Können Sie uns sagen, wann Sie das nächste Mal fahren werden?« An diesem Punkt bricht Henry die Interviews höflich ab. Man erwartet uns bei der Nachbesprechung, wofür er um Verständnis bittet. Priscilla und Megan machen den Weg frei, damit Henry mich schieben kann.

»Diese Geier«, schimpft er, als wir außer Reichweite der Presse sind.

»War das schon jemals anders?«

»Nein, aber es nervt. Joe hätte uns vorher darüber informieren können, anstatt einfach vor die Presse zu treten.«

»Ihr wusstet nichts davon?«

»Niemand war informiert, was er prinzipiell auch nicht tun muss, nur sollte man zwei Schritte weiterdenken«, grummelt es über mir.

»Nicht aufregen, Henry. Er ist immer noch der Boss und manchmal sehr eigensinnig«, versuche ich meinen Freund zu beruhigen. Kurze Zeit später halten wir vor einem großen Wohnwagen. Auf Knopfdruck verwandelt sich die kleine Treppe unter der Eingangstür in eine Plattform, über die ich ins Innere gelange.

»Ich habe deine Sachen bereitgelegt und dir noch etwas organisiert. Du kannst in Ruhe duschen und dich fertigmachen«, sagt Megan.

»Das ist lieb von euch.« Die Dusche brauche ich dringend.

»Wenn dir etwas fehlt oder du Hilfe benötigst, ruf mich bitte an, dann bin ich in einer Minute bei dir.«

»Deine Überraschung kommt danach und nicht zu vergessen das Gespräch bei Joe«, ergänzt Henry lächelnd. Die drei lassen mich allein, so kann ich mich in Ruhe umsehen. Dieser Caravan ist riesig. Trotz Rollstuhl kann ich mich frei bewegen ohne irgendwo anzustoßen. Der hintere Teil hat ein voll ausgestattetes Badezimmer, in dem ich mich voll entfalten kann. Was Besseres außer Sex kann ich mir nach einem Training nicht vorstellen. Dieses Thema verdränge ich jedoch, da ich im Moment nicht an Destiny denken mag.

Mühsam entledige ich mich meines Rennoveralls und der feuerfesten Unterwäsche. Als Destiny mir dabei half, ging es wesentlich leichter und schneller. Über zwei Haltegriffe gelange ich problemlos in die Duschkabine, um mich frisch zu machen. Auch wenn mir in diesem Umfeld alles vertraut ist, fühlt es sich dennoch komplett neu an. Der Grund ist meine Einschränkung. Heute begreife ich, dass sich in meinem Leben nicht so viel geändert hat, wie ich immer dachte. Ich kann meinen Rennwagen fahren, sogar noch besser als vor dem Unfall. Die Menschen freuen sich, mich zu sehen, bis auf wenige Ausnahmen.

Während kaltes Wasser auf mich niederprasselt, gehen mir die Fragen der Reporter durch den Kopf. Haben sie Byrnes schon auf der Abschussliste? Er hat mit dem Gewinn der Meisterschaft im letzten Jahr Joe den Arsch gerettet. Ohne diesen Titel wäre G-Force Motorsport pleite gewesen. Und wenn es in der aktuellen Saison nicht rundläuft, ist es kein gutes Zeichen. Ich bin sehr gespannt, wie Joe gleich reagieren wird und vor allem wie er meine Leistung bewertet. Für ein paar Minuten genieße ich die Entspannung und Ruhe.

Nachdem ich die Duschkabine verlassen habe, entdecke ich meine Sachen auf einer kleinen Bank. Daneben liegt ein graues Kleid. Ich sehe es mir genauer an und muss lachen. Megan kennt meinen Geschmack und was sie ausgesucht hat, gefällt mir.

Draußen ist es sehr warm, schließlich sind wir in Arizona, wo die durchschnittliche Jahrestemperatur knapp 30 Grad beträgt. Ich schlüpfe in das luftige Gewand und betrachte mich anschließend im Spiegel. Meine Haare werden binnen kürzester Zeit von selbst trocknen. Somit bin ich fertig und neugierig darauf, was wohl Henrys Überraschung ist. Meine eingesammelten Sachen lege ich auf den Schoß, um dann die Tür zu öffnen. Draußen stockt mir der Atem und mein Herz setzt für einen Schlag aus. Ich bin nicht allein. Auf dem Sofa mir gegenüber sitzt Destiny. Sie ist um ein Lächeln bemüht, aber verdammt, sie sieht unheimlich sexy aus. Ich schlucke schwer, denn damit rechnete ich nicht im Geringsten.

»Hi, Dina«, sagt sie leise.

Destiny

Das Lächeln fällt mir schwer, mein Herz rast wie verrückt. Dina starrt mich mit offenen Mund an, sie scheint über meinen Besuch nicht glücklich zu sein.

»Ich habe das Training verfolgt und finde es mutig, was du hier machst. Sehr gut gefahren«, sage ich, um die eisige Stille zwischen uns zu unterbrechen. Langsam stehe ich auf, weil Dina noch immer wie erstarrt wirkt. Mit wenigen Schritten bin ich bei ihr, hocke mich auf die Knie und schaue sie an.

»Das ist keine Überraschung, Henry«, sind ihre ersten Worte. Sie greift an die Räder ihres Rollstuhls, dreht ihn und will nach draußen. Als die Tür offensteht, höre ich Henrys Stimme.

»Schon fertig?«, fragt er.

»Ja, und ich möchte gerne hier raus.«

»Wenn du mit Destiny gesprochen hast, erfülle ich dir deinen Wunsch. Gib ihr eine Chance und hör wenigstens zu. Du hast nichts zu verlieren. Immerhin waren das deine eigenen Worte.«

»Du hast keine Ahnung, mein Freund.«

»Bist du sicher? Sie hat mich um Hilfe gebeten und mir alles erzählt. Hör dir an, was sie zu sagen hat. Willst du dann immer noch gehen, werde ich dir nicht im Weg stehen.«

Dina schaut mich an, wendet und nickt.

»Du hast zwei Minuten.« Ihre Worte klingen hart und kalt, aber ich kann ihre Wut verstehen, sie hat jedes Recht dazu. Ich atme tief ein und aus, um dann das loszuwerden, was mir seit fast einer Woche auf der Seele liegt.

»Danke, fürs Zuhören. Ich weiß, dass du unheimlich wütend auf mich bist, trotzdem möchte ich dir sagen, wie leid es mir tut. Was Karen vor unserem Haus gesagt hat, ist nicht wahr. Es gab eine Wette, aber nicht zwischen ihr und mir, sondern zwischen ihr, Jody und Chelsea. Von alldem wusste ich nichts. Jody hat mir erst in dieser Woche alles erzählt. An diesem Abend im Sevilla habe ich dich angesprochen, weil ich dich süß fand und du so allein warst. Die Mädels waren nur am Lästern, womit ich nichts zu tun haben wollte. Alles, was ich auf der Party und auch danach zu dir gesagt habe, war ehrlich und aufrichtig. Ich wollte nicht, dass so etwas passiert, das musst du mir glauben.« Von meinen Worten zeigt sie sich wenig beeindruckt.

»Deine Zeit ist um«, bekomme ich zu hören.

»Dina, bitte«, flehe ich sie an. »Du fehlst mir so schrecklich, weswegen ich nachts nicht mehr schlafen kann.«

»Geht mir genauso und das kannst du mir glauben. Willkommen in meiner Welt.« Es war alles vergebens, meine Worte bewirken nichts. Ich fühle mich furchtbar und bereue in diesem Augenblick meine Entscheidung, Henrys Einladung gefolgt und hierhergekommen zu sein. Wenigstens habe ich es versucht. Dina dreht sich wieder und öffnet erneut die Tür. Henry steckt kurz seinen Kopf zu uns rein.

»Hier will dich jemand sprechen, es ist sehr wichtig«, teilt er Dina mit. Eine Sekunde später hat sie ein Handy in der Hand.

»Hallo? Ja, ich bin es. Okay, verstehe. Danke für die Informationen.« Mit wem auch immer sie gerade gesprochen hat, es dauerte nicht lange. Sie gibt das Handy zurück und die Tür schließt sich wieder. Dinas Verhalten verletzt mich, irgendwie habe ich mir dieses Treffen anders vorgestellt.

»Setz dich«, fordert sie plötzlich in weicherem Tonfall. Ich nehme auf dem kleinen Sofa Platz, wische mir meine Tränen aus den Augen und warte, bis sie bei mir ist.

»Warum hast du nie davon erzählt?«

»Wovon?«, hinterfrage ich stutzig.

»Wie sehr Karen Druck auf dich ausübt?«

»Es gibt Dinge, die waren vor deiner Zeit, Dina. Du hast genug eigene Probleme, warum sollte ich dich mit meiner Vergangenheit belasten?«

»Ich habe das gleiche getan, weil Freunde füreinander da sind. Oder wie würdest du das bezeichnen, was zwischen uns war?«

»Mehr als Freundschaft«, antworte ich.

»Dann erzähl mir auch mehr. Was ist mit dieser Karen los?« Sie will es wirklich wissen, doch ich habe meine Bedenken. Dina bietet mir etwas zu trinken an und ist geduldig. Das Gespräch wäre längst vorbei, wenn Henry sich nicht für mich eingesetzt hätte.

»Bekomme ich mehr als zwei Minuten?« Auf meine Frage schenkt sie mir ein zartes Lächeln und nickt.

»Ich habe Karen vor etwa zwei Jahren unbewusst ihre Freundin ausgespannt. Zu diesem Zeitpunkt kannten wir uns noch nicht. Jody und Chelsea gingen mit mir in einen Lesbenclub, wo ich später Karen kennenlernte. Wir verstanden uns, sie half mir aus finanziellen Nöten, um dann ein Druckmittel gegen mich in der Hand zu haben. Außerdem verwickelte sie mich in krumme Geschäfte, die Grandma viel Geld gekostet haben.«

»Moment! Du hast durch Karen Schulden gemacht und Bernadette hat sie beglichen?«, fragt Dina.

»Ja. Ich war dumm und gutgläubig, bis die Cops vor unserer Tür standen. Karen versuchte immer ihre Hände in Unschuld zu waschen und wusste angeblich von nichts. Leider konnte ich ihr auch nie etwas nachweisen, weil sie felsenfest behauptete, dass alles Zufall wäre. Grandma half mir aus der Patsche, aber ich musste versprechen, mich von Karen fernzuhalten. Selbst mein Bruder hat von alldem keine Ahnung. Wenn Jody und Chelsea nicht meine einzigen Freunde wären, dann hätte es auch funktioniert. Leider hat Karen die beiden sehr oft eingeladen und ich wollte nicht allein zuhause bleiben. So ließ sich der Kontakt zwischen uns irgendwie nicht vermeiden. Das war auch der Grund, warum ich so froh war, dich an diesem Abend im Sevilla getroffen zu haben. Du wolltest raus, was mir sehr gelegen kam, ich fühlte mich unwohl. Dann merkte ich aber sehr schnell, dass ich dich unheimlich gernhabe. Karen kam dahinter und fing an mir zu drohen. Sie verbreitete Lügen, die mich schon an meinem Arbeitsplatz in Bedrängnis brachten. Ich schulde ihr noch insgesamt 500 Dollar, was ich Grandma aber nicht erzählen kann. Sie wäre von mir enttäuscht und momentan geht es ihr nicht so gut. Wenn es möglich wäre, würde ich gern alles ungeschehen machen, aber es geht nicht.«

»Okay.« Ist das einzige, was Dina dazu zu sagen hat und das irritiert mich.

»Es ist die Wahrheit«, beteuere ich.

»Ich weiß. Jody hat es mir gerade am Telefon bestätigt.« Diese Aussage macht mich sprachlos. Sie war das gerade am Telefon?

»Das vergangene Jahr war für mich das schwerste, seit ich denken kann. Dann kamst du in mein Leben und alles wurde besser. Du hast dir Sorgen gemacht, warst aber trotzdem für mich da. Selbst heute, an diesem für mich ganz besonderem Tag, bist du hier, Destiny.«

»Ich wäre nirgendwo lieber«, sage ich. Dina drückt mir sanft einen Finger auf die Lippen.

»Wenn du mir gesagt hättest, dass dich diese falsche Schlange bedroht, erpresst und unter Druck setzt, dann hätte ich dir geholfen, so gut es geht. Aber als ich von dieser Wette hörte, brach für mich eine Welt zusammen. Ich fühlte mich verraten und verarscht. Jeder noch so kleine Zweifel verwandelte sich in eine Bestätigung für Karens Behauptungen. Ich wusste nicht mehr, was ich glauben sollte. Dieses ganze Mitleid der Menschen nervt mich und dabei verlange ich nicht viel - nur Anerkennung. Kannst du das verstehen?« Ich nicke ihr sofort zu, weil mir jedes einzelne Wort bewusst ist.

»Ich habe nicht aus Mitleid mit dir gesprochen oder dir deswegen geholfen, Dina. Du warst für mich immer der Mensch, der du bist. So habe ich dich kennengelernt und das ist das Einzige, was für mich zählt.«

»Und dafür möchte ich dir danken. In einem Punkt habe ich dir allerdings nicht die Wahrheit gesagt.« Was kommt jetzt? Muss ich mit dem Schlimmsten rechnen? Noch verhängnisvoller als jetzt kann es doch kaum noch werden. Aufmerksam schaue ich sie an und warte. Dina ergreift meine Hände, um sie festzuhalten.

»Ich habe etwas zu verlieren – dich«, haucht sie plötzlich. Worte, die mir feuchte Augen machen – schon wieder.

»Wenn du es nicht willst, dann wirst du mich nicht verlieren. Ich liebe dich«, gestehe ich schluchzend und kann es nicht mehr halten. Tränen bahnen sich ihren Weg über meine Wangen.

»Ich liebe dich auch.« Langsam nähern wir uns an. Bis sich unsere Lippen berühren, vergießen wir zahlreiche Tränen, doch jede einzelne ist es wert.

»Es tut mir so unendlich leid«, wispere ich mit zitternder Stimme in Dinas Mund.

»Mir tut es leid. Verzeih mir«, bittet sie. Wir lassen unseren Emotionen freien Lauf. Zeitgleich fällt mir ein Stein vom Herzen, dessen Größe ich nicht beschreiben kann.

Warum sind manche Wege erst so schwer zu beschreiten und am Ende erscheint dann doch alles ganz leicht?

Dina

Weinend liegen wir uns in den Armen. Die Umstände sind endlich offengelegt und es herrscht Klarheit. Ich wollte die Gewissheit, dass Destiny ein guter Mensch ist. *Hatte ich den Glauben an sie aufgegeben? Nein!* Ich habe ihn nur so weit unterdrückt, bis er kaum noch zu spüren war. Wenn Henry in der ganzen Sache mit drinhängt, vertraue ich ihm. Er hat mich noch nie enttäuscht und steht immer zu seinem Wort. Vielleicht wäre es der einfachere Weg gewesen mit Destiny noch einmal zu sprechen, wäre da nicht mein Stolz und diese unzähligen schlechten Erfahrungen.

»Du hast mir gefehlt«, hauche ich nach einem leidenschaftlichen Kuss. Destiny schmiegt sich ganz dicht an mich.

»Ich würde dich nie bewusst verletzen, Dina. Du bist mir sehr wichtig und hast mir wahnsinnig gefehlt. Die Sorge um dich ist jeden Tag größer geworden«, gesteht sie leise.

»Hast du Angst gehabt, dass ich genau das tue, was ich heute getan habe?«, frage ich. Anfangs war es für sie ein großes Problem, wenn es um das Thema Motorsport ging. Nachdem sie sich von mir gelöst hat, schaut sie mir tief in die Augen.

»Ich habe von der ersten bis zur letzten Sekunde alles aus der Box verfolgt und bin unheimlich stolz auf dich. Du hast die absolute Bestzeit gefahren, nach über einem Jahr ohne Rennen.«

»Du warst in der Box?« *Henry, du altes Schlitzohr!*

»Dein Renningenieur ist ein feiner Kerl. Er und die Mädels haben mir vor deiner Ankunft alles gezeigt, mich herumgeführt und die vielen Menschen vorgestellt, die für das Team arbeiten.«

»Und alle haben den Mund gehalten«, stelle ich fest. Meine gespielte Fassungslosigkeit nimmt Destiny nicht ernst, stattdessen drückt sie mich noch einmal.

»Es gab eine Schrecksekunde, als dein Reifen platzte, aber dann habe ich gesehen, wie souverän du die Situation gemeistert hast.«

»Jemand hat mir gesagt, dass ich auf mich aufpassen soll und genau das habe ich umgesetzt. Lass uns ins Ruhe noch einmal darüber sprechen. Wie bist du eigentlich hergekommen?«

»Henry hat mir ein Flugticket gebucht und mich am Flughafen abgeholt.«

»Warum war mir das schon klar?« Kichernd küsst Destiny mich, dann klopft es an der Tür.

»Ich muss leider los, da wartet noch ein Gespräch mit dem Teambesitzer auf mich. Würdest du danach zu Mum mitkommen und mich morgen nach Hause begleiten?« Destinys Antwort ist ein weiterer Kuss und ein strahlendes Lächeln. Bis hierhin ist der Tag unglaublich verlaufen, jetzt kann er nur noch perfekt werden, wenn Joe mir einen Vertrag vor die Nase legt.

Draußen erwarten uns Henry, Megan und Priscilla. Als sie bemerken, dass Destiny meine Hand hält, fangen sie an zu applaudieren.

»Darüber sollten wir uns noch einmal unterhalten«, flüstere ich meinem Freund zu. Darauf kann er nur lächeln.

»Wenn zwischen euch beiden wieder alles in Ordnung ist, bekenne ich mich schuldig im Sinne der Anklage«, erwidert er ganz locker.

»Wir gehen zum Mittagessen ins Motorhome. Begleitest du uns, Destiny?«, erkundigt sich Megan.

»Wenn ich mitkommen darf, sehr gerne«, antwortet sie und schaut mir dabei direkt in die Augen. Joe wird nur mich und Henry empfangen, danach werde ich Destiny wiedersehen und wissen, dass zwischen uns alles gut ist. Grinsend schaue ich den dreien nach.

»Ich mag sie und du hättest mit ihr definitiv etwas zu verlieren gehabt. Freut mich für euch«, meint Henry.

»Diese ganze Situation war einfach kompliziert und ich bin sehr froh darüber, endlich alles aufgeklärt zu wissen. Im Nachhinein ist man immer schlauer. Danke, du hast dich gut um sie gekümmert, alter Freund.«

»Genug Rosenwasser verschüttet. Jetzt lass uns mit Joe sprechen und danach den Champagner öffnen.« Voller Zuversicht bringt mich mein Renningenieur zum Motorhome, wo Joe sein Büro hat. Abstimmen müssen wir uns nicht, denn Henry kennt mein Ziel.

»Kommt rein und schließt die Tür«, ruft Joe uns zu. Ohne lange um den heißen Brei herumzureden, kommt Henry direkt zur Sache.

»Dina ist bereit. Sie ist wieder da und wir sollten sie fahren lassen. In diesem Jahr kann sie mit den verbleibenden Rennen vielleicht noch ein paar Punkte sammeln und sich auf die neue Saison perfekt vorbereiten. Außerdem stehen Tests für die neue Saison an und du wartest immer noch auf den Jimmy des letzten Jahres. Was sagst du zu unserem Vorschlag?« Erwartungsvoll sind die Blicke auf den Teambesitzer von G-Force Motorsport gerichtet. Er lässt uns warten, blättert in ein paar Unterlagen und pafft gemütlich seine Zigarre.

»Das kann ich nicht machen«, sagt er schließlich. Ich halte den Atem an und greife an meine Räder, um mich hinein zu krallen. Wenn das sein Ernst ist, dann weiß ich nicht, was ich noch tun soll.

»Die absolute Trainingsbestzeit ist also nichts wert?«, frage ich.

»Deine Leistung war okay, Dina.«

»Nur okay? Was soll das, Joe?« Innerlich wächst meine Wut über seine saloppe Art und Weise.

»Ich kann Jimmy nicht einfach vor die Tür setzen. Wir haben einen Vertrag mit entsprechenden

Klauseln. Selbst wenn wir ihn einvernehmlich auflösen würden, wäre G-Force Motorsport Geschichte. Und wir sprechen hier über mein Lebenswerk.«

»Das ist uns allen klar, aber wie lange willst du seine Launen noch ertragen? Wenn das so weitergeht, wirst du nicht mal den fünften Platz in der Team-Meisterschaft erreichen. Jeder Punkt ist bares Geld wert und Dina kann uns zurück nach oben bringen«, erklärt Henry. Ich würde alles geben, damit das Team wieder erfolgreich ist, doch das scheint Joe egal zu sein.

»Ich muss euren Vorschlag leider ablehnen. Der einzige Grund, warum Dina heute fahren sollte, war der, Jimmy seine Grenzen aufzuzeigen.« Ich schüttele den Kopf. Habe ich mich eben verhört?

»Anders gesagt, du hast mich nur benutzt, Joe?«

»Ich habe dich gebeten, das Team zu unterstützen. Und du hast deine Aufgabe erfüllt. Dafür danke ich dir.« Wenn ich dachte, ich würde jeden Moment platzen, dann habe ich Henry vergessen. Der springt in diesem Moment auf, schlägt wütend mit beiden Fäusten auf Joes Schreibtisch und wird sehr, sehr laut.

»Dann sind wir hier fertig und ich kündige mit sofortiger Wirkung«, brüllt er seinen Abschluss-kommentar heraus. Joe ist mittlerweile erstarrt, damit hatte er anscheinend nicht gerechnet. Henry war zwar eine Zeit lang aufgrund seines

Herzinfarktes freigestellt, griff aber, wann immer es nötig war, aktiv ins Geschehen mit ein.

»Beruhige dich, Henry, und lass uns einfach gehen. Wir finden ein anderes Team und heuern dort an«, sage ich fest entschlossen. Die Enttäuschung ist groß, aber nicht neu. Genauso fühlte es sich damals an, als Byrnes seinen Vertrag für zwei Jahre bekam und ich ersetzt wurde. Plötzlich bin ich nicht einmal mehr wütend, ganz im Gegenteil. Es ist nur eine weitere Hürde auf dem Weg zurück.

Stinksauer wirft Henry die Tür hinter uns zu. Ich habe ihn noch nie so aufgebracht gesehen.

»Verschwinden wir, ich habe eine andere Idee«, knurrt er angefressen.

Destiny

Megan und Priscilla sind toll. Den ganzen Vormittag haben sie mich durch die Box, das Fahrerlager und das Motorhome geführt. Selbst beim Essen sind die beiden einfach nur lustig. Die ein oder andere Frage über Dina konnten sie sich auch nicht verkneifen, was für mich aber kein Problem ist, denn ich stehe zu ihr. Und inzwischen geht es mir auch deutlich besser. Henry um Hilfe zu bitten, war die richtige Entscheidung. So wie Dina vorhin zu Beginn unseres Gespräches reagierte, hätte ich in Lake Arrowhead keine Chance gehabt. Sobald ich zuhause bin, muss ich Grandma für ihre hilfreichen Worte und Jody für ihren Mut danken. Ohne diese drei Menschen würde ich nicht hier sitzen und lächeln.

»Wo wollen denn Henry und Dina hin?«, reißt Megan mich mit ihrer Frage aus den Gedanken. Die beiden ziehen in diesem Moment an uns vorbei und sehen nicht glücklich aus.

»Entschuldigt mich, ich sehe mal nach«, sage ich und folge ihnen. Um sie einzuholen, muss ich einen kurzen Sprint hinlegen.

»Hey, was ist denn los?«, schnaufe ich.

»Wir holen nur Henrys Sachen und dann gehen wir. Kommst du gleich mit oder soll ich dich später abholen?« Oh je, das klingt nicht gut! Selbstverständlich werde ich gleich mit ihnen gehen.

»Erzählt ihr mir, was er gesagt hat?«

»Da gibt es nicht viel zu berichten, außer Lügen und falsche Tatsachen«, erwidert Henry genervt.

»Tut mir leid, er meint es nicht so. Bezieh das bitte nicht auf dich. Joe hat uns verarscht, angelogen und dann auch noch ganz frech ins Gesicht gesagt, wie er die Dinge sieht«, erklärt Dina. In meinem Hals steckt ein dicker Kloß und mir fehlen die Worte. Meine Handtasche habe ich bei mir, der Rest ist im Hotel. Also folge ich den beiden zu Dinas Wagen. Unterwegs belagert uns die Presse und stellt unzählige Fragen, auf die aber niemand antwortet. Weder Dina noch Henry geben irgendeinen Kommentar ab. Das Gespräch war nicht so gut, wie sie erwartet hatten. Vielleicht erklären sie mir die Details nachher.

Drei Stunden später sitzen wir bei Dinas Mum im Haus. Sie war so lieb und hat mit mir meine Sachen aus dem Hotel geholt. Dabei erfuhr ich, was in dem Gespräch mit ihrem einstigen Arbeitgeber gesagt wurde und wie enttäuschend es für die beiden ist. Henry hat sich zum Glück zwischenzeitig etwas beruhigt. Zusammen schauen wir uns das Qualifying auf dem Phoenix International Raceway im Fernsehen an. In wenigen Augenblicken ist es vorbei. Für ihr ehemaliges Team sieht es nicht gut aus. Die Fahrer belegen nur die Plätze 13 und 14.

Hätten sie Dina hinters Lenkrad gelassen, wäre es ganz sicher besser geworden. Doch wie so oft im Leben kann man nicht alles haben. Sie heute in ihrer Welt zu erleben und überall dabei sein zu können, war eine wundervolle Erfahrung für mich.

Epilog | Destiny – 1 Jahr später

Draußen auf den Tribünen stehen die Menschen auf, halten ihre rechte Hand aufs Herz und singen unsere Nationalhymne mit. Ich stehe hinter Dina, habe meine Hände auf ihre Schultern abgelegt und bin einfach überwältigt. Gemeinsam genießen wir mit unseren Freunden diese unglaubliche Atmosphäre auf dem Indianapolis Motor Speedway. Links und rechts von uns befinden sich Grandma, Jason, Ms. Ridge, ihr Lebensgefährte Robert, Nick, Jody, Chelsea, Megan, Priscilla und fast alle Mitarbeiter des RJR-Teams. Ihr fragt euch jetzt, was in den letzten zwölf Monaten passiert ist? Ich will es euch ganz kurz erzählen.

Nachdem wir Phoenix verlassen hatten, kehrten wir nach Hause zurück. Während ich mich um Grandma kümmerte – der es heute wieder richtig gut geht - arbeiteten Dina und Henry an ihrer Idee, die wenige Monate später Wirklichkeit wurde. Sie besitzen jetzt ihr eigenes IndyCar-Team, das Ridge-Jenkins-Racing-Team. Wie es genau dazu kam, muss Dina euch erzählen. Für mich sind viele Dinge im Motorsport immer noch Fachchinesisch. Und bevor ich etwas Falsches sage, halte ich zu diesem Thema lieber meinen Mund.

Unsere Beziehung hat sich gefestigt. Sie wurde jeden Tag besser und besser. Inzwischen wohne ich bei Dina in Lake Arrowhead und reise mit ihr von einem Rennen zum nächsten. Meinen Kindheitstraum - Fotografin zu werden – habe ich mir erfüllt. Rebecca unterstützte mich dabei bis zum letzten Tag, auch wenn sie wusste, dass ich danach nicht mehr für sie arbeiten werde. Jetzt bin ich für RJR als Teamfotografin tätig. Wann immer ich kann, besuche ich die Animal Rescue im Großraum Los Angeles und leiste weiterhin meinen Beitrag zur Rettung der Tiere. Einer von ihnen ist übrigens bei uns eingezogen - wir haben Aaron adoptiert. Auch er darf immer dabei sein, was ihn zu einem sehr glücklichen Hund macht.

Die Sache mit Karen war kompliziert und langwierig, aber auch dieses Problem konnte ich lösen. Meine Schulden sind beglichen und ihre krummen Geschäfte sind aufgeflogen. Dina kennt jemanden bei den Cops, der mir in diesem Fall zur Seite stand. Was noch alles so ans Tageslicht kam und was ihre Strafe ist, kann ich nicht sagen, denn der Kontakt zu Karen besteht nicht mehr. Jody und Chelsea haben die falschen Spielchen ihrer vermeintlichen Freundin erkannt und sich ebenfalls von ihr getrennt. Alles in allem war es eine sehr schmerzhafte Erfahrung, doch ich bin froh, sie gemacht zu haben. Schließlich war Karen der Grund dafür, dass ich Dina kennenlernte - meine große Liebe.

Dina

Ich bin zurück und damit meine ich nicht nur im Motorsport, sondern auch im Leben. Weil ich hier niemanden langweilen will, versuche auch ich mich kurz zu fassen.

Henry hat sein Versprechen gegenüber Destiny eingelöst und für uns noch viel mehr getan, als er vermutlich ahnt.

G-Force Motorsport stellte einen neuen Renningenieur ein, der kläglich versagte, genauso wie Jimmy Byrnes. Der einstige Weltmeister verriss in der laufenden Saison, und das mit Ach und Krach. Übertriebene Forderungen und zu wenig Leistung führten unter anderem dazu, dass Joe in der letzten Meisterschaft nur als sechster abschloss und damit bankrott war. Henry kaufte ihm anschließend das gesamte Team für einen symbolischen Dollar ab, beteiligte mich daran und wir gründeten ein neues. Dann erfuhr die Welt, was wir vorhatten. Die Sponsoren und Investoren standen bei RJR Schlange. So konnten wir uns unsere Partner aussuchen. Bis auf den Renningenieur haben alle Mitarbeiter ihren Job behalten und in der aktuellen Saison so hart gearbeitet wie noch nie. Selbst Jack Johnson hat seine perfekte Form gefunden und wir konnten dieses Jahr bereits drei Doppelsiege einfahren. Nach 14 Rennen führt das RJR-Team die

Meisterschaftstabelle an. Johnson hat zwar schon 40 Punkte Rückstand, aber noch ist in den letzten beiden Rennen der Saison zumindest theoretisch alles offen. Sollten wir heute die ersten beiden Plätze belegen, haben wir die Team-Meisterschaft sicher.

Zuhause hat sich auch einiges verändert. Destiny ist zu mir gezogen, genauso wie Aaron, der süße Wuschelhund. Ich habe einen Fahrstuhl einbauen lassen und jetzt wird das ganze Haus genutzt. Für all diese Veränderungen gibt es einen guten, nein, den wohl wichtigsten Grund in meinem Leben: Destiny – mein Schicksal.

The End

... and the Winner is ... Dina Ridge

Über den Autor:

Casey Stone wurde 1980 in der ehemaligen DDR geboren. Als einer der wenigen Männer im Selfpublishing-Bereich schreibt er in den Genres Romance, Lesbian-Romance und Romantasy. Casey ist Autor aus Leidenschaft.

Neben zahlreichen Liebesromanen gibt es auch einen sehr humorvollen Reisebericht zu seinem ersten USA Besuch im Jahr 2015. Weitere Reise-berichte schließt er nicht aus.

Die bisherigen Teile der Female Lovestories

Teil 1: Faith, Hope, Love

Pam ist erfolgreich und führt ein angenehmes Leben. In Sachen Liebe sieht es jedoch anders aus. Nach einer Liebesnacht mit ihrem Freund und ihrer besten Freundin wird ihr klar, was sie wirklich empfindet.

Haley arbeitet als Pams persönliche Assistentin und hegt bereits seit längerem Gefühle für sie. Das Chaos nimmt an einem berüchtigten Montag seinen Lauf. Pam stolpert von einem Fettnäpfchen ins Nächste und Haley steht ihr zur Seite. Doch dann passiert etwas, das alles in Frage stellt ...

Teil 2: Fear, Courage, Truth

Das Leben der Krankenschwester, Amy, ist nach einem Überfall aus den Fugen geraten. Seither kämpft sie mit den Erinnerungen an jene schreckliche Nacht, bis eine namenlose, schwerverletzte Frau im Krankenhaus eintrifft. Amy macht es sich zur Aufgabe, sie zu pflegen und verliebt sich schließlich in sie. Auf dem Weg der Genesung entwickelt sich zwischen den beiden mehr als nur Freundschaft, bis etwas Unvorhergesehenes passiert und Amy alles zu verlieren droht. Ist sie stark genug und wird damit umgehen können?

Teil 3: Desire, Passion, Limits

Ein harmloser Kuss unter Frauen.

Ein Partyende, das zum Horror wird.

Ein Unfall mit schwerwiegenden Folgen.

Ein feiger Freund auf der Flucht.

All das verändert Summer Lee's Leben an einem Abend. Sie bewahrt die junge Ava vor dem Feuertod und ahnt nicht, dass dies nur das kleinere Übel war. Was ist Ava widerfahren? Wird Summer in der Lage sein, sie zu retten?